소녀뚜녀
봄

레이먼드 조 미스터리 오컬트 장편소설

소녀무녀

봄

청동방울편

레이먼드 조

안트레스

차례

봄

선녀집의 주인이자 소녀무녀. 무녀인 어머니 정화선녀는 행방불명되어 고아나 다름없이 자랐다. 새해가 되면 유력 정재계 인사들이 찾아올 만큼 신기가 탁월하다. '천부인(天符印)'을 찾기 위해 종문중학교에 전학한다. 그리고 '실험실 살인사건'과 우연인 듯 엮인다. 같은 반 반장 선비를 좋아하게 되지만 사회성이 없는 탓에 무리수만 계속 둔다. 학교에서 천상천하유아독존처럼 행세하나 실은 친구를 너무나도 사귀고 싶다.

소희

종문중학교 3학년. 남들 눈에는 평범한 학생이지만, 장래 희망만큼은 비범하다. 최고의 탐정이 되는 것이 꿈. 단짝 친구 예하와 텃밭부 동아리로 위장한 탐정단을 만들었다. 오늘도 셜록 홈즈 초상화 앞에서 수사일지를 쓴다. 이제 대한민국도 탐정업이 합법이다. 과연 꿈을 이룰 수 있을까?

예하

종문중학교 탐정단의 일원으로 왓슨 역할을 자처한다. 자신이 학교에서 왕따인 줄 모르는 귀여운 또라이, 막장 드라마 덕후. 무속을 신봉해 무녀인 봄에게 동갑인데도 쩔쩔맨다. 하지만 용감하고 의리 있는 친구.

할망

봄과 함께 선녀집에 살며 살림을 돕는 제주도 출신 할머니. 배
트맨의 집사 알프레도 같다. 샤넬을 입는 멋쟁이. 자신에게 상
황이 불리할 때는 귀가 안 들리는 척한다.

이형사

영혼을 보는 형사. 살인사건 현장마다 영혼들이 그에게 억울함
을 호소한다. 그 덕분에 사건을 척척 해결하고 특진까지 하지
만 자신의 능력을 저주하고 있다. 남들에게 말하지 못할 능력
과 개인사로 어두운 소년기를 보냈다. 무녀인 봄보다는 능력이
떨어져 밤에만 영혼을 볼 수 있다.

선비

종문중학교 3학년 전교 1등. 그러나 사는 게 쉽지 않다. 아버
지는 명문대를 졸업한 루저, 남동생은 발달장애인, 엄마는 일
찍부터 집을 나갔다. 도무지 답이 나오지 않는 집구석에서 탈
출하려고 아버지 몰래 유학을 준비 중이다. 마음이 분노로 가
득하다.

옥탑방 천재

선비의 아버지. 어려서부터 신동 소리를 들었으나 안타깝게도 돈 버는 재능은 타고나지 못했다. 프리랜서 번역가지만 사실상 반백수. 그러나 최악의 순간에서도 유머 감각을 잃지 않는 긍정의 제왕.

선우

선비의 남동생. 지적장애 3급. 선비에게는 아픈 손가락이자 인생의 커다란 짐. 그렇지만 늘 웃음을 잃지 않는 녀석. 가끔 울음을 터뜨리나 뒤끝은 모르는 아이. 가족을 수호하는 맑은 령을 가졌다.

조이란

선비의 소꿉친구. 종문중학교 비행 소녀들의 영웅. 아버지가 새로운 가정을 꾸린 지 3년도 지나지 않아 남동생과 함께 교통사고로 사망한다. 남은 사람은 새엄마와 자신뿐. 하루아침에 아버지와 동생을 잃은 상실감과 새엄마도 자신을 버리리라는 두려움에 방황을 거듭한다.

송채영

종문중학교 3학년 긴 머리 여학생. 누구나 부러워할 유복한 가정에서 자랐으나, 세상에 문제없는 집안은 없는 법. 종문중학교 실험실 살인사건 피해자.

송선생

학생들은 '쏭'이라 부르는 봄과 선비의 담임. 열정적인 초보 교사지만 아직 대학생 티를 벗지 못했다. 세상에서 고립된 채 살던 전학생 봄을 적응시키고자 반장인 선비에게 도움을 청한다.

교장

종문중학교 교장. 학교법인 종문재단의 후계자. 골드미스의 표상. 교육부 장관을 꿈꾸며 정치인들에게 줄을 대고 있는 야망가.

화학

종문중학교 화학 교사. 콧대 높고 쌀쌀맞아 학생들 사이에서
'겨울왕국'이라는 별명으로 불린다. 학교괴담이나 괴력난신을
믿는 이들을 경멸한다.

보안관

종문중학교 경비원. 미중년에 신사답고 귀족 같은 품위가 있
어 중학교 경비를 할 사람처럼 보이지 않는다. 교내에서 학생
과 교사 모두에게 신망이 두텁다.

유진

종문 중학교 2학년. 아역배우 출신으로 그야말로 교내 아이돌.
현재는 건강 문제로 연예계 활동을 중단한 상황. 소희와 예하
의 종문탐정단에 합류한다.

예비소집일

손님

밤선생

봄

제
1
부

예비소집일

교정에 겨울비가 내렸다. 어둑어둑한 하늘 아래 노란 포클레인이 엔진을 멈추고 온몸으로 빗방울을 튀어냈다. 방학 중 공사로 운동장 여기저기가 파헤쳐져 있었다. 목구멍 없는 구덩이들이 나란히 입을 쩍 벌리고 기분 나쁜 빗물을 고스란히 입안에 담았다.

'눈이 내렸더라면 낭만적이었을 텐데.'

창밖을 바라보던 권소희는 황량한 겨울 풍경에 진저리를 쳤다. 하필 이런 날 예비소집일을 잡다니. 교실에 온기는 없었다. 양팔이 으슬으슬 떨렸지만, 교육부가 보기에 이 정도는 청소년이 맨손 체조만 하면 너끈히 버틸 만한 적정 온도인지 히터 구멍은 꽉 막혀 있었다. 그나마 형광등은 켜져 있어 다행이었다. 평소라면 2교시밖에 안 된 시간인데도 빗방울이 꾸물꾸물 흘러내리는 창밖은 초저녁 날씨였다.

"방학이 끝나면 너희는 중3이다. 진지하게 미래를 생각해야 할

14

나이야."

담임선생님 말씀이 끝나자 반장이 학생들에게 작성지를 나누어 주었다. 소희는 종이를 내려다보았다. 학년, 반, 번호, 이름을 적는 공란이 그려져 있었다. 마지막 공란은 이랬다. 나의 직업은?

'비밀'이라고 적고 싶었지만, 소희는 결국 '교사'라고 썼다. 딱히 특별한 이유는 없었다. 교단 앞에는 선생님이 서 계셨고, 또 막연하게 '교사라면?' 부모님이 만족할 직업일 거란 생각이 들어서였다.

"바보냐? 네 성적으로 어떻게 사범대에 들어가."

옆에서 주예하가 말했다. 소희는 재빨리 작성지를 반으로 접었다.

"체육교사 할 거거든."

"100미터를 23초 뛰는 년이 꿈도 크시군요."

짝꿍의 말에 불끈한 소희가 볼펜을 움켜쥐었다.

"그때는 발목이 다쳐서 못 뛰었다고 했잖아. 그리고 너, 왜 자꾸 나한테 존댓말 해? 아, 진짜 손발이 다 녹아버리겠다. 예하야, 이제 우리 중3 되잖아. 만화 좀 그만 봐."

"소녀는 만화에서 드라마로 갈아탔습니다. 겨울방학 동안 어머니께서 막장 드라마에 눈 뜨게 해주셨죠. 호호."

소희는 한숨을 내쉬었다. 하필 하나뿐인 절친이 전교 제일 또라이라니. 여드름쟁이 주예하. 예수님 '예'자에 하느님 '하'자를 쓰는 아이. 이름을 풀어 쓰면 '주 예수님 하느님'이란다. 자신은 독실한 가톨릭 집안 외동딸이라 주장하지만 믿을 수 없었다. 그럴 만한 이유가 있었다.

"아 참, 계란 가져오셨습니까?"

"아, 진짜!"

주위 학생들의 시선이 소희에게 꽂혔다. 소희는 얼굴을 붉히며 고개를 숙였다. 울고 싶은 심정이었다. 존댓말 때문만은 아니다. 하나뿐인 절친인 '주 예수님 하느님'은 여드름쟁이이자 또라이였고, 게다가 미신쟁이였다. 겨울방학 전에 계란 이야기는 백 번도 더 들었다.

"내가 말했잖습니까. 새해 학교 오는 첫날 가방에 계란을 넣어 오라고. 가방 안에 계란이 안 깨지면 한해가 무사히 넘어가고, 계란이 깨지면 온갖 불길한 일들이…"

"그만. 네 얘기 일절 믿지도 않지만, 백번 양보해서 네 말이 맞다 쳐도 애초에 계란을 가져오지 않으면 되잖아. 그럼 깨질 일도 없으니까."

"어휴, 답답한 년. 말이 안 통하네. 1년 내내 재수 옴 붙고 싶니?"

소희야말로 어이가 없었다.

"예하야, 21세기에 그런 미신은 노인들도 안 믿어."

"울 엄니가 가르쳐줬는디."

말을 말자. 소희는 다짐했다. 개학하고 새 친구 사귀면 넌 2순위다. 왜 우리 학교에는 그 흔한 전학생 한 명 안 오는지. 꽃미남 전학생이 온다면 학교생활이 얼마나 활기찰까. 소희는 고개를 흔들었다.

'아냐. 내 주제에 그런 친구까지는 바라지도 않아. 남자든 여자든 정상인이면 족해. 그냥 정상인! 아, 하늘도 양심이 있으면 이 정도 소망은 들어줘야 하는 거 아냐?'

◈◈◈

우산들이 서로 부딪치며 교문을 빠져나가고 있었다. 아무리 폭우가 쏟아져도 절대 우산을 쓰지 않는 예하는 비 오는 날엔 으레 그렇듯 카카오프렌즈 어피치 우비와 장화 풀세트 차림으로 우산을 든 소희와 나란히 걸었다. 교문 앞에 다다랐을 때 예하가 우산 속으로 들어오며 말했다.

"아까 왜 장래 희망에 탐정이라고 안 적었어?"

소희는 행여 누가 들을까 봐 예하의 입을 막았다.

"창피하게 왜 그래?"

"소희 너 탐정 되는 게 꿈이잖아."

"이 나이에 탐정은 무슨, 어린애두 아니고…"

"뭐야? 그동안 나랑 파자마 파티할 때마다 했던 말 다 거짓이었어? 위선이었어?"

"그거야…"

할 말이 떠오르지 않은 소희는 질문으로 반격했다.

"그러는 너는 희망 직업 뭐라고 적어 냈는데?"

"탐정 파트너."

한동안 소희는 입을 다물지 못했다. '그래, 내가 졌다' 하는 표정이었다. 예하는 친구의 충격에 아랑곳하지 않고 우산 속으로 머리를 집어넣었다. 예하는 어느새 우산의 반을 차지했다.

"비옷 입고 있으면서 왜 남의 우산을 써?"

"이게 멋은 있는데 어딘가에서 자꾸 비가 새."

"우비 안에 가방 불룩 솟아서 하나도 안 멋있거든."

그 말을 하고 나서 소희가 멈춰 섰다. 예하가 쳐다보자 소희가 자기 등을 가리켰다. 가방이 없었다.

"교실에서 안 가져왔어? 어떡해. 새해부터 물건 잃어버리면 불길한 징조라고!"

예하가 호들갑을 떨며 소희의 속을 박박 긁었다.

"그만해라."

"에고, 그래도 천만다행입니다. 만약 신발을 잃어버렸다면 어쨌을 것이여. 귀신이 네 신발을 신고 돌아다니다가 밤중에 널 찾아가서 네 영혼을 확!"

"아, 됐고. 먼저 노래방에 가 있어. 금방 갈게."

하늘도 어둡고 공기도 축축한 날 불길한 말까지 듣고 싶지 않았다. 소희는 촘촘한 우산들을 헤치며 교실을 향해 뛰었다.

불 꺼진 복도는 학교를 한층 낡아 보이게 했다. '지은 지 70년도 넘은 건물에서 수업을 배우니 종문중학교 아이들도 덩달아 촌스러워지는 게 아닌가' 하고 소희는 생각했다. 만약 방송국에서 《B사감과 러브레터》를 영상물로 만든다면 그 배경으로 어울리는 학교는 전국에서 종문중학교밖에 없으리라. 그나마 소희가 입학한 해 여중에서 남녀공학으로 바뀐 것이 위안이라면 위안이었다.

입학식에서 골드미스, 아니 골드미스보다는 나이가 많지만 재력은 다이아몬드미스인 교장선생님은 종문중학교 남녀공학 1세대라는 자부심을 갖고 "너희는 왕관의 무게를 감당해야 한다"는 드라마 대사 같은 말씀을 하시면서, 종문재단의 변화와 혁신이 어떻다는 둥 마이크를 붙들고 심오한 이야기를 하셨지만, 나중에 알고 보니 학교가 여학교에서 남녀공학으로 전환된 이유는 단지 저출산 여파 때문이었다. 어른들은 아직도 시골이 아닌 '무려' 서울에서 입학 정원 미달로 폐교하는 학교가 나온다는 사실을 믿지 못한다.

으스스한 복도지만 3학년 언니들이 보이지 않아 소희는 안심했다. 어떤 자부심 때문인지 종문여중 마지막 기수인 3학년 언니들은 남녀공학 기수 여자아이들을 사람 취급도 안 했다. 왕언니들에게 1~2학년은 비천한 무수리들일 뿐이었다.

소희는 우산의 물기를 털어내고 교실 문을 열려고 했다. 습기 때문인지 나무 문이 잘 열리지 않았다. 아무리 힘을 줘도 문은 끼익, 끼익 살짝 틈만 벌어질 뿐이었다.

'이런 근력으로는 체육교사는커녕 초등학생한테 맞고나 다니지 않으면 다행이겠다.'

자신이 한심했다. 소희는 우산 손잡이를 팔목에 걸고, 작은 두 손을 문틈에 집어넣었다. 온 체중을 실어 교실 문을 옆으로 밀었다. 무언가에 걸린 듯 꿈쩍도 하지 않던 미닫이문이 어느 순간 터무니없이 큰 소리를 내며 활짝 열렸다. 그런데 오래된 음료수를 어렵사리 개봉했지만 막상 마시려고 하니 꺼려지는 기분이랄까. 왠지 들어가기 싫었다.

조심스럽게 교실 안으로 들어가자 이질적인 공기가 얼굴에 훅 밀려왔다. 교실은 바깥보다 왠지 쌀쌀하고, 더 흐리고, 오래된 냄새가 났다. 교실 풍경은 한 가지 색으로 칠한 우울한 그림 같았다. 소희는 어깨를 웅크리고 창가로 걸어갔다. 다행히 책상 옆구리에 자신의 가방이 걸려 있었다. 소희는 곧바로 가방을 들어 올리고는 나가려고 몸을 틀었다. 그때였다.

"하아."

놀란 소희의 입에서 주먹만 한 한숨이 흘러 나왔다.

머리가 긴 여자아이가 교실 안에 앉아 있었다. 뒷문과 가장 가까운 책상 쪽이어서 교실 앞문으로 들어왔을 때 사각이 생겨 보이지 않았던 것 같다.

'깜짝이야. 그런데 쟤는 혼자 뭘 하고 있던 거야. 이 불 꺼진 교실에서.'

머리 긴 아이는 부담스러울 정도로 뚫어지게 소희를 쳐다보고 있었다. 전체적인 자세가 호출한 부하직원을 기다리는 사장님처럼 태연했다. 그리고 앞머리에 가려진 날카로운 두 눈은, 손톱이 긴 열 손가락으로 가슴팍을 확 긁어내리는 것처럼 소름 돋게 만드는 구석이 있었다.

소희는 순간 기가 죽었다. 왜 이렇게 춥게 느껴지지? 애써 그 아이의 시선을 피한 채 가방을 멨다.

"어깨가 아팠던 거야. 너."

머리 긴 아이가 말했다.

"그래서 무의식적으로 가방을 메지 않았어."

소희는 이상한 말을 듣자 도저히 고개를 돌리지 않을 수 없었다.

"무, 무슨 소리야?"

"주문을 알려주면 너한테도 복수할 기회를 줄게."

소희의 입에서 대답 대신 거친 숨만 불규칙적으로 새어 나왔다.

"기회라니…"

"너도 당해봤잖아."

이번엔 무슨 말인지 알 것 같았다. 지우고 싶은 기억들. 외로움, 소외, 혼밥, 따돌림….

또라이로 소문난 예하가 다가오기 전까지 소희는 늘 혼자 밥을 먹었다. 예하가 처음 식판을 들고 옆자리에 앉았을 때, '왕따가 왕따를 벗어나려고 왕따를 찾아왔구나, 내 인생이란 참으로 비참하구나' 하고 쓸쓸했는데, 예하는 자신이 따돌림당한다는 사실을 전혀 인지하지 못하고 있었다. 오히려 지금까지도 아이들이 자기를 부러워한다고 생각하고 있었다. 소희는 예하의 그런 당당함에 끌렸고, 둘이 친구가 되고 나서부터 아이들이 '못난 것들이 끼리끼리 놀고 있네' 하는 시선을 보내도 아무렇지 않았다. 네, 잘나신 인싸 분들은 루저들한테 신경 끄고 꾸준히 행복하게 사세요. 소희는 예하와 친구가 된 이후로 그 흑역사는 내내 지우고 살았다. 방금 머리 긴 여자애가 말하기 전까지.

"주문을 가르쳐주면… 너 대신 한 명 죽여줄게."

꿈속인가. 소리 없이 내리는 겨울비 때문인지 물속에 잠긴 것처럼 숨이 막혔다.

"몰라. 주문 같은 거."

"네가 학교 소문을 모를 리가 없잖아. 아이들이 그러던데. 너희가 그 뭐라더라…"

아, 제발 말하지 마.

"…탐정단이라며?"

부끄러워할 틈도 없었다. 머리 긴 아이가 입을 비뚤어뜨리며 웃었을 때, 소희는 주저앉고 싶을 만큼 공포심이 느껴졌다.

히히.

입에서 나온 소리 같지 않았다. 어느새 비웃던 아이의 표정이 싸늘하게 변했다.

"모르겠어? 지금 너한테 기회를 주는 거잖아. 학교 애들 개나 소나 알고 있는 주문을 내가 못 들었을 것 같니?"

분명히 머리 긴 아이는 의자에 앉아 있고 자신은 서 있는 상태였지만, 시각이 고장 났는지 소희는 그녀를 올려다보는 착각이 들었다.

"그쪽으로 나가지 않는 게 좋을걸."

소희가 들어왔던 교실 앞문으로 다가갔을 때 머리 긴 아이가 말했다. 문으로 나가지 말라니? 창밖으로 뛰어내리라는 소린가. 물론 문은 두 개였다. 교실엔 뒷문이 있었고, 뒷문으로 나가라는 말은 저 아이를 지나쳐가야 한다는 뜻이었다. 교실 뒷문으로 가기 싫었던 이유는 자존심 문제이기도 했지만, 무엇보다 기분 나쁜 머리 긴 아이 쪽으로 가기 싫어서였다.

"어깨가 아픈 이유를 말해줄까?"

머리 긴 아이가 기묘한 표정을 지으며 말했다.

"뭔가가 네 어깨에 앉아 있기 때문이야."

갑자기 어깨가 묵직해지는 느낌이 들었다. 어떤 심리 현상이지 몰랐지만, 자신의 어깨를 꽉 쥐는 듯한 기분 나쁜 통증이 또렷이 느껴졌다. 소희는 질끈 눈을 감고 앞문으로 뛰쳐나갔다. 복도로 나간 소희는 한숨은 내쉬며 복도 벽에 기댔다.

그 순간 '탁' 뭔가 깨지는 소리 났다.

'기분이 이상해.'

등에서 끈적거리는 뭔가가 흘러내리고 있었다. 몸에서 고약한 냄새가 나기 시작했다. 소희는 가방을 복도에 내려놓고 지퍼를 열었다. 가방 안에 누런 점액질이 필기구와 책에 징그럽게 엉켜 있었다.

'진짜 이 웬수가! 내 가방에 몰래 계란을 넣었어!'

예하한테 너무 화가 났다. 아무리 막무가내라도 허락 없이 남의 책가방에 계란을 숨겨 놓다니. 이 못 말리는 미신쟁이 같으니! 소희는 속이 부글부글 끓었지만, 시간이 지날수록 분노는 점점 두려움으로 변했다. 예하 말대로라면 등교 첫날 계란이 깨지면 안 좋은 일들이 생긴다고 했는데. 설마 앞으로 나한테 불길한 일들이 생기진 않겠지. 미신일 뿐이잖아.

"아악! 사라져! 깊어! 너무 뜨거워! 뜨거워!"

교실에서 울부짖는 듯한 소리가 터져 나왔다. 그리고 이어지는 작은 웃음소리.

히히.

콧대 높고 쌀쌀맞아 별명이 '겨울왕국'인 화학쌤이 언젠가 말했었다. 강남 아이들은 학업 부담 스트레스가 엄청나다고. 그래서 그 부자 동네에 청소년 정신과 병원이 우후죽순 생겨나고 있다고. 화학쌤은 그런 면에서 성북구 학교 다니는 너희들은 성적 걱정 없이 참 속 편하게 지내고 있다고 비꼬았다. 쳇, 그러는 쌤도 종문여중 출신이면서. 하지만 어쨌든 종문중학교에서도 정신과 치료가 필요한 아이가 있는지 모른다. 저 아이처럼.

소희는 도망치듯 계단을 내려갔다. 현관이 보였다. 여전히 겨울비가 내렸지만, 교실에 비하면 쨍쨍한 여름처럼 환했다. 마지막 계단을 내려온 소희가 멈춰 섰다.

"가만… 걔 이름이 뭐였지?"

자꾸 이상한 기분이 들었다. 그리고….

"걔한테서는 입김이 안 나왔어."

착각인가. 소희는 핸드폰을 꺼내 기온을 확인했다. 눈이 아니라 비가 내리고 있었고, 분명 영상이었다. 추위로 몸이 움크려 들었지만 입김이 나올 정도는 아니었다. 하아, 하아. 입을 벌렸지만 역시 입김은 나오지 않았다. 뭐지? 기억이 잘못됐나? 확인해보고 싶었지만 교실로 돌아갈 엄두가 나지 않았다.

"아, 몰라. 하나도 안 궁금해."

빨리 악몽에서 빠져나오고 싶었다. 소희는 우산도 펴지 않고 빗속으로 뛰어나갔다.

종문중학교 실험실 살인사건 44일 전 일이었다.

손님

기와 위 담쟁이넝쿨이 어지러운 전선처럼 꼬여 있었다. 구름이 걷히자 기와지붕 위로 봄 햇살이 내려앉았다. 성북구 산 중턱에 기울어가는 한옥 한 채가 숨어 있었다. 까칠까칠한 나무 대문엔 1년 내내 '입춘대길(立春大吉)'이 붙어 있고, 잡초가 무성한 마당을 지나면 나무 기둥에 붙은 노란 부적들이 보였다. 아는 사람들만 아는 그 집을 아는 사람들은 '선녀집'이라고 불렀다.

'서울에 아직도 이런 집이 남아 있다니.'

국회운영위원회 간사 홍의원은 마당 가운데서 선녀집을 둘러보았다. 담에 늘어선 장독대를 보자 고향집의 정겨움이 느껴졌다. 특히 장독 뚜껑 한쪽이 벗겨진 부분을 보자 미소가 절로 나왔다. 우리 어머니도 칼을 장독대 모서리에 갈았지. 숫돌로 갈라고 아버지가 아무리 잔소리해도 말을 안 들으셨어. 아, 지금 시대에 태어났더라면 장관이 될 만큼 총명하고 대찬 분이셨는데.

어머니 생각이 나자 홍의원은 낮게 한숨을 내쉬었다. 어머니는 아들이 국회의원 된 모습을 보지 못하고 돌아가셨다. 사람이 아무리 잘났어도 진정 자랑하고 싶은 상대가 존재하지 않는다는 건 쓸쓸한 일이었다. 어머니가 돌아가시고 나서도 그는 계속 승승장구했지만, 이상하게도 성공의 재미는 뚝 떨어졌다.

홍의원은 구두를 벗고 툇마루로 올랐다. 양쪽에 창호지가 붙은 격자무늬 문이 보였다. 문 크기를 보아 왼쪽이 안방이고 오른쪽이 건넌방이었다. 헛기침을 하고 안방으로 들어갔다.

무녀의 방 같지 않은 단정한 방이었다. 사방에 울긋불긋한 탱화가 그려져 있을 거란 예상은 보기 좋게 빗나갔다. 방은 꽤 넓었고 방 중앙에는 천장에 매달린 대나무 발이 늘어져 있었다. 촘촘한 대나무 발 사이로 한복을 입은 무녀의 실루엣이 보였다.

"대일그룹 박 대표님 소개를 받아서 왔네."

무녀는 대답이 없었다. 아예 본체만체했다. 홍의원은 헛웃음이 나왔다. 일단 손님의 기를 죽이고 시작하는 게 무당들의 사업전략인가? 홍의원은 가소롭다는 표정을 지으며 대나무 발을 통과했다. 시야가 트이자 홍의원은 예상과 다른 무녀의 모습에 깜짝 놀라고 말았다. 작은 상 앞에 웬 여자아이가 앉아 있었다. 중학생쯤 됐을까.

소녀는 촌스러운 한복을 입고 있었다. 화장은 부담스러울 정도로 진했다. 마치 엄마 화장품을 덕지덕지 바르고서 커다란 엄마 옷을 입고 혼자 패션쇼를 하는 여자아이처럼 어색했다. 눈매는 손님들에게 세게 보이기 위해서인지 색이 짙고 눈꼬리가 뾰족했다. 그러나 산전수전 다 겪은 홍의원에겐 강하게 보이기는커녕 애송이 같다는 인상만 심어주었다. 선녀집을 소개해준 대일그룹 대표에게 배신감마저 느껴졌다.

'뭐? 내로라하는 정재계 인사들이 신년마다 여길 찾아온다고? 이런 애송이한테?'

한쪽 무릎을 세우고 앉아 있는 소녀는 무릎 위에 팔을 얹고 건들건들 흔들었다. 건방진 자세였다. 그냥 돌아갈까? 하지만 자신을 노려보고 있는 소녀의 두 눈동자는 실로 오랜만에 보는 살아있는 눈빛이었다. 뭐랄까, 상대방에게 영감을 주는 눈이었다. 고심 끝에 홍의원은 소녀와 마주 앉았다.

"누가 지존이 될 사주인지 맞힐 수 있겠니?"

홍의원은 작은 상 위에 인물사진 세 장을 올려놓았다.

"이번 지존은 이 셋 중 하나야. 한 사람 골라주면 복채는 두둑하게 챙겨주지."

세 장의 사진 위에는 화이트 펜으로 인물의 생년월일시가 적혀 있었다. 소녀는 사진을 하나씩 손가락으로 끌어당겨 건성건성 보더니, 입을 열었다.

"그걸 제가 어찌 알겠습니까?"

오만한 말투였다.

"통이야 국민들 마음대로 뽑겠지요. 한 사람을 제대로 알기도 힘든 세상에 5,000만 명 마음을 알고 싶다니요."

이번엔 명백하게 비웃는 말투였다.

"5,000만은 대한민국 전체 인구수야. 투표권자는 3,500만이고, 그중 대선 투표율은 70프로 정도 된다."

"허, 도긴개긴."

홍의원은 아이의 거침없는 태도에 놀랐다. 야당 쪽 사람인가. 요즘 야당 쪽에서 청소년 정치캠프인가 뭔가를 하면서 미래의 유권자들을 세뇌한다더니. 원, 애를 이렇게 망쳐놨나 싶었다.

이 쓰러져가는 무당집에서 수모를 당하고 있다는 생각이 들자 부아가 치밀어 올랐다. 하지만 맞대응을 하기엔 격이 안 맞은 상대였다. 그는 초선의원 대하듯 침착함을 유지하며 말했다.

"실망이구나. 이 집이 꽤 신통하다고 들었는데…. 네가 모시는 신(神)이 별 능력이 없으신가 보구나."

애송이 마음 한번 들쑤셔볼까 하고 가볍게 첫 번째 공격에 들어갔는데, 갑자기 소녀가 주먹을 불끈 쥐며 발끈했다. 화장품으로 떡칠한 얼굴이 끓어올랐다. 억울한 일로 선생님한테 혼나는 여학생처럼 소녀는 몸을 부르르 떨었다.

'뭐야, 의외로 단순한 애잖아?'

소녀는 씩씩거리는 분을 삭힌 채 세 장의 사진을 뚫어지게 내려다봤다. 그러고는 사진 한 장을 뒤집었다. 윤 시장 사진이었다. 윤 시장은 대선 레이스에서 아웃이란 뜻인가? 제법이네. 홍의원 또한 세 사람의 유력 대선주자 가운데 윤 시장의 당선 가능성을 가장 낮게 보고 있었다. 이제 남은 두 사람은 당 대표와 법무부 장관이었다.

"좋아. 이제 2분의 1 확률이군. 신기를 발휘해서 맞춰봐. 그럼 아까 네 신한테 능력이 없다는 말 사과하지."

물론 저 당돌한 아이를 믿지는 않았다. 하지만 무당이 과연 누구를 차기 대통령으로 지목할지 솔직히 궁금하기는 했다.

소녀는 카지노 딜러가 카드를 섞듯 두 장의 사진을 현란하게 섞었다. 흥미롭게 그 광경을 지켜보던 홍의원은 소녀가 손동작을 멈추자, 저도 모르게 침을 삼켰다. 당 대표냐, 법무부 장관이냐. 사진을 한데로 모으던 소녀가 손을 펼쳤다. 사진이 온데간데없었다.

"어디서 눈 속임질이야?"

야바위꾼에게 농락당한 피해자처럼 홍의원이 화를 냈다.

"누가 통으로 뽑히든 손님과는 아무 상관이 없지요."

"무슨 뜻이야?"

"쯧쯧. 손님은 끊어졌단 말입니다."

홍의원은 '끊어졌다'는 말에 움찔했다. 자신이 이 자리까지 올라올 수 있던 비결은 줄을 잘 탔기 때문이고, 이곳에 온 이유 역시 앞으로 어떤 줄을 타야 할지 작은 힌트라도 얻기 위해서였다. 그런데 이 어린 무당은 누구의 줄을 잡아도 소용없다고 말하고 있었다. 순간 그의 머릿속에서 추문이 될 만한 정재계 인사와의 갖가지 찜찜한 거래가 떠올랐다.

홍의원은 고개를 흔들고 소녀를 바라봤다. 아리송한 말을 내뱉으며 복채를 올리려는 속셈이 뻔했지만, 어쨌든 이야기는 끝까지 들어봐야겠다 싶었다.

"좋아. 그럼 날 위해 해줄 수 있는 대책은? 부적을 쓴다든가, 크게 굿판이라도 벌인다든가…"

"허, 이런 상황에 대책이 있겠습니까."

"이 망할 계집! 대체 네가 아는 게 뭐야?"

"끊어진 연이 어디로 날아갈지는 바람만 알지요."

그의 인내심이 한계에 다다랐다.

"꼬맹아, 잘 들어. 내 전화 한통이면 너쯤은 얼마든지 고통스럽게 만들 수 있다."

"일 다 보셨으면 그만 가시지요."

"감히!"

"멀리 못 나갑니다."

너무 어려서 개념이 없는 건가. 불쾌한 표정으로 자리에서 일어선 홍의원이 소녀를 내려다보며 말했다.

"좋아. 24시간 안에 어른들의 세계를 알게 해주지."

홍의원이 선녀집을 나가자마자 소녀는 대문 앞에 소금을 뿌렸다.

선녀집에 별안간 일이 닥친 건 24시간이 아니라 2시간도 채 안 돼서였다.

"신고가 들어왔습니다."

볼이 통통한 중년 남자가 나무 대문을 열고 들어왔다. 마당에서 잡초를 뽑고 있던 할망이 손님을 맞았다. 할망은 챙이 큰 밀짚모자를 위로 올렸다. 남자는 자신을 성북구청 교육청소년과 최주무관이라고 소개했다.

"학교 안 다니는 아이가 이 집에 살고 있죠?"

"무사? 이 집을 팔라고? 우린 집 안 팔아마시."

이상한 사투리였다. 제주도 여행 갔을 때 비슷한 사투리를 들은 것 같기도 했다. 최주무관은 국어책을 읽듯 크게 또박또박 말했다.

"할머니, 대한민국 국민은 교육을 받아야 할 권리가 있고 동시에 의무입니다. 그리고 이 집에 사는 아이는 만 열네 살이에요. 할머니가 대한민국을 뭘로 보고 그러시는지는 모르겠지만, 이 아이는, 세상에 내 구역에 이런 아이가 있었다니!"

최주무관이 열을 올리면서 말하자, 할망은 밀짚모자를 벗어서 달아오른 그의 얼굴에 부채질을 해줬다.

"점 보러 완? 경하면 확 말해부려싸지."

이 할머니 귀가 먹었나? 최주무관은 천천히 할망을 관찰했다. 밀짚모자를 벗은 모습을 보니 노인네치고는 중년 배우만큼이나 얼굴이 고왔다. 게다가 헐렁한 면바지 위에 걸친 화려한 니트는 당연히 시장표라고 생각했는데, 가까이에서 보니 맙소사 샤넬이었다.

최주무관은 툇마루에 오른 할망을 뒤따라 안방으로 들어갔다. 대나무 발 사이로 한복을 입은 여자아이의 모습이 보였다.

"그럼 놀멍 일봐마시."

"저기, 할머니, 보호자께서 옆에 계셔야…."

말릴 틈도 없이 할망이 문을 닫고 나갔다. 갑자기 방 분위기가 싸해졌다. 최주무관은 거미줄처럼 성가신 대나무 발을 들어 올리고는 앞으로 걸어가 소녀와 마주 앉았다. 소녀에 대한 첫인상은 '촌스럽다'였다. 세상에, 혼자 연극을 하나. 고교 연극제에서나 할 저 두꺼운 화장 하며 80년대풍 한복이라니. 할머니는 샤넬을 입으면서 왜 애한테는 시골 기생 같은 옷을 입혀놓은 거야.

최주무관은 소녀에게 방문 목적을 말했다. 어려운 법률 용어를 섞어가면서 10분 넘게 설명한 내용은, 현행법상 학교에 가야 한다는 것이었다.

잠자코 이야기를 듣던 소녀가 입을 열었다.

"차라리 죽으라고 하시지요."

최주무관이 발끈했다. 뭐지? 저 건방진 말투는. 가정교육을 대체 어떻게 받았기에….

"제가 학교에 가면 할망하고 저는 뭘 먹고 살라는 말입니까."

"미성년자는 원래 이런 일이 불법이야. 알아보니까 너 세금도 안 내더라. 점술업은 세법상 개인 서비스업으로 들어가거든. 넌 교육법과 세법 두 가지를 어겼어. 다음 주에 소년원 들어가서 무서운 언니들한테 참교육 당할래, 아니면 정식 교육을 받고 제대로 된 사회인으로 자랄래?"

아무래도 보통내기가 아닌 것 같아 최주무관은 세게 으름장을 놓았다. 역시 나이는 못 속였다. 소녀는 치켜뜨던 눈을 내리깔고 작은 상 위에 놓인 쇠방울을 바라보았다.

이제는 당근을 줄 차례였다.

"걱정 마. 아저씨가 정부 보조금 타게 해줄게. 서류를 보니까 지금 너 고아나 다름없더라. 아버지는 네가 태어난 해에 돌아가셨고, 어머니는 현재 신원미상이고. 우리나라 복지가 생각보다 좋아. 대한민국에서 굶어 죽기도 힘들다고. 아저씨 말대로만 하면…"

"허."

소녀는 혀를 차고 다시 눈을 치켜떴다.

"오늘 처음 본 사람을 믿으라니요? 협잡꾼 모리배들도 그런 말은 하지 않지요."

소녀가 최주무관을 빤히 처다보았다. 두 눈이 살을 벨 듯 날카로웠다.

따라라라랑 따라랑. 갑자기 소녀가 쇠방울을 흔들기 시작했다. 따라라라랑. 타라라라랑. 최주무관은 속이 메슥거리기 시작했다.

타라라라랑. 방울을 흔드는 소녀가 이제는 반대 손바닥으로 상을 탕 탕 내리쳤다.

"네 이놈! 볼에 혹이 붙을 놈이구나! 고름 터질 놈! 땅 좋아하다 일찍 땅에 묻힐 수전노 같으니. 할!"

소녀의 입에서 할아버지 목소리가 터져 나왔다. 최주무관의 양 팔에 소름이 쫙 돋았다.

어느새 방울 소리가 멈췄다. 잘 벼른 칼날처럼 날카롭던 소녀의 눈도 차분해졌다.

"제가 방금 실례를 했는지요."

소녀가 말했다. 자연스레 시치미를 떼는 표정이 산전수전 다 겪은 영감들 못지않았다.

"바, 방금 무슨 말이었어?"

최주무관의 목소리가 떨렸다. 평소에 무당은 다 사기꾼이라 여겼지만 '수전노 같으니'라는 말이 걸렸다. 그걸 어떻게 알았지? 다름 아니라 최주무관은 교육계에서 소문난 짠돌이였다. 학창 시절 별명은 '얍삽이'였다.

"하려고 하는 걸 하지 마시랍니다."

"누가 그렇게 말했어?"

"그냥 하지 마시지요."

붉게 립스틱을 칠한 소녀의 입꼬리가 올라갔다. 그 모습을 보자 최주무관은 결혼 전 아내와 대학로 소극장에서 공짜표로 봤던 〈파

우스트)의 허여멀건 악마 얼굴이 생각났다. 차갑고 기분 나쁜 것의 표정. 최주무관은 허둥지둥 주머니를 뒤지기 시작했다. 한시라도 빨리 여기서 벗어나고 싶었다. 그는 상 위에 명함은 던졌다.

"거기에 사무실 주소 쓰여 있어. 1주일 안에 찾아오지 않으면 너하고 저 귀먹은 할머니는 법의 처분을 받게 될 거야. 잘 생각해라, 너."

"할망! 손님 나가시네!"

소녀의 말에 최주무관은 어리둥절했다. 할머니께 반말이라니. 그런데 마당에서 들려온 대답은 더 가관이었다.

"알아쿠라. 선녀님."

상식적으로 이해할 수 없는 집구석이었고, 더는 이해하고 싶지도 않았다.

"흥. 누가 이기는지 두고 봐."

최주무관은 씩씩거리며 선녀집을 나갔다.

대문 앞에 소금을 뿌린 할망은 밀짚모자를 고쳐 쓴 뒤 마당에 쭈그려 앉아 비틀즈의 〈미셸(Michelle)〉을 부르며 잡초를 뽑기 시작했다.

대나무 발이 쳐진 적막한 방안에서 소녀는 심호흡을 했다. 소녀는 한 움큼 손에 쥔 쌀을 상 위에 뿌렸다. 싸아아. 뿌려진 쌀을 하나하나 집어가던 소녀의 얼굴이 점점 어두워졌다. 소녀는 손등으로 쌀을 상 구석으로 밀어놓았다.

싸아아아. 다시 상에 쌀이 뿌려졌다. 쌀이 흐트러진 모양이 판화로 찍어낸 것처럼 방금과 똑같았다.

한동안 미동이 없던 소녀는 서랍장을 열었다. 그 안에는 7~8년 전쯤 초등학생 사이에서 유행이었던 만화 캐릭터 피규어와 아동영화 팸플릿, 유리구슬과 슬링키, 시크릿 쥬쥬 인형과 플라스틱 요술봉 세트가 들어 있었다. 물건을 뒤지던 소녀는 작은 접시만 한 나침반을 손에 들었다. '패철(佩鐵)'이라 불리는 그 나침반 안에는 깨알 같은 한자가 각인돼 있었다.

마당 그늘에 앉아 종이컵에 와인을 따르던 할망이 와인 병을 등 뒤로 숨겼다.

"선녀님, 어디가마시?"

대답 없이 소녀가 대문을 열었다. 쾅. 1년 만의 외출이었다.

◇◇◇◇

좁은 언덕길을 내려가는 소녀의 발걸음이 점점 빨라졌다. 소녀가 지나갈 때마다 행인들은 하나 같이 뒤를 돌아보았다. 소녀는 한복 차림이었고, 촌스러울 정도로 화장이 진했고, 두 눈빛은 세상에서 가장 나쁜 소식을 들은 사람처럼 불안해 보였다. 번화가로 나올수록 행인들의 시선이 소녀에게 꽂혔지만, 소녀는 개의치 않았다.

거리에서 소녀가 들어본 적 없는 노래가 흘러나왔다. 소녀는 행인들로 가득 찬 돈암동 옷가게를 지났다. 한편에서는 여대생들이 할인 중인 신발 가게 앞에서 구두를 골랐다. 소녀는 그제야 아래를 내려다보았다. 신발을 신는 것도 잊은 채 고인 빗물을 첨벙첨벙 내달렸던 소녀의 버선은 푹 젖어 있었다. 옛 표현 그대로 '버선발로 뛰쳐나온' 것이었다. 그러나 누군가를 반기기 위해서는 아니었다.

북적대는 거리 한가운데서 소녀는 손바닥을 펼쳤다. 빙그르르 돌던 나침반 바늘이 멈춰 섰다. 그것은 북쪽을 가리키지 않았다. 소녀는 주먹을 쥐었다.

"어둠 속에서 기어이 기어 나왔구나."

행인들은 한복을 입고 혼잣말을 하는 소녀를 힐끔힐끔 쳐다보았다.

종문중학교 실험실 살인사건 21일 전 일이었다.

밤선생

성북경찰서 관내에서는 하루 평균 0.5명 이상의 변사체가 발견된다. 경찰공무원이 되기 위해서는 32대 1의 치열한 경쟁률을 뚫어야 하고, 경찰 세계에 들어서면 셀 수 없이 많은 위험에 노출된다. 그 밖에도 산더미처럼 쌓인 민원 업무에 눌려 만성피로에 시달린다. 남 부끄러워서 경찰들 스스로 입에 올리지는 않지만, 본질적으로 애민 정신이 없으면 버틸 수 없는 직업이다.

하지만 흉악한 조직폭력배들을 때려잡는 그들도, 정의를 위해 죽음마저 불사하는 그들도, 사체를 보면 정신적 타격을 입는다. 신고를 받고 출동한 경찰들은 비 오는 저수지의 탱탱 불어버린 시신, 고시원의 상한 복숭아처럼 피부가 부패한 변사체, 지하철에 치여 산산이 조각난 생명의 흔적을 목격하고 나면 지독한 트라우마에 시달린다. 버려진 죽음을 목도한 그들은 부서 이동을 신청하고, 경찰청이 운영하는 마음동행센터에서 치료를 받는다. 때로는 안타깝게도 그 충격에 못 이겨 스스로 목숨을 끊기도 한다. 돌처럼 단단한 경찰 역시 인간인 것이다.

물론 어느 곳이나 마찬가지로 예외는 있다. 성북경찰서에서 끔찍하게 훼손된 시체를 보고 눈 하나 깜짝하지 않을 강심장이 있다면, 모두 '밤선생'을 지목할 것이다.

"저놈은 강심장이 아니야. 아예 심장이 없는 거지."

경찰서 복도에서 이형사를 지나친 어떤 형사가 동료에게 그렇게 말했다.

◈◈◈

주차할 공간도 없이 다닥다닥 지붕이 붙어 있는 재개발 구역. 그중 한 집에 형사들이 모여 있었다. 일곱 명의 남녀 형사들이 모여 있기에는 너무 작은 마당이었다.

형사들이 현장 조사를 하는 내내 이형사는 마당에 널브러진 시신을 내려다보고 있었다. 60대 남자였다. 시취가 풍기기도 전에 사체의 약한 살부터 파 들어간 벌레들이 얼굴에 알을 낳았다. 눈, 코, 입, 인간의 외부 신체 중 가장 물렁물렁한 안구에서부터 유충들이 기어 나왔다. 꿈틀거리는 벌레 떼를 본 신참들은 입을 가리고 헛구역질을 참아냈다.

"밤선생, 혹시 짐작 가는 데라도?"

강력계 2팀을 이끄는, 언제나 덤덤한 표정의 반장이 이형사에게 물었다. 올해 쉰네 살 된 반장의 별명은 '밀랍'이었다. 박물관의 먼지 쌓인 밀랍 인형. 아직도 강력계에 남아 있는, 승진 못 한 유물.

"글쎄요."

변사체를 내려다보던 이형사는 고개를 돌려 밀랍반장을 쳐다봤다. 눈이 마주치자 밀랍반장은 시선은 피하듯 노을빛에 물든 하늘을 올려다봤다. 어둠이 다가오고 있었다.

"이제 사체 이송해도 되겠습니까? 부검의 선생님이 아직 퇴근을 못 하고 계십니다."

까칠한 감식반원이 물었다.

밀랍반장은 눈빛으로 이형사의 뜻을 물었다.

"10분만 기다리면…."

이번에는 이형사가 밀랍반장의 시선을 피하며 말했다. 밀랍반장은 고개를 끄덕이고 감식반원에게 양해를 구했다.

어느새 밤이었다. 2팀 막내가 피해자 방에 들어가 불을 켜서 마당을 밝혔다. 잠시 후 이형사가 입을 열었다.

"아마도…."

마당의 모든 시선이 이형사에게 쏠렸다. 밤선생의 추리 시간이 온 것이었다.

"하수구요. 바닥에 물기 다들 보셨죠?"

사체에서 흘러내린 피는 마당 수챗구멍으로 이어져 있었고, 구멍 주위에는 동그란 회색 자국이 벽시계 크기로 퍼져 있었다. 이형사가 마당에 난 수도꼭지를 돌렸다. 콸콸 쏟아지는 물이 마당 수챗구멍으로 흘러내렸다. 물이 피를 씻겼다. 그런데 쿠르르르, 시원찮게 물을 빨아들이던 수챗구멍이 바깥으로 핏물을 토해냈다.

"하수구가 막혀 있어요."

형사들의 신발에 물이 질척였다. 이형사는 수도꼭지를 잠갔다.

"저라면 하수구 뚫는 기술자를 불렀을 겁니다. 내일은 꽃샘추위가 예고된 날이고, 막힌 물이 얼어붙기라도 하면 비용이 족히 두 배는 더 들 테니까요."

이형사는 마당 한쪽에 펼쳐놓는 증거 수집품 중 하나를 들어 올렸다. '증거 11호'라고 쓰인 비닐 안에 페트병 뚜껑 세 배 크기의 플라스틱 덮개가 들어 있었다.

"한 번쯤은 하수구 뚫는 기계를 본 적이 있을 겁니다. 수도 호수처럼 길고, 끝이 회오리 모양이죠. 딱 이 플라스틱 덮개 크기입니다. 여기 덮개에 양각으로 된 로고 보이시죠? 조사하면 곧 제품명과 생산연도가 나올 겁니다. 일상적인 물품이 아니니까 구입처는 쉽게 찾을 수 있을 거고요. 겉면이 깨끗한 걸 보면 구입한 지 얼마 되지 않았네요."

이형사는 증거 11호를 내려놓은 뒤 사체를 덮은 커버를 걷어 올렸다.

"피해자 배에 난 자상 보셨죠. 다들 아시겠지만 칼은 아니에요. 뾰

족하지만 칼만큼 날카롭지는 않은 무언가죠. 예를 들면 공구라든지."

이형사가 대문 밖으로 나갔다. 형사들도 홀린 듯 그를 따라 나갔다. 현장 가까운 골목에 철제 빗물받이가 보였다. 이형사는 핸드폰 플래시로 빗물받이 속을 비췄다.

"저 안에 테니스공 보이시죠? 이 틈을 뚫고 들어갈 수 없는 크기입니다. 그리고 쓰레기들이 잔뜩 쌓여 있는데 물기가 없어요. 배수구 안에 쓰레기들이 너무 말라 있어요."

이형사는 입고 있던 하늘색 코트를 팔꿈치까지 걷어 올렸다. 그러고는 빗물받이 구멍 사이에 손가락을 끼워 넣고 들어 올렸다.

"사이코패스가 아닌 이상 누구라도 살인 직후에는 허둥지둥할 수밖에 없습니다. 본능적으로 흉기를 빨리 떨쳐내고 싶죠."

이형사가 한쪽 무릎을 꿇고 배수구 안의 쓰레기들을 하나씩 밖으로 빼냈다. 가로등이 켜졌다. 골목에 노란빛이 내려앉았다. 형사들은 소극장 관람객처럼 이형사의 다음 대사를 기다렸다.

"우리 아버지가 전력공사에서 일하셨어요. 인텔리와는 거리가 멀었고, 현장 노동자셨죠. 매일 전봇대를 타셨어요. 말수가 적은 분이셨는데, 가끔 저한테 이렇게 말씀하셨어요. 부산 시내에 전봇대가 얼마나 많은지 아느냐고. 쉬는 날 거리를 돌아다닐 때도 아버지는 전봇대와 전깃줄만 보인다고 하셨죠. 그게 일종의 직업병이었을지도 모르겠네요. 어쨌든 일은 험해도 들어가기 힘든 공기업이잖아요. 계속 버티셨으면 최소한 노후는 보장됐을 텐데, 어머니 도박 빚

갚느라 퇴직금이 필요하셨대요. 제 어머니는… 아, 뭘 그렇게들 보십니까? 다들 집안에 문제 한두 개씩은 있지 않아요? 누가 죽기 전엔 답이 안 나오는."

배수구에서 쓰레기를 꺼내던 이형사의 손에 검은 물체가 들려 있었다. 바싹 마른 쥐였다. 이형사는 무표정하게 잡고 있던 죽은 쥐를 내려놓았다. 골목은 말 그대로 쥐 죽은 듯 고요했다.

이형사가 다시 배수구에서 더러운 것들을 꺼내기 시작했다.

"왜 여기일까요? 어쩌면 범인은 우리 아버지처럼 직업병이 있는지 몰라요. 매일 하수구를 접하는 일을 하다 보니 하수구가 가장 먼저 눈에 띄었는지 모르죠. 김영하 작가 소설에 이런 말이 나와요. 누구도 하수구엔 관심이 없다. 막히기 전까지는."

마지막으로 과자봉지를 꺼낸 이형사가 일어나 배수구를 가리켰다. 그가 물러서자 형사들이 몰려들었다. 재빨리 카메라를 꺼내든 막내 형사가 배수구를 향해 여러 각도로 플래시를 터뜨렸다. 형사 중 누군가가 라텍스 장갑을 끼고 배수구에서 송곳형 철공용 줄을 꺼내 올렸다. 뾰족한 금속 부분에 피가 눌어붙어 있었다.

"손 좀 닦고 오겠습니다."

이형사가 현장 마당으로 되돌아가자, 밀랍반장이 핸드폰 통화버튼을 터치했다.

"오늘 피해자 통화목록 중에 건설이나 철물, 설비업 종사자 있었나?"

형사들이 귀를 쫑긋 세웠다.

"오전 11시 28분, 경인설비? 1인 사업장? 알았어, 경인설비 업주 신분 조회하고 주소 확보해놔. 위치추적 허가 떨어지면 나한테 바로 위치 전송하고. 끊어."

밀랍반장의 통화 내용을 들은 형사들은 어안이 벙벙한 표정을 지었다. 그들 사이로 이형사가 손의 물기를 코트에 닦으며 들어왔다.

"이건 뭐, 약 올리는 것도 아니고."

박형사가 투덜댔다. 365일 스포츠머리에 가죽점퍼를 고수하는 덩치 좋은 터프가이.

"그 능력으로 진즉에 해결하시지. 그럼 우리가 이 밤중까지 고생 안 해도 됐잖아."

그러자 이형사가 무표정한 얼굴로 박형사를 바라보며 말했다.

"밤에 컨디션이 좋아서요."

"하긴. 야간학교 출신들은 밤에 일이 더 잘되겠지."

박형사가 비아냥댔다. 이형사는 지방 전문대학 출신이었다. 게다가 야간이었다. 스펙만 놓고 보면 성북경찰서 최저등급이라 하겠지만 실적만큼은 장학생급이었다. 34주 경찰학교 교육을 마친 이형사는 졸업 후 1년 4개월 만에 순경에서 경장으로 진급했다. 장안이 떠들썩했던 '약제시장 살인사건'을 해결한 공이 컸다. 이후 파출소에서 성북경찰서로 전출한 이형사는 도토리를 모으는 다람쥐처럼 부지런히 실적을 쌓았다. 지금 같은 속도라면 서른도 되기 전에 경사로 승진할 가능성이 컸다. 그의 수사 능력은 의심할 여지가 없었다. 이형사가 굵직한 살인사건을 해결할 때마다 2팀 모두 쏠쏠한 금일봉을 받았고, 그동안 출세와 거리가 멀던 밀랍반장 역시 이형사 덕에 인사고과 점수가 올라갔다. 하지만 팀원들은 그와 파트너가 되기를 꺼렸다. 그는 다가가기 어려운 선배인 동시에 다루기 힘든 후배였다. 어느 곳에서나 아웃사이더는 존재하는 법이다. 만약 주변에 아웃사이더가 보이지 않는다면, 내가 왕따인 것이다.

"그런데 어떻게 알았어?"

박형사가 시비조로 말했다. 이형사는 대꾸 없이 그를 빤히 쳐다볼 뿐이었다.

"내 말이 말 같지 않아? 어떻게 알았냐고. 이 귀신같은 놈아."

"귀신이 알려주더군요."

"이 자식이!"

불끈한 박형사가 이형사의 멱살을 잡았다. 2팀 형사들이 재빨리 두 사람을 뜯어말렸다.

밀랍반장이 한숨을 내쉬었다.

"수고했어. 이형사는 퇴근해."

무표정하게 서 있던 이형사는 말없이 인사를 하고 비탈길을 내려갔다. 그가 시야에서 사라지자 밀랍반장이 박형사를 노려봤다.

"동료끼리 뭐 하는 짓이야."

"아니, 진짜로. 이상해서요. 범인이 아니면 알 수 없는 거잖습니까."

동의를 구하듯 박형사가 주위를 쳐다봤다.

"그 말은, 이형사가 여기서 살인을 저지르고 설비업자한테 누명이라도 씌웠단 거야? 인사고과 점수 높이려고? 승진하려고?"

모두 말도 안 되는 소리인 줄은 알았다. 동시에 모두의 마음 가장자리에서 희미한 물음표가 떴다. 밤선생이라면, 어쩌면? 그들 머리 위로 구릿빛 달이 떠 있었다. 달이 꼭 녹슨 것만 같았다.

종문중학교 실험실 살인사건 16일 전 일이었다.

봄

목요일 낮이었다. 출입문으로 소녀가 들어오자 최주무관은 환희에 찬 표정을 지었다. 소녀는 무뚝뚝한 얼굴로 그에게 다가가 마주 앉았다.

"그래그래, 잘 생각했다."

최주무관은 미리 준비한 서류들을 꺼냈다.

"네가 어려워할 것 같아서 미리 형광펜으로 표시해놨어. 그 부분만 작성하면 나머지는 아저씨가 논스톱으로 처리해줄게."

소녀는 한 장씩 넘기며 서류를 살폈다.

"제 조건이 있었지요."

"그거 먼저 작성해."

최주무관이 의뭉스레 볼펜을 책상 위로 올렸다. 소녀는 입술을 깨물고 펜을 받았다.

서류 작성에 서툰 소녀는 구청 사무실에서 오랫동안 서류와 씨름했다. 그 모습을 최주무관이 승자의 미소를 지으면서 바라보았다.

"어디 보자."

최주무관이 서류를 뺏어 들었다. 서류 위에 빨간 펜이 찍찍 그어졌다.

"틀렸잖아. 다시 써."

최주무관이 소녀를 향해 새 서류를 던졌다. 소녀는 화를 꾹 참고 처음부터 다시 작성했다. 그런 과정이 몇 차례나 이어졌다.

"아이고, 벌써 몇 번째야. 여기서 날 새울래?"

소녀의 얼굴이 붉어졌다. 이마에는 송골송골 땀까지 맺혔다. 최주무관은 소녀가 여섯 번째 작성한 서류를 넘겨보며 느끼한 웃음을 지었다. 선녀집에서의 수모를 앙갚음하듯.

"쯧쯧. 아직도 마음에 안 들지만, 뭐 애들이 다 그렇지."

봐준다는 말투였다. 최주무관이 서류를 파일에 넣었다. 그러고 새로운 서류를 내밀었다.

"그래 네 조건, 개명하고 싶다고 했지? 이름 바꿔서 공무원 귀찮게 할 개명 사유는 있고?"

소녀가 앙칼진 눈으로 쏘아봤다. 최주무관은 잠시 움찔했지만, 구청은 그의 홈그라운드였다.

"됐다. 사유라고 해봐야 엉뚱한 소리나 하겠지. 개명신청 과정이 얼마나 까다로운지 모르지? 날 만나서 다행인 줄 알아라. 원래 개명신청은 내 소관도 아니지만, 사회에 어리숙한 널 위해 아저씨가 봉사해주는 거야. 짐승이 아닌 사람이라면 고마운 줄은 알겠지? 어쨌든 조사해보니까 너 초등학교 2학년 때 자퇴했더라. 그 점을 공략하자. 개명 사유는 이렇게 하자고. 촌스러운 이름 때문에 아이들한테 놀림 받아서 학교 다니기 싫고 무서워서 자퇴했고, 그거 때문에 개명하고 싶다고. 내가 구체적 사유는 불러줄 테니까. 아니, 아니다. 받아쓰기도 제대로 못 할 테니 아저씨가 프린트해서 줄게. 그거 보고 그대로 베껴 써. 베껴 쓰기는 할 수 있지?"

최주무관이 뽐내듯 빠르게 자판을 두드렸다.

"오케이, 좋아. 그나저나 너… 이름은 정하고 왔지?"

말없이 최주무관을 지켜보던 소녀가 창가 쪽으로 고개를 돌렸다. 소녀는 입을 다물고 창을 주시했다. 투명한 창문 너머 노란 햇살이 비쳤다. 햇빛 아래 꽃들이 활짝 입을 벌리고 있었다. 꽃밭 위에서 나비들이 봄바람을 타고 살랑거렸다.

"봄…"

소녀가 들릴 듯 말 듯 혼잣말을 내뱉었다.

"봄이 좋구나…"

보름 뒤, 소녀의 이름이 전산에 등재됐다.

주소: 서울특별시 성북구 ○○○로 ○○길, ○-○○

나이: 만 14세

성명: 김⒢ 봄

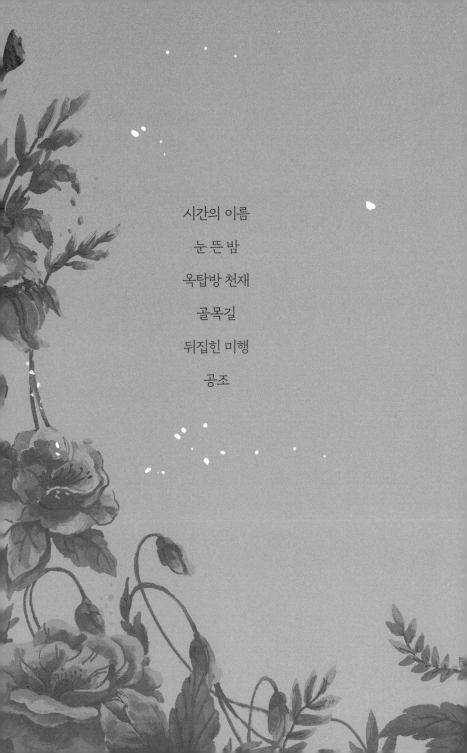

제2부

시간의 이름

3월, 춘분(春分)의 운동장은 어수선했다. 교문 앞 선도부는 지각생 명단을 작성했고, 야외 청소 당번들은 집게를 들고 운동장 쓰레기를 봉투에 건성건성 담았다. 운동장 한쪽에서는 학교법인 종문재단의 숙원 사업이던 문화관 건물을 짓느라 깎고, 두들기고, 붙이는 소리로 시끄러웠다. 곧 저 종문문화관이 낡은 강당을 대체할 것이다. 화단의 배추흰나비는 얇은 날개를 부지런히 움직이며 날아올랐다.

복도 창밖으로 송선생의 얼굴이 보였다. 교생실습을 막 마친 새내기 담임이었다. 대학생 언니 누나 같은 송선생을 아이들은 쏭이라고 불렀다. 수업 시간이 가까워지자 수다 소리가 잦아들었다. 교실 문이 열렸다. 종문중학교 전교 1등이자, 3학년 4반 반장인 남학생 선비가 일어섰다.

"차렷! 선생님께 경례!"

"행복은 의무다!"

아이들이 3학년 4반 급훈을 외쳤다.

"이리 오렴. 앞으로 우리…."

송선생이 말을 다 하기도 전에 아이들의 시선은 따라 들어온 전학생에게 꽂혔다. 키가 작아서 복도 쪽 창문으로는 송선생만 보였었다. 전학생을 본 아이들의 어안이 벙벙해졌다. 교복 차림이 아니었다.

"헐, 쟤 뭐냐?"

교실이 술렁거렸다. 전학생은 분홍색 치마저고리를 입고 있었다.

"아, 오늘은 너희가 이해하렴. 아직 교복을 맞추지 못해서 이런 전통의상… 그러니까 너희한테 잘 보이고 싶어서 이렇게 격식을 갖춘 옷을…."

송선생은 혹시라도 자신의 반으로 들어온 새 학생이 옷차림 때문에 놀림 받을까 봐 진땀을 흘리며 설명했다.

"앞으로 우리 반에서 함께 공부할 급우야. 자, 자기소개해야지."

그러자 치마저고리를 입은 전학생이 말했다.

"봄."

레스토랑에서 거만하게 주문하는 말투로 봄이 말했다. 종문중학교 역사상 가장 짧은 자기소개였다.

"아니, 봄아. 김봄, 좀 더 구체적으로…."

송선생이 뒤에서 봄의 어깨에 손을 올렸다. 그 순간 봄이 그녀를 날카롭게 올려다보았다.

"그, 그래, 오늘은 너무 무리하지 말고 천천히 적응하자. 우리 3학년 4반은 천사들밖에 없단다. 그래, 아…."

송선생이 울상을 지었다. 마치 재단 이사장 외동딸을 어떻게 대해야 할지 몰라 난처해하는 것처럼 보였다. 아니면 순조로웠던 인생길에 예고 없이 튀어나온 기인을 보고 경악을 금치 못했든가.

조례가 끝나고 곧바로 오전 수업이 이어졌다. 교사들은 얼마 전 교장실에서 "여러 사정으로 초중등 교육과정을 건너뛰고 오는 여학생이 있으니 모쪼록 신경 써달라"는 당부를 받았었다. 그래서 되도록 이 한복 입은 학생을 배려하려고 애썼다. 하지만 수업 내내 눈을 치켜뜨고 교단을 쳐다보는 봄의 시선은 뭐랄까, 교실에 장학사가 앉아 있는 것처럼 불편했다.

학생들 또한 기분 나쁘긴 마찬가지였다. 수업 중간중간 봄과 아이들 사이에서 탐색전이 벌어졌는데, 봄은 도도한 눈빛으로 아이들을 깔보고 있었다.

3교시가 시작되자 롱스커트를 입고 온 영어 투(II) 선생이 아이들을 향해 근엄한 표정을 지으며 말했다.

"서랍, 가방 안에 있던 물건 다 꺼내서 책상 위에 올려놓는다. 셔럽! 허리업!"

교실에 한숨 소리가 퍼졌다. 학기마다 한 번씩 찾아오는 불심검문, 아니 소지품 검사 시간이었다.

사물함 검사를 마친 영어 투가 창가 쪽부터 시작해 책상 사이를 훑으며 지나갔다. 그렇게 영어 투는 조례 때 수거하지 않은 핸드폰 세 개, 청소년에게 부적절한 서적 한 권, 싸구려 색조 화장품 다섯 개를 압수하는 데 성공했다. 그리고 봄이 앉은 자리에 멈춰 섰다. 영어 투는 황당하다는 표정을 지으며 봄의 책상 위를 바라보았다. 거기에는 만화 캐릭터가 그려진 초등학생용 노트와 필통 그리고 나침반이 놓여 있었다. 중학생답지 않은 소지품들이었다. 더욱이 나침반 옆에는 일회용 가스라이터가 턱 하니 누워 있었다. 영어 투가 가스라이터를 들어 올리며 말했다.

"쪼끄만 게 벌써 담배를 피워?"

그러자 봄이 따지듯 대꾸했다.

"그딴 걸 제가 왜 피우겠습니까. 얼굴 살 칙칙해지게."

"그럼 라이터는 왜 갖고 있어?"

"세상엔 사라져야 할 것들이 많지요."

영어 투의 입이 벌어졌다. 너무나 어처구니없는 대답이라 화도 나지 않았다. 영어 투는 눈을 돌려 봄이 메고 온 책가방을 내려다보았다. 초등학생들에게나 어울릴 핑크색 가방이었다.

"분명히 모든 소지품을 책상 위에 올려놓으라고 했을 텐데."

핑크색 책가방은 불룩했다. 영어 투가 손을 뻗었다. 봄이 방어하며 말했다.

"감당 못 하십니다."

"손 떼!"

영어 투가 신경질적으로 핑크색 책가방을 들어 올렸다. 아이들의 시선이 가방에 쏠렸다. 가방을 뒤지던 영어 투가 이윽고 무언가를 꺼냈다.

"꺄악!"

화들짝 놀란 영어 투가 뒤로 넘어지면서 엉덩방아를 찧었다. 그와 동시에 봄의 책가방에서 뱀처럼 긴 것이 영어 투의 롱스커트 위로 떨어졌다. 영어 투는 공포영화 속 희생자처럼 연신 비명을 내질렀다.

비명을 들은 옆 반 선생이 복도 창문으로 얼굴을 가까이하며 두리번거렸다. 그 모습을 본 영어 투가 애써 침착함을 유지하면서 아무것도 아니라는 손사래를 쳤다.

겨우 진정하고 일어선 영어 투는 뱀이라고 착각한 물체를 들어 올렸다. 아주 길고, 보기보다 꽤 무거웠다.

"이건 설마… 채찍?"

"보통 그렇게 부르지요."

"도대체 학교에 이걸 왜?"

봄은 저고리 매듭을 단정하게 고치고는 교실에 선포하듯 말했다.

"예나 지금이나 잔망스러운 것들한텐 매가 약이지요."

그 어느 때보다 공기가 싸늘했다. 얼마간 정적이 지나자 교실이 다시 술렁거렸다. 한 여학생이 흥분을 참지 못하고 일어나 소리쳤다.

"이 구역 미친년은 이제 저년이야!"

◈◈◈

5교시가 끝나자 '짧은치마단'이 3학년 4반에 몰려와서는 봄의 책상 주변을 에워쌌다. 그중 한 아이가 봄의 어깨를 툭툭 치며 시비를 걸었다.

"야, 사극."

봄이 기가 막힌다는 듯 올려다보았다.

"무슨 말인 게냐?"

"야 이 또라이야, 학교에 한복을 왜 쳐 입고 와? 또 네 말투, 너 국어를 사극으로 배웠냐?"

얼굴이 부루퉁해진 봄이 가방을 열어 채찍을 꺼냈다.

짧은치마단이 본능적으로 일제히 뒤로 물러섰다.

봄은 잘못 잡았다는 듯 채찍을 집어넣고 이번에는 노트를 꺼냈다. 표지에 한자로 세 글자가 잠깐 보였다가 봄이 노트를 펼치자 사라졌다. 봄이 말했다.

"네년, 이름 좀 듣자꾸나."

"어쭈. 이연주다. 어쩔래?"

봄은 공책에 또박또박 '이연주'라고 썼다. 눈이 동그래진 연주가 노트를 낚아챘다.

"아놔, 이년이 쏭한테 꼰지르려고 내 이름을 적어? 그것도 재수 없게 빨간색으로? 야, 사극, 이따 종례 끝나고 나랑 상담 좀 하자. 째면 죽는다."

연주는 자기 이름이 쓰인 페이지를 부욱 찢은 뒤 노트를 바닥에 내팽개쳤다. 그리고 짧은치마단과 고개를 빳빳이 든 채 복도로 나갔다.

그때 마침 교실로 들어온 반장 선비가 심상치 않은 분위기를 파악했다. 선비는 바닥에 떨어진 노트를 들고 봄에게 다가갔다.

"이거 네 거 맞지?"

봄은 뚫어지게 선비의 얼굴을 올려다보더니, 천천히 위아래로 스캔하듯 훑었다. 어른들 같은 시선이었다. 대개 아이들은 상대방 얼굴만 보지만, 아저씨 아줌마들은 꼭 저렇게 상대 얼굴을 본 다음 은근슬쩍 몸까지 훑어본다.

"내가 여기 반장이거든. 혹시 학교 생활하면서 어려운 일 있으면 말해."

"꼴에 사내놈이라고. 중학생 주제에 누굴 책임진다는 것이냐."

선비가 어안이 벙벙한 표정을 지었다.

"책임은 못 지지만, 학교에 네 상황을 전달할 수는 있다는 뜻이야. 그리고 사내놈이라는 말. 누군가에겐 불쾌한 표현일 수도 있어. 앞으로 그런 말은 지양해줘. 학생수첩에도 나와 있듯이 남녀공학으로 변경된 이후 우리 학교 이념은 남녀가 서로를 존중하는…."

"학생수첩 내일까지 가져와."

"네."

자기도 모르게 존댓말이 나온 선비가 급히 고개를 가로저었다.

"어, 알았어."

"귀여워."

들릴 듯 말 듯한 봄의 혼잣말을 들은 선비는 순간적으로 얼어붙고 말았다. 마치 상태가 안 좋은 동네 아줌마한테 희롱당한 기분이었다. 봄이 다시 한번 선비를 위아래로 훑어보았다. 끈적한 시선이 닿을 때마다 부르르, 선비의 몸이 떨렸다.

"내려놓거라."

선비가 정신을 차리고 손에 들고 있던 노트를 봄의 책상 위에 내려놓았다. 그 순간 선비의 눈이 커졌다. 짧은치마단은 노트 표지에 붓펜으로 쓰인 세 글자의 한자에 눈길을 주지 않았지만, 우등생 선비는 그것을 읽고 못 믿겠다는 듯 자기 눈을 비볐다.

"사, 살생부(殺生簿)?"

어떤 시간에는 '이름'이 있다. 스페인의 낮잠 자는 시간 '시에스타(Siesta)'라든지, 시장이 일제히 문을 닫는 중국의 파시(罷市), 그리고 대한민국 중고등학교의 '방과 후 옥상' 같은…

수업이 끝나자 짧은치마단이 봄을 납치하듯 옥상으로 끌고 올라갔다.

푸른 하늘 아래 짧은치마단 다섯 명이 봄을 빙 둘러쌌다. 짧은치마단은 공놀이를 하듯 봄을 밀치고, 받고, 다시 밀쳤다. 이리저리 떠밀리는 봄의 얼굴이 벌게졌다.

"미친! 학교가 네 안방이야, 인방이야?"

"재수 없어, 관종년!"

"나대는 것들이 세상에서 제일 싫다니까!"

짧은치마단의 폭언이 이어졌다. 봄은 절반도 알아들을 수 없었다. 계속해서 떠밀리던 봄은 점점 균형 감각을 잃어갔다. 가느다란 종아리가 후들거렸다. 어처구니없고, 잔뜩 화가 났지만, 지금 할 수 있는 일이라곤 꼴사납게 쓰러지는 것뿐이었다.

결국 봄은 주저앉고 말았다. 그때였다. 철컹, 옥상 철문이 열렸다. 모델처럼 키가 큰 여학생이 무표정한 얼굴로 걸어왔다.

"언니!"

조이란이었다. 짧은치마단이 우르르 달려가 이란에게 고개를 숙였다. 같은 3학년인데 그 누구도 이란에게 반말을 하지 못했다. 조이란은 속칭 '1년 꿇은' 언니였다. 차가운 예쁜 언니 조이란은 짧은치마단에게 닮고 싶은 롤모델이자, 자신들의 가치를 드높이는 '시크한' 여왕이었다. 조이란이 없다면 자기들은 그저 그런 '노는 애들'일 뿐이라는 사실을 짧은치마단은 본능적으로 느끼고 있었다.

이란이 주저앉은 봄을 향해 다가왔다. 고개를 갸우뚱거린 이란이 짧은치마단에게 물었다.

"애는 왜 한복을 입고 있지? 오늘 국악부 행사 날인가?"

"언니, 신경 쓰지 마세요. 그냥 또라이년이에요."

이연주가 양손을 펼치고 어깨를 으쓱거렸다. 그때 연주 뒤에서 봄이 치마저고리를 툭툭 털며 일어났다.

"구사마사귀도래즉시개문…."

봄이 무언가를 중얼거렸다. 그 모습을 지켜보던 이란이 짧은치마단 쪽으로 고개를 돌렸다.

"내가 도움반 애들은 건드리지 말라고 했지!"

이란이 연주를 매섭게 노려봤다. 기가 죽은 연주가 기어들어가는 목소리로 대꾸했다.

"아녜요, 언니. 오늘 전학 온 애인데 완전 싸가지가 없어서…."

이란이 앞으로 다가가 봄을 내려다봤다. 둘의 키가 한 뼘 차이도 더 났다.

"환자면 봐줄게. 소문 안 낼 테니까, 대신 솔직하게 말해봐. 한복, 너, 정신과 치료받아?"

봄이 기막히다는 표정으로 말했다.

"허, 병신 눈에는 병신만 보인다더니…."

그 순간 반사적으로 이란의 손이 올라갔다. 쫙! 뺨을 후려치는 소리가 옥상에 낭랑하게 울렸다.

"경고한다. 다시는 '병신'이란 말 입에 올리지 마."

봄이 벌겋게 부풀어 오른 자기 볼을 만졌다. 뺨을 맞았다는 사실을 인정하지 못하는 것 같았다. 선녀집에서 어른들을 벌벌 떨게 만들던 무녀의 위압적인 모습은 어디에도 없었다. 지금은 그저 피라미드 최하단의 작은 여자아이일 뿐이었다. 봄의 커다란 눈망울에 눈물이 핑 돌았다.

"재미없다. 내려가자."

이란의 말에 짧은치마단이 재빠르게 옥상에서 내려갔다. 이란도 아이들이 사라지자 교복 주머니에 양쪽 손을 집어넣고 철문 쪽으로 몸을 돌렸다. 그런데 어느새 이란의 어깨에 봄의 손이 올라왔다.

"이게, 죽고 싶어?"

이란아, 이란아⋯.

인상 쓰고 있던 이란의 얼굴이 멍해졌다. 뭉게구름이 빠르게 움직였다. 그녀는 천천히 고개를 돌렸다. 봄이 기이한 웃음을 짓고 있었다.

"너⋯ 너 지금 무슨 수작이야?"

이란의 목소리가 떨렸다.

"내 이름은 어떻게?"

오늘 처음 왔다던 전학생이 자신의 이름을 알 리 없었다. 짧은치마단도 언니라고만 했지 이름은 부르지 않았다. 혹시 몰라 교복 상의를 확인했지만 명찰은 붙어 있지 않았다. 게다가 이 목소리는⋯.

"널 애타게 부르고 있잖느냐."

이란아, 이란아….

넋 나간 사람처럼 멍하니 서 있는 이란 옆으로 봄이 치맛자락을 펄럭이며 지나갔다. 옥상에 혼자 남은 이란은 몸이 굳어버린 것 같았다. 뇌의 사고작용이 멈춘 듯 머릿속에서 아무런 생각도 들지 않았다. 옥상에 늘어진 자신의 그림자가 길었다. 노을이 지고 있었다.

그때 하늘에서 나는 소리 같은 기이한 음성이 귓가에 들려왔다. 목덜미가 서늘해졌다. 소리가 울렸다. 소리가 울었다. 이번 소리는… 다른 목소리였다. 다른 사람이었다.

누나야 눈나 어린이날히…… 아파아 약속 무서워 부서져서……. 히이.

◈◈◈

3학년 4반. 청소 당번들이 청소 도구를 든 채 교실 뒤편에서 수군거리고 있었다. 얼마 전 학교에서 일어난 살인사건에 대해서였다. 학교에서 함구령을 내렸지만, 아이들은 삼삼오오 모일 때마다 작고 은밀한 목소리로 속닥거렸다.

"저주 이야기는 괴담이 아니었어."

"그 주문을 외우면…."

"주문만 외우면 뭐 하냐. 일기장이 없는데."

"저주는 세트야. 주문과 일기장. 그 일기장이 없으면 주문을 외워도 소용없대."

"서준이 너, 지난달에 자전거 타다 사고 난 거 혹시?"

"내가 저주를 왜 받아? 난 누구한테도 미움받을 짓 한 적 없거든. 너야말로 체육 시간 때 머리에 포환 맞을 뻔했잖아. 저주 빗맞은 거 아냐?"

"존나 불쌍해서 놀아줬더니 찐따새끼가. 뚝배기 깨지고 싶냐!"

"얘들아, 그만해."

"이러다 또 불나면 어떡해?"

"오래된 학교라서 으스스하다. 아, 진짜로 전학 가고 싶다."

"야야, 쏭 온다!"

복도 창밖으로 송선생의 모습이 보였다. 아이들은 서둘러 흩어져서 청소를 시작했다.

눈 뜬 밤

산청학원에 어둠이 내려앉았다. 소희와 예하는 단짝 친구가 으레 그렇듯 학교에서도 함께였고 방과 후에도 같은 학원에 붙어 다녔다. 둘은 고입선발고사 준비반 강의실 뒤편에서 소곤소곤 이야기를 나누고 있었다. 예하가 말했다.

"전학생 얘기 들었습니까?"

"4반에 한복 입고 왔다는 애?"

소희도 소문은 들었다. 김봄이라고 했던가. 예하를 능가할 또라이의 등장이었다. 한복도 모자라 학교에 라이터와 채찍을 가져오다니. 소지품 검사를 하던 영어 투도 채찍을 발견한 순간 충격에 빠져 압수도 못 했단다.

"그 애는 언제 조사할 생각입니까?"

예하의 뜬금없는 질문에 소희가 눈썹을 치켜올렸다.

"김봄을 조사하자고? 그거 사생활 침해잖아."

"살인사건 직후에 전학 온 미지의 소녀. 뭔가 연관이 있을 거라 생각하지 않습니까?"

학교에서 벌어진 연속적인 사건에 예하는 들떠 보이기까지 했다. 사실 살인사건 소식을 처음 들었을 때 소희 역시 드디어 탐정에게 어울리는 일이 생겼다고 설렜었다. 더욱이 고전 추리소설의 단골 소재인 밀실 살인이었다. 뉴스에서 미궁에 빠진 종문중학교 실험실 살인사건이 보도될 때였다.

"이 사건은 내가 해결하겠어."

거실에서 TV를 보던 소희가 희희낙락거리자, 옆에 있던 엄마의 얼굴이 싸늘해졌다. 자신을 쳐다보는 엄마의 눈빛은 마치 인간쓰레기를 바라보는 듯했다. 그제야 소희는 잘못을 깨달았다.

"엄마, 그게 아니라…."

그때 소희는 말을 잇지 못하고 자기 방으로 도망가 이불을 뒤집어썼다. 이루 말할 수 없는 수치심이 밀려왔다. 동창생의 죽음을 애도하기는커녕 탐정 놀이를 할 생각부터 했다니. 타인의 죽음을 기뻐했다니. 소희는 자책했다.

'권소희, 탐정 놀이를 하고 싶으면 너나 밀실에서 죽어. 이 사이코패스야.'

그때의 일을 떠올린 소희는 조심스럽게 예하에게 말했다.

"살인사건은 게임도 아니고 소설도 아냐. 죽음은 그래. 사랑하는 사람을 다시는 볼 수 없는, 세상에서 가장 슬픈 일이야."

한숨을 내쉬며 소희가 말을 이었다.

"만약 학교에서 일어났던 일이 체육복 도난 사건이라면, 우리 탐정단이 나서서 추리하고 사건을 해결해야겠지. 하지만 살인사건은 달라. 우리 능력 밖의 일이야. 또 무엇보다, 아, 나도 어떻게 설명해야 할지 모르겠지만, 윤리적으로 문제가 있어."

그 말을 듣자 언제나 마음이 붕 떠 있던 예하의 얼굴이 차분해지는가 싶더니, 갑자기 눈물을 글썽였다.

"역시 내 안목이 틀리지 않았습니다. 고뇌하는 탐정이라. 뭔 개 풀 뜯어 먹는 소리를 하는지는 모르겠지만, 하여간 엄청 멋지십니다. 나 완전 감동받았어!"

예하가 와락 소희를 끌어안았다.

"아이, 징그러워. 그만 좀 비벼. 여드름 옮아."

"대견한 년. 후후."

소희가 예하를 볼을 꼬집고 뽀뽀 공격을 시도했다. 소희는 안간힘을 써서 피하려고 했지만 어림도 없었다. 쪽! 소희는 뽀뽀 당한 볼을 손바닥으로 닦았다.

"알았어. 탐정이 싫다면 나도 파트너로서 실험실 살인사건에서 손 뗄게."

"이해해줘서 고마워."

"그나저나 경찰이 빨리 잡아야 할 텐데. 범인을 밝히지 못하면 죽은 채영이가 너무 불쌍하잖아."

그 이름을 듣자 소희는 머리카락이 쭈뼛 서는 기분이 들었다. 송채영. 겨울비가 내리던 예비소집일 교실에서 봤던 머리 긴 아이. 송채영은 다른 반 아이였다. 소희는 기억을 되새겼다.

'혹시 그날 내가 착각하고 반을 잘못 찾아갔나? 아냐, 분명 그 교실에는 내가 놓고 온 책가방이 있었어. 그리고 그 아이는 마치…'

소희 자신을 기다리는 듯했다. 그날 채영은 소희에게 말했다. 주문을 알려주면 소희가 미워하는 사람을 죽여주겠다고.

'왜 그렇게 자신만만하게 거래를 제안했을까. 어쩌면 송채영은 일기장을 갖고 있었던 게 아니었을까?'

이제는 영원히 알 수 없는 일이 되어버렸다. 그 뒤에 송채영은 학교 실험실에서 독살당했다.

'그만 생각하자. 오컬트는 탐정의 영역이 아니야.'

다만 모든 고민을 털어놓기로 약속한 예하한테 그날의 이야기를 하지 못한 것이 마음에 걸렸다. 역시 비밀을 말해야 하나? 하지만 겨우 진정시킨 미신쟁이 예하를 다시 자극하고 싶지는 않았다.

"그럼 이 몸은 이만."

갑자기 예하가 가방을 들고 일어섰다.

"어디 가?"

"오늘 피부과 예약이 있어서. 나 고름 뺄 동안 열심히 공부하셔."

예하가 손을 흔들면서 강의실을 빠져나갔다. 소희는 강의실 문을 황망하게 바라보았다.

'뭐야? 수업도 안 들을 거면서 학원엔 왜 왔대. 피부과 갈 때까지 시간 때우려고 나랑 수다 떨었던 거잖아? 저 웬수한테 또 당하다니…'

소희는 한숨이 절로 나왔다.

마지막 강의가 끝나자 아이들이 시끌벅적 떠들며 학원을 빠져나갔다. 학원에 혼자 남은 소희는 강의실 청소를 시작했다. 강의가 끝난 뒤 청소를 하면 학원비를 할인받을 수 있었다. 그리 힘든 일은 아니었다. 10분 정도 강의실 쓰레기를 줍고 책상 줄을 맞추면 끝났다.

소희는 강의실의 불을 끄고 건물 밖으로 나왔다. 예하한테 전화나 할까? 주머니를 뒤지던 소희가 멈춰 섰다. 핸드폰이 없었다.

'진짜 뇌에 금이라도 갔나. 지난번엔 가방을 깜박하더니, 이번엔 핸드폰이네.'

마음이 급했다. 곧 있으면 건물 셔터가 내려간다. 소희는 학원 건물로 뛰어 들어갔다.

복도가 스산했다. 소희는 기억을 더듬으며 마지막으로 핸드폰을 사용한 위치를 알아냈다. 3층 여자 화장실 불을 켜고 안으로 들어갔다. 네 개의 칸막이 문. 소희는 화장실 문을 하나씩 열었다. 이제 남은 건 네 번째 문이었다. 기분 나쁘게 네 번째라니. 마지막 화장실 문을 열자 끼이익, 음산한 소리가 났다.

네 번째 칸 화장실 휴지통에 핸드폰이 떨어져 있었다.

"왜 저 안에. 윽, 더러워…"

소희는 인상을 찌푸리고 손끝으로 핸드폰을 들어 올렸다. 화장실 문을 차례로 닫고 세면대로 갔다. 물을 틀고 핸드폰을 씻었다.

'방수 기능을 드디어 써먹네. 과학발전, 좋아.'

이런 생각을 하며 핸드폰의 물기를 털 때였다. 또 다시 끼이익, 문 열리는 소리가 들렸다.

소희는 고개를 들어 세면대 거울을 보았다. 네 번째 문이 열려 있었다. 으스스한 기분이 들었다. 평소라면 용감하게 네 번째 문으로 다가가 문이 열린 이유를 알아냈을 것이다. 하지만 송채영과의 만남 이후 소희는 이성 너머의 존재를 어쩔 수 없이 의식하게 되었다. 보이지 않는 것은 믿지 않는 소희지만, 지금 왜⋯ 누가 엿보는 기분이 드는 걸까?

끼이익, 이번에는 거울에 비친 세 번째 문이 열렸다.

'증명해야 해. 논리적 증명을⋯.'

그때 형광등이 꺼졌다. 벌써 10시구나. 학원들만 입주한 이 건물은 밤 10시가 되면 강제 소등을 했다.

그런데 암흑 속에서 끼이익, 두 번째 문이 열리는 소리가 들렸다. 나가야 해. 나가야 해. 소희의 이성이 소리쳤지만 공포에 질려 두 발이 떨어지지 않았다. 어둠 속에서 누군가 엿보는 느낌, 아니 그보다 훨씬 강한, 누군가 노려보는 시선이 등에서 느껴졌다.

"저기⋯ 누구 있어요?"

있어요⋯⋯ 있어요⋯⋯ 있어요⋯⋯.

마치 동굴에 있는 것처럼 메아리가 울렸다.

'아니야, 환청이야.'

소희는 힘껏 고개를 흔들었다. 특수한 시간에 특수한 기류가 흘러 문이 열린 거야. 소희는 심호흡을 하고 핸드폰 플래시를 켰다. 이 작은 행동에도 실로 엄청난 용기가 필요했다. 짙은 어둠 속에서 떨리는 불빛이 거울을 비췄다. 열린 세 개의 문이 음습하게 보였다. 혹시… 미신쟁이 예하가 했던 말이 떠올랐다.

"계란이 깨졌으니 앞으로 진짜 조심해야 합니다. 온갖 잡귀들이 네 주위를 맴돌지도 몰라요. 만약 령(靈)이 거울에 비치면 절대 눈을 감으면 안 돼. 무서워도 계속 거울의 령을 쳐다봐야 해요. 절대로 뒤돌아보지 마. 뒤돌아볼 때마다 '무궁화꽃이 피었습니다' 하는 것처럼 한 발, 한 발, 그것이 앞으로 다가오니까요. 슬금슬금…"

소희는 핸드폰을 내려놓고 거울을 주시했다. 발끝에서부터 머리끝까지 소름이 쫙 돋았다. 다행히 거울 속은 변함이 없었다. 새파랗게 질린 자신의 얼굴을 빼고는. 소희는 거울을 주시한 채 더듬더듬 비누를 찾았다. 세면대의 물을 틀었다. 뒤돌아보지 말자. 뒤돌아보지 말자. 소희는 거울에 시선을 고정한 채 비누를 문질렀다. 뒤돌아보지… 서서히 매끄러운 비누의 감촉이 변해갔다. 무언가 까칠까칠해지더니 부풀어지는 느낌이 들었다. 손에 쥐고 있던 비누가 점점 커졌다. 갑자기 팔이 너무 무거웠다.

소희는 세면대를 내려다보았다.

여자아이의 잘린 머리가 소희를 올려다봤다.

그 입이…… **히** 웃었다.

"꺄아아악!"

소희는 비명을 내질렀다. 세면대 위에 위태롭게 기대어놓은 핸드폰이 타일 바닥으로 떨어졌다. 딱! 마치 어떤 정신의 줄이 끊어지는 소리 같았다. 핸드폰 플래시가 꺼졌다. 수도꼭지에서 세차게 흘러나오던 물이 잠잠해졌다. 똑, 똑, 똑. 마지막 물방울이 떨어지자 검은색보다 짙은 암흑 속에서 희미한 잔음이 울렸다. 속삭이는 소리였다.

있어요…… 저 있어요…….

◈◈◈

같은 시각. 이형사가 종문중학교 교문으로 들어섰다. 경비실에 앉아서 책을 읽던 보안관이 인사한 뒤 교문을 열었다.

"수고 많으십니다, 형사님."

이형사가 학교 방문록에 이름을 썼다. 두 사람은 퀭한 바람이 부는 운동장을 가로질렀다. 왠지 교문 밖보다 공기가 차갑게 느껴졌다. 보안관이 본관 자물쇠를 열면서 말했다.

"사건을 꼭 해결해주십시오."

보안관은 정중히 고개를 숙였다. 이형사도 묵례로 답하고 나서 그의 얼굴을 바라보았다. 경비 책임자인 그는 학교보안관 제도 운용 조례가 시행되기 전부터 경비가 아닌 보안관이라 불렸다고 한다. 그런 칭호를 받은 만큼 교직원들 사이에서 신임이 대단한 것 같았다. 몰락한 귀족을 보는 느낌이랄까. 태도가 반듯했고, 작은 행동에도 품위가 묻어났다. 경비 유니폼을 입고 있지만, 여태껏 이형사가 만난 사람 중에 가장 기품 있는 남자였다. 185센티미터가 넘는 큰 키에 이목구비가 뚜렷했다. 수려한 인물도 인물이지만, 무엇보다 나이답지 않게 눈이 맑았다.

"사건이 벌어지고 연일 야간 경비를 서시느라 피곤하시겠습니다."

이형사가 말했다.

"괜찮습니다."

"그래도 사모님께서 걱정하시지 않을까요?"

넌지시 묻자 보완관은 초연한 눈으로 이형사를 응시했다. '무례한 짓은 그만두게, 이 친구야' 하고 충고하는 눈빛이었다.

보안관은 혼인기록이 없는 50대 독신남이었다. 긴 침묵 속에서 이형사는 한 가지 사실을 확인했다. 보안관은 경찰이 자신을 주시하고 있다는 걸 알고 있었다.

"나가실 때 반납 부탁드리겠습니다."

이형사에게 열쇠 꾸러미를 건넨 보안관이 교문 쪽으로 돌아갔다.

본관 안으로 들어선 이형사는 코트 주머니에서 손전등을 꺼내 불을 켰다. 손전등 불빛이 복도를 휘저었다. 이형사는 복도 창문으로 행정실과 교무실을 확인했다. 그런 다음 2층으로 올라가 실험실 문 앞에 섰다. 문에는 학교 측에서 붙인 알림판이 붙어 있었다. 임시폐쇄.

이형사는 보안관에게 받은 열쇠로 실험실 문을 열었다. 손전등을 비추자 비닐을 뒤집어쓴 인체모형이 으스스하게 방문자를 맞이했다. 그 뒤로 비커와 현미경 같은 실험 도구와 병에 담긴 파충류 표본 등이 선반 위에 전시되어 있었다. 손전등 불빛이 두 번째 실험대쪽으로 이동했다. 저곳에서 송채영 학생이 살해당했다.

기이한 사건이었다. 사건 신고를 받고 출동한 경찰이 발견한 것은 송채영의 시신과 실험대 위에 나란히 놓인 두 개의 찻잔이었다. 검사 결과 커피가 든 두 잔 중 하나에 청산가리가 녹아 있었다. 과학수사대는 잔에 묻은 입술 주름 모양으로 범인을 밝히려고 했다. 흔히 입술지문이라 불리는 순문(脣紋)은 일란성 쌍둥이끼리도 주름형태가 다르다. 지문과 마찬가지로 '유전' 요소가 아니라 '환경' 요소로 결정되기에 쌍둥이라 할지라도 자궁 내 정착 위치에 따라 개별 무늬를 띤다. 이때까지만 해도 수사는 수월해 보였다. 하지만 두찻잔에 묻은 순문은 모두 송채영의 것이었다.

그런 결과가 나오자 수사팀은 살인이 아니라 음독자살로 의견이쏠리기도 했다. 그런데 자살이라면 왜 두 개의 잔이 놓여 있었을까?

"세상에서 제일 무섭다는 중학생 마음을 누가 알겠어?"

"맞아, 대한민국 중딩들은 반쯤 미쳐 있는 것 같다니까."

"내 아들놈도 중학교 들어가더니 눈알이 썩었어."

하지만 자살이라는 추론은 쉽게 논박되었다. 송채영을 최초로 발견한 보안관은 과학실 자물쇠가 분명히 잠겨 있었다고 증언했다. 물론 그 역시 용의자 가운데 한 사람이었다. 어쨌든 마지막으로 과학실 문을 잠근 사람이 범인이었다. 죽은 사람은 자물쇠를 닫을 수 없으니까.

오랫동안 과학실을 살핀 이형사는 문을 닫고 3층으로 올라갔다. 순서대로 교실을 확인한 그는 지친 표정을 지으며 어두운 복도 한가운데서 멈춰 섰다.

'왜 보이지 않지?'

그리고 다시 손전등 불빛을 복도 여기저기에 비추었다. 그때였다.

"말해!"

앞쪽 교실에서 들려온 소리였다. 이형사는 발소리를 죽이고 그 교실로 다가갔다. 조심스럽게 미닫이문을 밀었다. 그런데 끼익 소리만 날 뿐 문은 밀리지 않았다. 어떤 물체가 문을 가로막는 게 아니라, 불가사의한 힘이 문에 저항하는 느낌이었다.

이형사는 있는 힘을 다해 힘껏 문을 밀었다. 마침내 큰 소리를 내며 문이 열렸다. 이윽고 싸늘하게 식은 교실 공기가 그를 맞이했다.

손전등 불빛이 서서히 교실 뒤편으로 이동했다. 점점 길어지는 그림자가 보였다. 교실 뒤편엔 두 명의 소녀가 서 있었다. 검은색 교복을 입은 아이가 궁지에 몰려 울먹거렸고, 한복을 입은 아이는 채찍을 휘둘렀다.

"어디서 거짓부렁이야! 어딨어? 말해!"

무겁고 긴 채찍이 교실 바닥을 때렸다. 좍악! 진동이 느껴질 만큼 채찍질이 위력적이었다.

"전 정말로 몰라요…."

"요망한 것. 어디서 눈물을 짜!"

채찍이 공기를 가르며 검은색 교복을 입은 소녀를 매섭게 때렸다.

이형사가 한숨을 내뱉자 한복을 입은 소녀가 뒤를 돌아봤다. 소녀의 이마에 땀이 송골송골 맺혀 있었다. 이형사와 눈이 마주친 소녀는 아무렇지도 않다는 듯 다시 울먹이는 검정 교복 소녀를 채찍질했다. 이형사는 모질게 채찍질 당하는 소녀를 바라보았다. 종문중학교 교복은 갈색이었다. 그런데 구석에 몰린 소녀의 교복은 검은색이었다. 그리고 누가 봐도 시대에 뒤처지는 디자인이었다.

검은색 교복을 입은 소녀가 이형사를 발견하고는 구세주를 만난 듯 애원했다.

"아저씨, 살려주세요."

애절한 목소리가 마음을 울렸다. 이형사가 손전등을 든 채 교실 뒤편으로 걸어갔다. 한복 입은 아이가 이형사에게 고개를 돌렸다. 이형사가 물었다.

"너, 저 아이가 보이니?"

손전등이 검은색 교복을 입은 소녀를 여러 방향으로 비쳤다. 그 소녀는 그림자가 없었다.

　망연해진 이형사를 바라보며 봄이 입술에 검지를 댔다.

　"쉿!"

옥탑방 천재

얄팍한 빨간 벽돌로 줄줄이 지어진 다가구 단독주택가에 어슴
푸레 새벽이 찾아왔다. 그중 한 옥탑방에서 선비가 책상 앞에 앉아
수학 문제를 풀고 있었다. 선비의 등 뒤에 펴놓은 이부자리에서는
남동생 선우가 옥탑방 천재의 품에서 배시시 웃으며 코를 골았다.

"으어어."

선우를 껴안고 자던 옥탑방 천재가 일어나 기지개를 켰다.

"어이, 아들. 반항하는 거냐? 아침부터 웬 쇼를 하고 그래?"

선비는 아랑곳하지 않고 문제 풀이에 집중했다.

"응원은 바라지도 않으니까 공부 방해나 하지 마."

"고작 중학교 공부가 얼마나 대단하다고 뻐기긴."

그 말에 발끈한 선비가 몸을 돌려 문제집 표지를 펼쳤다.

"이거 안 보여? 고3 문제집이거든!"

"뭔 부귀영화를 누리겠다고 선행 학습씩은. 그 시간에 잠이나 실

컷 잘 것이지. 충분한 수면이 롱다리의 비결이야."

정신건강을 위해서라도 저 인간과는 말을 섞지 말자. 잔뜩 인상을 찌푸린 선비가 문제집을 책상에 쾅 올려놓았다. 하지만 공부할 기분을 잡쳐놓은 옥탑방 천재 때문에 수학 문제가 눈에 들어오지 않았다. 아, 진짜! 선비가 억울함에 주먹을 쥐었다. 그런 심정을 아는지 모르는지 이불을 털고 일어난 옥탑방 천재가 올드 팝송을 부르며 새벽부터 맘보춤을 췄다.

선비는 옥탑방 천재를 째려봤다. 저 화상이 내 아버지라니! 이건 아니다. 사이비 도사처럼 장발한 말라깽이. 5개 국어가 능통함에도 기어이 생활보호 대상자가 되고야 만 루저. 아마도 서울대 졸업생 중에서 가장 가난한 인간일 테지. 선비는 새벽부터 화가 치밀었다. 어떻게 대한민국 최고 국립대학을 나오고도 옥탑방에 살 수가 있단 말인가. 누가 칼 들이밀고 시켜도 못 하겠다!

"그 좋은 머리로 제발 돈 좀 벌어!"

선비가 소리쳤다. 이번에는 흐느적흐느적 고고춤을 추던 옥탑방 천재가 대답했다.

"나 사실 머리 안 좋아. 단지 시험 보는 재능만 타고났을 뿐."

"흥. 시험 머리 타고났으면 공무원 시험이라도 봐야지. 공무원 시험은 연령 제한 없는 것도 몰라?"

그러자 옥탑방 천재가 춤사위를 멈추고 근엄하게 팔짱을 꼈다.

"아들아, 잘 들어라. 바야흐로 5년 2개월 전 일이었다. 면허를 따기 위해 난 운전학원에 갔지. 차 안에서 운전 강사가 그러더라고. 선생님은 아직 면허도 안 따고 뭐 하셨냐고. 그날 결심했단다. 운, 전, 면, 허. 이것이 내 인생의 마지막 시험이다. 난 자신과의 약속을 지키는 사나이야."

옥탑방 천재가 당당하게 가슴을 폈다.

"가난할수록 변명이 많다더니."

"노, 노. 공자께서 말씀하셨다. 부이가구야 수집편지사(富而可求也 雖執鞭之士), 오역위지 여불가구 종오소호(吾亦爲之 如不可求 從吾所好). 부라는 것이 구해서 얻을 수 있는 것이라면 비록 채찍 잡는 천한 사람이라도 될 것이고, 구해서 얻는 게 아니라면 차라리 내가 좋아하는 바를 따르겠노라."

이 인간. 어디서 주워들은 건 많아서 변명만큼은 천재급이다. 선비는 옥탑방 천재를 볼 때마다 공부에 회의가 들었다. 평소에는 흙수저가 살길은 공부밖에 없다고 다짐하지만, 아빠의 부스스한 얼굴만 보면 의욕이 꺾이면서 삶의 희망이 사라진다. 정말 공부가 성공의 지름길일까? 명문대 나온 저 인간도 저 모양 저 꼴이지 않은가.

선비는 부정하듯 고개를 저으며 그래도 나한텐 공부밖에 없다고 다짐했다. 그러다가 '선비'라는 이름표가 붙은 필통을 보자 속에서 불방망이가 치솟았다. 선비는 신경질적으로 이름표 스티커를 떼어 냈다.

"선비가 뭐야? 아빠가 이름을 이따위로 짓는 바람에 초등학교 내

내 내 별명이 '조선왕조 오백년'이었다고!"

옥탑방 천재가 약 올리듯 야릇하게 웃었다.

"그럼 지금은 별명이 뭔데?"

"관심 꺼."

"혹시… 설마…. 푸흡! 썹선비?"

아, 저 루저는 이런 쪽으로만 눈치가 빨랐다.

"푸하하하!"

옥탑방 천재는 이제 아예 배를 잡고 방바닥에서 데굴데굴 굴렀다. 삼강오륜(三綱五倫)만 아니었어도 등짝을 발로 확 밟고 싶었다. 옥탑방 천재는 아시아의 부국인 싱가포르의 정치 시스템을 독재국가의 가장 좋지 않은 사례라면서 끔찍하게 싫어했는데, 선비는 리콴유가 옳다고 생각했다. 저런 인간은 태형으로 다스려야 한다.

이름에 대한 비화를 말하자면 '선비'는 옥탑방 천재가 감명 깊게 읽었던 《인간 문제》라는 일제강점기 강경애가 지은 소설의 주인공이다. 고등학생 때 《인간 문제》를 읽고 너무 감동을 받아서, 자식을 낳으면 무조건 '선비'라고 이름 짓겠다고 다짐했다나 뭐라나.

그래도 그 설명을 듣고 처음에는 자신의 이름에 대해서 일말의 자부심을 느꼈었다. 마치 소설 속 주인공이 된 심정이었다. 하지만 막상 《인간 문제》를 읽어보니 주인공 선비는 남자가 아닌 여자였고, 온갖 고생을 하다가 얼어 죽는 최후를 맞이했다. 아니, 폐병으로 죽던가?

만약 옥탑방 천재가 기독교 신자였다면 선 '비'가 아니라 선 '욥 (Job)'이라 짓고, 불교 신자였다면 인생은 고통의 연속이라는 뜻에서 선 '고(苦)'라고 지었을지도 모른다. 아무튼 불행한 캐릭터의 이름을 자식에게 붙이다니, 용서할 수 없었다.

'조만간 꼭 개명하고 만다. 하는 김에 호적도 파버릴 거야.'

선비가 천 번째로 다짐했다.

"오늘은 아빠 컨디션이 찌뿌둥하니까 아침은 라면으로 때우자. 애원하면 계란은 풀어주마."

"옥탑방에 라면이라. 참 미래 없는 집구석이랑 어울리네."

"무슨 소리! 우리 작년까지 꼽등이들 뛰어놀던 지하에 살았던 거 기억 안 나? 요즘 같은 불경기에 1년 만에 지하에서 꼭대기로 신분 급상승한 사람 있으면 나와 보라 그래. 시간 날 때마다 아빠가 있는 곳을 향해 열 번 절하라고, 하하하! 신라면이냐, 진라면이냐?"

"안 먹어!"

선비가 소리 질렀다.

"라느 매우우맛 라면 엄청 엄청 시려. 뿌셔뿌셔 조아. 아자빠샤."

선우가 배시시 웃으며 일어났다. 선비는 저 순진무구한 눈을 볼 때마다 가슴이 아렸다.

'이건 현실이 아냐. 어떻게 서울대 커플이 낳은 자식이 반푼이일 수가 있어. 아빠 아이큐가 160인데 둘째 아들 아이큐가 50일 수가 있냐고!'

선우의 지적장애가 발견된 건 초등학교 1학년 때였다. 평소에 말이 어눌하고 눈빛이 흐리멍덩하기는 했지만, 옥탑방 천재나 선비 모두 그때까지 선우가 장애를 가졌다고는 추호도 생각하지 않았다. 그냥 바보짓을 많이 하는 귀여운 '꼴통' 정도로만 여겼다.

　　하지만 초등학교에 입학하자 선우는 동급생들과 뚜렷이 비교되었다. 아무리 가르쳐도 숫자를 5까지밖에 쓰지 못했다. 수학, 한글, 어떤 것을 교육해도 10분 이상 집중하지 못했다. 담임선생님의 조언에 따라 처음 지능검사를 했을 때 사회성지수(SQ)는 60, 지능지수(IQ)는 60이 나왔다. 10점씩만 높아도 경계성 범위인데….

　　1주일 뒤 옥탑방 천재는 서울에서 가장 큰 병원에 선우를 데려가 두 번째 검사를 받게 했다. 사회성지수(SQ) 50, 지능지수(IQ) 50. 각각 10점이 더 떨어진 결과표를 확인한 옥탑방 천재는 감히 세 번째 검사를 할 엄두를 내지 못했다. 지적장애 3급 확정이었다.

　　"선우 덕분에 연료비 저렴한 가스 차 살 수 있겠네."

　　선비가 평소보다 일찍 귀가한 어느 날, 옥탑방 천재는 대낮부터 소주를 병나발 불면서 이루 표현할 수 없는 황망한 표정을 지으며 혼잣말을 되뇌고 있었다.

　　"어으어으, 꺼억, 세상아! 인생이 진하냐, 소주가 진하냐? 하하하! 가스 차. 하하하하하!"

옥탑방 천재는 이내 정신줄을 놓고 뻗어버렸다. 중고차 살 돈도 없었으면서. 완벽하게 흐트러진 가장의 모습에 선비는 인생에서 첫 공포를 느꼈다. 선비와 선우는 고작 한 살 차이였다. 당시에는 선비도 초등학교 2학년일 뿐이었다.

"으아아! 하하하하! 으아악!"

옥탑방 천재가 울부짖을수록 문틈으로 아빠를 훔쳐보던 선비는 깊고 깊은 늪에 빠진 듯한 절망감을 느꼈다. 그날 이후 선비의 하늘은 회색빛으로 변했다. 행복한 사람들이 미웠다.

◇◇◇◇

어느새 옥탑방에 라면 냄새가 진동했다. 선비는 재빨리 가방을 챙겨 현관으로 나갔다.

"선비 엉아, 라면 먹고 가치 가아자아."

낡은 교자상 앞에 앉아 있던 선우가 플라스틱 포크를 들고 일어섰다.

"미안, 나 이번 주 당번이야."

선비가 거짓말을 하고 탈출하듯 옥탑방을 빠져나왔다. 계단을 내려가는 자신의 발소리가 비겁하게 들렸다.

'가족이고 뭐고 다 지긋지긋해. 너만 아니었으면 엄마는 도망가지 않았다고!'

1층 대문을 나선 선비가 있는 힘껏 내달렸다.

◇◇◇

이른 시간이었지만 종문문화관을 짓는 건설 인부들의 쇳소리가 활기찼다. 텅! 텅! 창문이 인부들의 망치질에 맞춰 흔들렸다. 교실에 홀로 앉아 문제집을 풀던 선비가 인기척을 느꼈다.

"오늘도 열심이구나."

송선생이 선비를 내려다보고 있었다. 선비는 머쓱한 표정을 짓고는 담임선생님을 향해 예의 바르게 인사했다. 송선생이 의자를 끌어당겨 선비 옆에 앉았다.

"선생님, 왜 이렇게 일찍…."

"우리끼리 텔레파시가 통했나 보네?"

미소 짓는 송선생의 얼굴이 가까이 다가오자 선비의 얼굴이 붉어졌다.

"교사가 학생한테 이런 말 하는 게 뭔가 뒤바뀐 것 같지만, 정말 네가 존경스러워."

"네? 왜 그런 말씀을…."

"가끔 그런 상상을 해. 만약 내가 너처럼 집안도 어렵고, 어머니도 안 계시고, 장애가 있는 동생까지 돌봐야 하는 상황이라면 어떻게 했을까. 솔직히 너처럼 전교 1등은커녕 많이 삐뚤어졌을 것 같

아. 정말 넌, 어쩜 그렇게 반듯할 수가 있니."

이런 식의 말을 들을 때마다 선비는 난감했다. 주변 어른들도 대부분 송선생님처럼 인자한 눈으로 자신을 바라봤다. 어려운 환경 속에서도 아픈 동생을 돌보고, 꿋꿋이 학업에 열중하는 모범생. 아빠는 자식 이름을 잘못 지었다. 《인간 문제》의 '선비'가 아니라 《인간 실격》의 '요조'로 지었어야 했다.

《인간 실격》의 주인공 요조는 어른들의 귀여움을 받으려고 일부러 엉뚱한 행동을 한다. 어른들은 요조의 계획된 실수에 감쪽같이 속아 웃음을 터뜨린다. 요조가 체육 시간에 철봉 연습을 할 때였다. 늘 하던 대로 요조는 어릿광대 쇼를 펼쳤다. 철봉을 잡으려는 척하다가 우스꽝스럽게 넘어진 것이다. 사람들의 폭소. 그런 반응은 요조가 철저히 계산한 결과였다. 그러나 그때 선우처럼 좀 모자란 아이가 다가와 이렇게 소곤댄다.

"일부러 그랬어. 일부러 그랬어."

이 대목을 읽자마자 선비는 책장을 덮었다. 얼굴이 화끈거려 더는 읽을 수 없었다. 한겨울에 발가벗은 것처럼 온몸이 떨렸다. 꼭 자신의 모범생이란 가면이 벗겨질 날이 머지않았다는 예언서를 본 기분이었다. 그 이유 때문에라도 선비의 머릿속은 하루빨리 대한민국을 떠날 생각뿐이었다.

"한민족사관학교 입시 준비는 잘되고 있니?"

송선생의 물음에 선비가 고개를 끄덕였다.

"그래…. 그런데 네가 그 학교에 들어가면 우리 종문중학교의 명예겠지만, 한편으로는 아쉽기도 해. 이 근처에도 특목고 많잖니? 그 학교는 학생 전원 기숙사 생활에 위치도 강원도잖아. 앞으로 선비 얼굴 못 볼 것 같아서 솔직히 섭섭해."

아무런 대답도 하지 못하는 선비의 얼굴을 확인한 송선생이 흐릿하게 말을 이었다.

"그래도 전액 장학금을 받으려면 어쩔 수 없겠지."

주소지 기준으로 고등학교에 들어간다면 선비는 인근의 성북고등학교로 배정될 확률이 높았다. 일반계 고교 가운데 도움반이 설치된 몇 안 되는 학교였다. 옥탑방 천재가 이 지역을 떠나지 않는 이유도 고등학교까지 선비와 선우가 함께 등교할 수 있기 때문이었다. 하지만 선비에게는 그럴 마음이 전혀 없었다. 유학 프로그램이 활성화된 한민족사관학교는 재학 중에도 해외 유학이 가능했다. 그 학교에 들어가야 미국이든 독일이든 하루라도 서둘러 지긋지긋한 집구석을 떠날 수 있었다.

"네 성적이면 충분히 한민족사관학교에 입학할 수 있을 거야. 다만 불안한 점은…."

안타까운 표정을 지으며 송선생이 말했다.

"봉사 점수가 부족해."

그 말을 듣자 선비가 얼어붙었다. 송선생이 손으로 얼음을 녹이듯 선비의 어깨를 어루만졌다.

"대학 때 복학한 선배한테 들었는데, 요즘 군대에는 관심사병 제도가 있대. 군 생활에 적응하지 못하는 병사를 물심양면으로 전우들이 도와주는 거라더라."

여자 선생님에게 군대 이야기를 들은 적은 처음이었다. 선비는 고개를 갸웃거렸다. 설마 군대에서 축구하는 얘기까지 하시려는 건 아니겠지? 다행히 축구까지는 나오지 않았다. 하지만 뒤이은 선생님 말씀을 이해하는 데는 한참 시간이 걸렸다.

"관심학생이라 생각하고 김봄을 관리해주면 안 될까?"

"네?"

"김봄을 도와준다면 교사로서 떳떳하게 네 봉사 점수를 올려줄 수 있어. 약속할게."

선비의 머릿속이 빠르게 돌아갔다.

'김봄? 그 사극? 한복? 전교 또라이? 나보고 봄을 챙기라고?'

봄은 요즘에는 교복을 입고 다니지만, 선비의 머릿속에선 한복을 입었던 첫인상만 각인되어 있었다. 처음 봤을 땐 일본에서 유학 온 조총련인 줄 알았다. 뭘 해도 이상한 애였다. 살생부에 채찍이라니. 벌써 그 아이와 엮여 생길 골치 아픈 일들이 빤히 그려졌다.

"죄송해요. 다른 애면 몰라도 봄이는 감당 못 할 것 같아요."

송선생은 고개를 숙이고 땅이 꺼지게 한숨을 내쉬었다.

"미안하구나. 솔직히 말하면 내가 김봄이 감당 안 돼서 너한테 부탁하려던 거야. 후우, 학생에게 의지하다니. 아무래도 나는 교사로서 자격이 없나 봐."

아무래도 송선생은 사람을 안절부절못하게 하는 재능을 타고난 모양이었다. 패배자처럼 쓸쓸한 송선생의 모습을 보자 선비는 담임 선생님의 등을 두드려주어야 하나 말아야 하나 두 손을 허공에 허우적댔다.

"아, 자책하지 마세요. 제가 반장이니까 그 고문관… 아니, 관심 학생 잘 다독일게요."

"네가 우리 반이라 얼마나 다행이니!"

눈망울이 그렁그렁해진 송선생이 선비를 껴안았다. 기분 좋은 향수 냄새가 확 퍼졌다. 학생들 사이에서 가장 인기 많은 선생님께 안겼다는 사실에 선비는 부끄럽기도 하고 뿌듯하기도 했다. 동시에 다가올 미래가 점점 불안해졌다.

◇◇◇◇

그날 내내 선비는 봄한테 시달렸다. 엄청나게 고된 육체노동과 신경쇠약 직전까지 내모는 감정노동으로 기진맥진했다. 한마디로 봄은, 전학생 주제에 갑질 오졌다.

선비는 쉬는 시간마다 봄을 데리고 다니면서 학교 곳곳을 소개했다. 동아리방, 음악실, 식당 등 여기저기를 함께 돌아다녔다. 장소를 옮길 때마다 봄은 이것저것 선비에게 심부름을 시켰다. 매점에선 일진처럼 빵셔틀을 시키질 않나, 화단에선 햇볕을 가리지 말라고 명령하질 않나.

'뭐? 햇볕 가리지 말라고? 네가 《이방인》의 뫼르소냐?'

점심시간 때 둘은 함께 식사를 마치고 운동장 등나무 주변을 산책했다. 선비는 관광 가이드처럼 전체적인 학교 분위기와 유명한 교내 일화, 가지각색인 선생님들의 스타일에 대해 알려주었다. 봄은 듣는 둥 마는 둥 했다. 선비는 화를 억누르며 진상 고객을 응대하는 서비스업 직원들처럼 억지 미소를 지었다. 스마일 마스크 증후군에 걸릴 지경이었다.

아까부터 봄은 한자가 잔뜩 쓰인 나침반을 들고서 주변을 두리번거리고 있었다. 소형 금속탐지기로 유물이라도 찾는 모양새였다.

"그 나침반 고장 났잖아."

앞장서서 걷던 봄을 향해 선비가 말했다. 봄이 무표정하게 뒤돌아봤다. 선비는 북쪽을 가리키면서 어긋난 나침반 바늘을 향해 손짓했다.

"붉은 바늘이 북쪽을 가리키고 있지 않다고. N극, S극, 안 배웠어?"

봄은 가소롭다는 듯 선비를 쳐다보았다.

"맡아보거라."

봄이 들고 있던 나침반을 내밀었다. 선비가 나침반에 코를 가져다 댔다.

"아무 냄새도 안 나는데?"

"둔하긴. 바늘의 빨간 부분에서 계피 냄새가 나지 않느냐?"

선비는 다시 코를 킁킁거렸다.

"혹시 계피 다이어트? 그런데 계핏가루 냄새는 안 나는데."

"바늘에 묻은 빨간색은 물감이 아니라 자정에 우는 수탉 피란 말이다."

놀란 선비가 나침반에서 얼굴을 떼어냈다.

"무슨 악취미야? 나침반에 왜 동물 피를 묻혀? 그리고 한자를 쓸 거면 차라리 계혈(鷄血)이라고 말하든가."

어차피 사전에도 없는 단어라 아무도 못 알아들을 테지만. 더욱이 새벽이 아닌 자정에 우는 수탉이라니. 전부 말이 되지 않았다. 그리고 혈액은 시간이 지나면 검게 변하는데, 나침반 바늘 색깔은 새빨갰다.

"그리 까탈스러워 어찌 제 명에 살꼬."

"뭐라고?"

"손 좀 보자꾸나."

다짜고짜 손을 낚아챈 봄이 선비의 손바닥을 하늘로 향하게 만든 다음 손을 유심히 들여다보았다.

"생명선이 좋구나. 세로 선이 짙고 길어. 아홉수만 조심하면 100세 인생이 꿈은 아니겠어, 후훗. 각시 과부 만들 일은 없겠네."

선비의 손바닥을 보면서 봄이 저 혼자 웃었다.

"혹시 손금 볼 줄 알아?"

"보다 뿐이겠느냐."

자신만만한 대답이 돌아왔다. 원래 미신은 믿지 않는 선비였지만, 전학 온 날 한복 차림이었던 봄의 모습이 떠오르자 갑자기 봄에게서 역술가의 풍모가 느껴졌다.

"성공운은 어때?"

선비가 가장 궁금해하는 부분이었다. 봄은 태연하게 어디 보자, 어디 보자, 혼잣말하며 계속 선비의 손을 조몰락거렸다.

'수족냉증 확인하는 한의사처럼 뜸 들이지 말고 빨리 말해줘.'

선비의 얼굴에 초조함이 묻어났다.

"새가 나네."

새처럼 훨훨 비상한다는 뜻인가? 선비는 들떴다.

"역시, 고생 끝에 낙이 온다더니."

봄은 선비를 무시하고 한시를 읊는 것처럼 중얼거렸다.

"새가 나네. 새가 나네. 날아야 새니까. 날기 위해 하루 내내 쉬지 않고 먹이를 찾는다네. 얼마나 힘들꼬. 새는 참 불쌍도 하지."

봄이 선비를 전깃줄에 앉은 참새 보듯 바라봤다. 선비는 기분이 싸했다. 지금 놀리는 건가? 새가 힘들고 불쌍하다고? 무슨 뜻인지 모르겠지만 전체적인 맥락은 확실히 부정적이었다. 갑자기 맥이 빠졌다.

"또 어디 보자, 어디 보자, 결혼운은…"

"됐어, 나 결혼 안 해."

"그 좋은 걸 왜 안 해?"

엄마도 아닌 주제에 봄이 눈에 쌍심지를 켜며 따졌다. 좋긴 뭐가
좋아.

"너도…."

결손가정에서 자라봐, 하는 말이 목울대까지 차올랐다. 선비는
자신이 한심했다. 잠시 정신이 나갔나 싶었다. 미개하게 점이니 운
수 따위를 믿다니.

"그나저나 이제 손 좀 놔줄래?"

봄바람이 불었다. 머리 위로 소리 없이 꽃잎이 떨어졌다. 등나무
그늘에 손을 맞잡고 서 있는 소녀와 소년을 아이들이 쳐다보고 있
었다. 여자아이들은 입을 손으로 가리며 끼리끼리 소곤거렸다. 찰
칵. 핸드폰으로 사진을 찍고 엄지를 치켜세우는 녀석도 있었다. 누
군가 "등나무 커플 탄생!"이라며 놀려댔다.

선비는 그런 게 아니라고 설명하고 싶었지만, 봄은 여전히 손을
잡고 있었다. 빼내려 했지만 악력이 대단했다.

◈◈◈◈

5교시 쉬는 시간이 되자 봄이 가방을 싸서 한 남학생 자리로 다
가가 말했다.

"자리 좀 바꾸자꾸나."

"어? 어, 그래."

남학생이 말을 더듬으며 주섬주섬 교과서를 챙기고 일어섰다. 봄이 의자에 앉았다. 선비 옆자리였다.

봄은 턱을 괴고 선비를 빤히 바라봤다. 아이들의 눈이 그쪽으로 쏠렸지만 봄은 아랑곳하지 않았다.

"나처럼 이름이 외자구나. 성은 선가니까 본관은 보성(寶城)이려나. 선비, 선비, 선비라…."

의식하지 않으려 해도 누구나 이런 시선을 받는다면 머리털이 쭈뼛 설 것이다. 여중생이 저런 느끼한 표정을 지을 수 있다니. 꼭 영화 〈말죽거리 잔혹사〉에서 나오는 떡볶이집 아줌마와 단둘이 고장 난 엘리베이터에 갇힌 기분이었다. 겁에 질린 선비가 자기도 모르게 침을 삼키며 생각했다.

'내가 수산시장 가판대 갈치야? 왜 자꾸 사람 몸을 위아래로 훑어?'

◈◈◈

마지막 종이 울렸다. 종례가 끝나자 선비는 고된 노동을 막 끝낸 것처럼 한숨을 쉬었다. 송선생님과 한 약속대로 봄을 챙겨주려고 했는데, 어느새 봄의 머슴이 되고 말았다. 징글징글한 하루였다.

수업이 끝난 뒤 선비는 뒤도 돌아보지 않고 학교를 빠져나왔다. 발걸음은 고려대 이공계 캠퍼스를 지나 개천가로 흘러갔다. 개천은 맑지 않았다. 개천을 따라 고가도로를 떠받치는 수백 개의 회색 기둥들은 하루도 쉬지 않고 공중의 차들이 지나갈 때마다 진동했다. 다가구주택 옥상은 밤이나 낮이나 고가도로 매연을 수평으로 머금고 있었다.

붉은 벽돌집 대문 앞에서 선비가 멈춰 섰다. 뒤통수가 따가웠다.

"터가 좋구나."

익숙한 목소리가 들리자 선비는 깜짝 놀라 뒤로 돌아섰다.

"왜 네가 여기에…."

눈앞에 봄이 떡하니 서 있었다. 소름이 돋았다. 설마 학교에서부터 날 미행한 건가? 그편이 합리적인 판단이지만, 선비는 과민 반응일지도 모른다는 생각에 확인하듯 물었다.

"혹시 너도 이 동네 살아?"

"학생수첩 줘."

봄이 난데없는 소리를 했다. 학생수첩? 선비는 기억은 더듬었다. 봄이 전학 온 첫날 '사내놈'이라는 말에 발끈한 선비는 학교의 새 이념인 양성 존중을 말하면서 학생수첩을 예로 들었었다. 그때 학생수첩을 들먹인 이유는 문서의 권위로 도도한 봄의 코를 납작하게 만들고 싶어서였다. 물론 씨알도 안 먹혔지만.

"아무도 안 보는 학생수첩은 왜 찾아?"

"보든 안 보든 나만 없지 않으냐. 사람 차별하느냐?"

"후우, 알았어. 내일 교무실에서 가져다줄게."

"당장 내놔."

말이 참 짧았다. 동시에 말에 힘이 있었다.

"아 진짜, 알았어. 대신 여기서 가만히 기다려."

선비는 그렇게 일러두고 계단을 올라갔다. 가난하게 사는 모습을 보여주기 싫었다. 도망가듯 혼자 계단을 뛰어 올라간 선비는 곧바로 옥탑방에 들어가 잡동사니를 모아둔 종이상자를 열었다. 상자 안 물건들을 뒤적일수록 점점 화가 치밀어 올랐다. 학생수첩 따위에 왜 집착하는 거야? 하여튼 저 봄이란 애, 소문대로 또라이가 분명했다. 아니면 싸이코든가.

선비가 상자 안 잡다한 물건들을 헤치고 있는데 밖에서 인기척이 들렸다. 옥탑방 천재가 벌써 왔나? 오늘은 선우랑 언어치료실 가는 날이라 늦는다고 했는데…. 선비가 옥탑방 문을 열었다.

"우씨, 진짜!"

눈앞에 봄이 서 있었다.

"내가 대문 밖에서 기다리라고 했지!"

선비가 소리치자 봄이 예상치 못한 말을 했다.

"혼자 있기 무서워서."

"거짓말!"

"그동안 속고만 살았느냐?"

바람이 불자 교복 치마 아래 두 다리가 흔들렸다. 아니, 봄이란 주체가 자기 다리를 흔들어댔다. 마치 시동을 거는 듯이. 인상을 오만가지로 찌푸리며 봄이 나오지 않는 눈물을 짜내려고 애썼다. 그러나 본성이 얼마나 독한지 아무리 노력해도 도도한 두 눈에서 눈물이 한 방울도 나오지 않았다. 나오지도 않는 눈물을 닦으며 봄이 말했다.

"왜 사람 말을 못 믿는 게냐? 내가 한반도에서 가장 마음이 여린 소녀이거늘."

"마음 여린 소녀가 채찍을 들고 다녀?"

"걱정하지 마시게. 오늘은 안 가져왔으니."

봄이 화사한 웃음을 지어 보이고는 허락도 없이 옥탑방 안으로 성큼 들어왔다.

선비는 한숨을 내쉬고 다시 상자를 뒤졌다. 선우의 플라스틱 장난감은 왜 이렇게 많은지. 신경질인 난 선비는 아예 상자를 뒤집었다. 잡동사니가 우르르 쏟아졌다. 가난한 노란 장판 위에 여권 크기의 녹색 수첩이 보였다. 선비는 학생수첩을 봄에게 건넸다.

"이제 됐지?"

"여긴 안 보여서 참 편하구나."

밖에서 화물차 행렬이 지나가는 요란한 소리가 들렸다.

"안 보인다니, 뭐가?"

"그것들."

양반다리를 하고 주위를 둘러보던 봄이 새침하게 웃었다.

선비는 따귀 맞은 사람처럼 정신이 번쩍 들었다. 그것들이라니? 아무래도 봄에게는 자기만 쓰는 어떤 언어가 있는 듯했다. '중2병이냐? 나중에 이불킥할 일 만들지 마라.' 평소에 도대체 누구랑 소통을 하는 건지, 참나.

선비는 인상을 찌푸린 채 방바닥에 어질러진 물건들을 상자에 다시 주워 담았다. 방안에는 장난감들과 가위와 색연필들이 부딪치는 소리만 울렸다. 그나저나 쟤는 왜 아직도….

봄은 나갈 생각이 없어 보였다. 아무리 눈치를 줘도 옥탑방 전망이 좋다는 둥, 령이 맑은 곳이라는 둥 이상한 소리만 해댔다. 선비가 장장 30분 동안 눈치를 줬지만 봄은 태평하기만 했다. 굉장히 불편한 분위기였는데, 뒤늦게야 선비는 자기만 불편해한다는 사실을 깨달았다. 도무지 누가 집주인인지 알 수가 없었다.

긴 침묵에 지친 선비는 책상 앞에 앉았다. 귀에 이어폰을 낀 뒤 핸드폰에 연결하고 영어 회화를 재생해 따라 했다. 하지만 아무리 바쁘게 입으로 따라 해도 공부가 머리에 들어오지 않았다. 자꾸 뒤가 신경 쓰였다. 선비는 볼륨을 높였다.

'그냥 무시하자. 때 되면 알아서 나가겠지.'

옥탑방이 어두워졌다. 고가도로의 헤드라이트 불빛들이 올챙이처럼 꼬리를 남기며 밤하늘을 노랗게 밝혔다. 별들이 인공 불빛에 쫓겨 도망친 밤하늘이 푸르스름했다. 서늘한 공기는 가난한 옥탑에 가장 먼저 내려앉았다.

"…people into slee… confirm that… mattered… ed… bed…."

열공 중이던 선비는 쏟아지는 졸음을 참아내려 애썼지만, 이미 아까부터 고개가 꾸벅꾸벅 내려갔다. 비몽사몽간에 누군가 선비의 어깨를 세게 잡았다. 잠이 확 달아났다. 선비는 부르르 몸을 떨었다. 어깨가 뻐근해졌다. 귀에서 이어폰을 빼고 몸을 돌렸다. 옥탑방 천재가 냉엄한 표정으로 자신을 내려다보고 있었다.

"저러고도 책이 눈에 들어오냐?"

평소 같으면 실실 웃기만 하던 아빠가 이토록 화난 표정을 지은 적은 처음이었다.

"공부를 한다고? 소름 끼치는 놈."

옥탑방 천재가 다짜고짜 선비의 멱살을 잡아 올렸다. 선비는 숨이 막혀 목구멍에서 꽥 소리가 나왔다.

"아빠, 왜 그래? 뭔 소리야?"

"저 애한테 무슨 약 먹였어?"

네가 한 짓을 확인하라는 듯 옥탑방 천재가 물러섰다. 시야가 트이자 선비의 눈이 동그래졌다. 방 한가운데 교복 입은 여자애가 새근새근 잠들어 있었다. 선비가 이름을 부르자 봄이 어깨를 긁고 몸을 뒤척였다. 황당해서 말도 나오지 않았다.

'얘 아직도 안 갔어? 왜 남의 집에서 제멋대로 자는 거야?'

곧이어 성난 옥탑방 천재의 목소리가 들렸다.

"너 같은 쓰레기는 종신형도 모자라."

"자, 잠깐만…."

선비는 본능적으로 두 팔을 엑스자로 만들었다. 상황이 파악됐다. 그러니까 옥탑방 천재는, 선비가 여학생을 옥탑방으로 유인해 이상한 약을 몰래 먹이고, 이상한 짓거리를 했다고 생각한 것이다.

"날 뭘로 보고!"

선비가 어처구니없는 오해에 펄쩍 뛰려는데 퍽! 눈앞에 별이 반짝였다. 선비는 억울한 표정으로 따귀 맞은 왼쪽 뺨을 어루만졌다. 말도 안 돼. 태어나서 아버지한테 처음 맞았다.

옥탑방 천재는 다시 선비의 멱살을 잡고 높이 주먹을 들었다. 그때였다.

"이러나따! 누나 이러나따!"

선우가 봄의 주변을 빙빙 돌며 신나서 소리쳤다. 원을 그리며 쿵쿵거리는 선우의 발소리가 시끄러웠다.

봄이 기지개를 켜고 눈을 비볐다. 자신을 응시하는 세 남자의 시선을 확인한 봄은 되레 눈을 말똥말똥하며 되받아쳤다. 그러고는 상체를 일으켜 옷매무시를 가다듬은 뒤 폭력 행사 일보 직전인 옥탑방 천재를 향해 말했다.

"아버님, 어찌 귀한 아들을 때리십니까?"

옥탑방 천재가 선비를 밀치고 비굴한 무릎걸음으로 봄에게 기어갔다.

"선비가 너한테… 몹쓸 짓… 하지 않았니?"

거의 울먹이는 듯한 가장의 목소리였다.

피식. 봄의 입꼬리가 올라갔다.

"부모가 자식을 모르다니요. 선비가 그럴 주제나 되겠습니까?"

옥탑방 천재는 무언가 울컥한 듯 감격의 눈물을 참으며 봄과 선비를 번갈아 봤다. 마지막으로 아들을 바라본 옥탑방 천재는 끝내 고함을 내질렀다.

"아니구나. 미안하다아아아!"

옥탑방 천재가 두 팔을 벌려 선비에게 달려들었다. 이번엔 선비가 옥탑방 천재를 밀쳤다. 그 바람에 균형을 잃고 넘어진 옥탑방 천재는 바닥에 뒹굴면서도 뭐가 그리 좋은지 입을 헤 벌리고 웃었다. 아무것도 모르는 선우는 "미아나따아아아!" 아빠를 따라 하며 소리쳤다.

선비는 달아오른 왼쪽 뺨을 연신 어루만졌다. 어쨌든 오해가 풀려 다행인가. 한바탕 소동이 끝나자 안도의 한숨이 절로 나왔다.

앞에서 봄이 미소를 짓고 있었다. 쟤는 또 왜 웃어? 잠깐, 가만 생
각해보니….

'이게 다 너 때문에 벌어진 일이잖아!'

골목길

밤하늘 아래 하얀 연기가 피어올랐다. 돗자리가 깔린 옥상은 고기 굽는 지글거리는 소리와 옥탑방 천재의 수다가 뒤섞여 시끌벅적했다. 빨랫줄에 물음표 모양으로 걸린 구부정한 스탠드 조명이 옹기종기 모인 네 사람을 비췄다.

"김봄 학생, 여기 야경 멋지지 않아? 야경과 삼겹살, 이게 옥탑방의 매력이지. 카아!"

혼자 들뜬 옥탑방 천재가 소주를 맛있게 마셨다. 아닌 밤중에 아버지한테 얻어맞은 선비는 집게를 들고 말없이 삼겹살을 뒤집었다. 고기가 노릇하게 구워지기 무섭게 봄이 날름 집어 먹었다. ㅂ기와 달리 엄청난 육식녀였다. 이에 질세라 선우도 서툰 젓가락질로 경쟁하듯 고기를 집었다.

진공청소기처럼 입으로 고기를 빨아들이는 둘의 모습을 지켜보던 선비가 이맛살을 찌푸렸다. 옷에 밴 돼지기름 냄새가 역겨워졌다. 텅 비어버린 불판에 다시 고기를 올렸다. 지글지글. 선비는 허옇고 물컹한 비곗살을 보자 하얀 지우개와 자정에 죽은 수탉의 비명과 인간의 피부가 순서대로 연상되면서 입맛이 싹 가셨다. 이렇게 또 한 명의 채식주의자가 탄생하는 건가. 속이 느글거렸다.

"김봄 학생, 오늘은 기념비적인 날이야. 초등학교 때 이후로 이 녀석이 집에 친구를 데려온 건 처음이거든."

그러자 봄이 맞장구를 쳤다.

"성정이 까탈스러워 그럴 줄 알았습니다."

"말도 마. 이 녀석 아주 좀머 씨 같은 놈이야."

"좀머… 씨? 좀스러운 머저리?"

옥탑방 천재가 뿜었다. 이제는 아예 배를 잡고 경망스럽게 폭소를 터뜨렸다. 그 모습에 선비는 속이 부글부글 끓었다. 차라리 뒷담화를 하란 말야. 왜 멀쩡한 사람을 앞에 두고 자기들끼리 품평질이야?

자리에서 일어난 옥탑방 천재는 약 올리듯 웃으며 옥탑방으로 들어가 《좀머 씨 이야기》 책을 들고 나왔다. 그리고 그 《좀머 씨 이야기》를 봄에게 선물했다. 봄이 깍듯이 인사하고 무릎을 덮고 있던 담요 위에 책을 올려놓았다. 다시 자기 자리에 앉은 옥탑방 천재가 선비에게 어깨동무를 걸었다.

"하하. 선비 너."

웃음기를 머금은 옥탑방 천재의 입술이 선비의 귀에 대고 속삭였다.

"씹선비인 줄 알았더니, 선수였네?"

"징그러운 말 좀 하지 마."

"아무튼 오늘 기분 째진다. 한잔 더!"

옥탑방 천재가 술을 입에 털어놓고 빈 잔에 술병을 기울였다. 그때 봄이 끼어들었다.

"아버님, 제가 한잔 올리지요."

멍하니 입을 벌린 옥탑방 천재가 쑥스럽게 웃으며 손사래를 쳤다.

"아냐, 아냐. 순수한 중학생은 술병 만지는 거 아냐."

고기를 굽던 선비가 집게를 치켜들며 항의했다.

"뭐야? 나한텐 맨날 마트 가서 빈 술병 팔아오라고 시키면서. 난 타락한 중학생이라는 뜻이야?"

"고기 탄다. 뒤집어라."

"우씨."

선비가 구시렁거리며 고기를 뒤집었다. 봄은 정성스럽게 상추에 밥을 올렸다. 이어 식빵에 잼 바르듯 밥에 된장을 바르고는, 젓가락으로 선비가 막 뒤집은 고기를 집어 된장 위에 올린 다음, 마지막으로 상추를 야무지게 꽃 모양으로 감쌌다. 그러고서 쌈을 쥔 두 손을 옥탑방 천재에게 향하며 말했다.

"약주는 못 따라드렸으니, 이거라도."

그 모습을 본 선비의 입이 떡 벌어졌다. 옥탑방 천재 역시 눈앞에 있는 쌈을 어찌 해결해야 할지 몰라 몸을 비비 꼬았다.

"어, 그래… 김봄 학생… 고마워."

조심스럽게 봄이 내민 쌈을 받아 입 안에 넣은 옥탑방 천재가 눈을 감고 맛을 음미했다.

"으아, 너무 맛있다. '너무'라는 단어는 부정적 호응이 될 때 쓰는 부사지만 '너무 맛있다'고밖에 달리 표현할 길이 없네. 이제부터 '너무'를 긍정문으로 허하겠다. 김봄 학생, 나 울어도 될까?"

"앞으로 자주 볼 사이인데 편하게 봄이라고 불러주시지요."

"그래? 그럼 보미라고 부를게, 하하하!"

이후 옥탑방 천재와 봄의 대화가 오갔다. 옥탑방 천재는 말끝마다 우리 보미, 우리 보미 하면서 친자식보다 더 다정하게 대했고, 봄은 나긋나긋 맞장구를 쳤다. 봄이 쌈을 싸서 이번에는 선우에게 권했다.

"아우님도 한 입."

'아우'라는 단어를 처음 들은 선우는 얼떨떨한 표정을 지으면서 상추쌈을 냉큼 받아먹었다.

"호호. 아우님 인물이 훤하십니다."

입을 오물거리며 선우가 두리번거렸다.

"아빠아, 무슨 소리얌?"

"누나가 너 박보검 닮았대."

"히히."

선우도 몸을 배배 꼬았다. 봄은 선우가 내뱉는 엉뚱한 말에도 언어 구사 솜씨가 방랑 시인이 따로 없다며 칭찬했고, 옥탑방 천재에겐 아버님, 아버님 하며 듣는 귀를 간질럽혔다.

학교에서와 딴판인 봄의 모습에 선비는 적잖이 충격을 받았다. 반나절 전만 하더라도 거만함의 끝판왕이었는데. 고기가 타는 것도 잊은 채 선비는 눈웃음 짓는 봄을 유심히 살폈다.

'너 목적이 뭐야? 왜 우리 가족한테 끼 부려?'

◈◈◈

아는 것은 많은데 실속은 없는 옥탑방 천재가 이제는 아이들 앞에서 인도철학의 위대함에 대해 침을 튀기며 설파했다. 신비한 영성, 우주적 가설, 동서양의 정신적 화합이 어쩌고저쩌고. 차라리 나 때는 말이야 얘기라면 하품은 덜 나왔을 텐데.

선우는 진즉에 유튜브 삼매경에 빠져 있었고, 봄은 남의 집에서 야금야금 고기를 한 근 넘게 먹어 치우는 중이었다. 옥탑방 천재가 인도철학 경전《우파니샤드》이야기를 꺼낼 무렵 고기가 똑 떨어졌다. 이럴 땐 가난한 집이라 천만다행이었다. 냉장고에 쟁여둔 고기가 없어서.

덕분에 지긋지긋한 개똥철학 강의에서 해방될 수 있었다. 선비는 구질구질한 옥탑방도, 철없는 아빠도, 장애인 동생도 다 창피하기만 했다.

"보미야 미안해. 대접이 시원치 않아서."

"아닙니다. 진수성찬 잘 먹었습니다, 아버님."

어린 손님에게 상냥한 대답을 듣자 옥탑방 천재는 또 기분이 붕 떠서 선비에게 귓속말했다.

"여친은 집까지 바래다주는 게 예의야."

선비도 귓속말로 받아쳤다.

"쟤가 왜 내 여친이야?"

"아무튼 바래다줘. 싫으면 여기 뒷정리 다 하든가."

선비는 주위를 둘러봤다. 옥상 돗자리에 기름으로 번들거리는 접시가 어지럽게 놓여 있었다. 설거지할 생각을 하니 벌써 숨이 막혔다. 선비는 엉덩이를 털고 일어나 봄과 함께 내려갔다.

"보미야, 다음엔 삼겹살 10인분 사놓을게, 또 와!"

"눈나 눈나 안녕!"

옥탑방 천재와 선우가 옥상 난간에 얼굴을 내밀고 두 아이가 시야에서 사라질 때까지 손을 흔들었다.

◇◇◇◇

밤거리는 한산했다. 고가도로 아래 개천가는 산책길로 인기가 없었다. 바람이 불 때마다 근처 약령시장에서 한약 향이 풍겨왔다.

낡고 오래된 다가구주택이 개천을 따라 이어져 있었다. 창문엔 등불이 절반도 켜져 있지 않았다. 거리를 배회하던 꼬리 잘린 고양이가 봄과 눈이 마주치자마자 어둠 속으로 사라졌다.

"동네가 한적하니 운치가 있구나."

"그냥 슬럼가야."

바람 따라 이리저리 움직이던 빈 과자 봉지가 개천으로 떨어졌다. 개천가 집들에는 주인이 있었지만, 주인들은 살지 않았다. 재개발 보상을 받으려고 알박기한 주인들은 쓰러져가는 개천가 주택을 방치했다. 벽이 바스러지고 금이 갈수록 재개발 대상이 될 확률이 높아졌다. 워낙 주거환경이 열악한 탓에 세입자를 받기도 여의치 않았고, 무엇보다 이 지역 등기부등본이 엽기적이었다. 어떤 집은 대지가 30평인데 건물소유주는 1,000명이 넘었다. 십수 년 전 재개발 붐을 타고 부동산 선수들이 집을 잘게 쪼개 파는 바람에 1인당 소유 평수가 우표보다 작은 곳도 있었다.

인간들의 욕심에 질린 주택공사도 건설대기업도 두 손 두 발 다 든 동네였다. 실질적으로 재개발은 물 건너간 지 오래다. 100채 주택에 1만 명의 주인들. 답이 안 나오는 평등함이 실현되는 망가진 공간이었다.

개천가를 따라 걷던 두 사람은 시멘트 다리를 건넜다. 다리 밑에 흐르는 검은 물줄기에 그믐달이 퀭하니 떠 있었다. 다리를 지나 가로등 켜진 골목길로 들어섰다. 소년 소녀가 나란히 구불구불한 밤길을 걸었다.

"네 아우는…."

"맞아, 발달장애야."

선비가 냉소적인 표정을 지으며 말했다.

"너도 눈치챘잖아?"

"미련한 놈."

선비가 걸음을 멈췄다.

"잠깐. 내 동생이 반푼이인 건 맞지만, 네가 그런 표현을 쓰면 실 례지."

"네놈한테 한 소리다."

선비가 봄을 쳐다봤다. 그동안 똑똑하다는 소리는 지겹게 들어 왔지만 미련하다는 말은 처음이었다.

"선우의 맑은 령이 너희 가족을 수호하고 있는데, 너는 고마운 줄 도 모르지 않느냐."

"대체 무슨 소리야? 맑은 령? 같이 살아보지도 않고 그런 말 마. 장애인이 순수하다는 건 편견이야. 복지관 돌아다니면서 장애인한 테 사기 치는 못된 장애인도 있다고. 선우 녀석은 또 거짓말을 얼마 나 많이 하는데. 완전 뻥쟁이야."

"쯧쯧. 아까부터 왜 그렇게 뾰족한 게냐?"

"아 진짜, 너도…."

아빠한테 귀싸대기 맞아봐, 선비는 튀어나오려는 말을 겨우 삼키고 길을 걷기 시작했다.

재래시장에 들어서자 분위기가 왁자지껄했다. 수십 개의 전구 불빛 아래 밤시장이 펼쳐졌고, 시장 명물인 닭발집엔 대학생들이 삼삼오오 모여 술을 마시면서 흥겹게 목청을 높였다. 봄은 엄마 손을 잡고 시장에 처음 온 아이처럼 주변을 두리번거렸다.

"거리가 재밌구나."

"재밌긴. 가난한 사람들이 모여서 싼 맛에 분위기 내는 곳이지."

"또, 또. 그렇게 못되게 굴면 손바닥 생명선이 짧아질 게야. 손금도, 얼굴도, 운명도 정해진 것이 아니야. 고약한 마음을 먹으면 손금도 변하고 얼굴도 삐뚤어지는 법. 고로 앞일은 사람 마음 따라 행동 따라 매일 변하는 것이니."

"오래 살 마음 없어."

"왜?"

"인생이 고단하니까."

"호호. 중학생이 인생을 논하다니, 귀엽도다."

"너, 내 인생 살아봤어?"

선비가 사형선고를 내리는 판사처럼 의미심장한 표정으로 봄을 내려다보았다. 그 비장한 얼굴을 마주한 봄은 풋, 무거운 분위기를 깨며 태연자약 헛웃음을 터뜨렸다.

"허어, 중학생이 또 인생 타령이구나."

"됐다. 말을 말자."

입을 굳게 다문 선비가 앞장서 걸었다. 어딘가에서 혀 꼬부라진 술꾼의 노랫소리가 들렸다. 언덕을 따라 시장통의 번잡함이 이어졌다. 오른편 7080 호프집에서는 옥외 스피커로 〈칵테일 사랑〉이 흘러나왔고, 왼편 닭발 무료 제공이 유일한 장점인 닭한마리 집은 맞은편 가게에 밀리지 않겠다는 양 최신 댄스 가요를 틀었다.

양쪽의 청각 공해를 뚫고 나오자 어딘가에서 새로운 소리가 들렸다. 야옹. 길 가운데 아까 그 꼬리 잘린 고양이가 어슬렁거렸다. 도망친 줄 알았더니. 고양이답게 몰래 여기까지 따라왔나 보다. 봄이 무릎을 꿇고 손을 내밀자, 손가락을 한 번 핥고는 사뿐히 낮은 담장 위로 뛰어 올라갔다.

봄이 손을 비비고 일어섰을 때 선비와 눈이 마주쳤다. 선비가 눈을 비볐다. 가로등 불빛 때문인가. 은은한 노란 불빛 아래서 보니 은근슬쩍 귀여운 얼굴이었다. 입만 다물고 있다면.

"그나저나 아버님 하시는 일은?"

"번역가야."

'번역가'라는 말이 남들에겐 근사하게 보일지 몰라도, 선비에게 옥탑방 천재는 선배 출판인들의 도움으로 근근이 번역거리를 얻어 쥐꼬리만 한 생활비를 버는 가난하고 위태로운 프리랜서였다. 그런 주제에 들어오는 일감마저 귀찮다고 거절하기 일쑤였다. 그냥 백수라고 봐도 무방한 인간이었다.

"가족들 생년월일은?"

"지금 국민 생활 실태 조사해?"

"알았네. 지금 모르면 나중에 알려주고. 그나저나 모친은 안 보이시던데?"

"어… 이혼했어."

선비가 씁쓸하게 대답했다.

"그렇구나. 그랬어. 하긴, 인생살이 평탄하면 재미가 없지."

순간 선비가 주먹을 쥐었다. 귀여운 얼굴은 취소다. 종일 인내심 테스트하던 저 못된 입이 기어이 넘지 말아야 할 선을 넘었다.

"넌 진짜! 아무리 개념이 없어도 할 말 못 할 말이 따로 있지. 지금 우리 집 상황이 재밌어? 가난한 아빠랑 장애인 동생하고 사는 기분이 알고 싶어? 꼭 내 우위에 서야 속이 시원하겠어?"

"나는 고아다."

아무렇지 않다는 듯 봄이 말했다. 선비는 말문이 막혔다. 원래는 내가 화를 내야 하는 타이밍인데. 고아라니. 머리가 혼란스러웠다. 이 상황은 뭐지? 누가 더 인생이 비참한지 밝히는 불행 대결인가? 딱히 할 말이 떠오르지 않아 선비는 괜히 콧등만 긁었다.

"몰랐어. 미안해."

"내 팔자 네가 미안해할 필요 있나."

"하여튼 사과할게."

분노가 허무하게 식었다. 두 사람은 한동안 말없이 시장 골목을 걸었다.

"저기, 부탁이 있는데."

시장을 나와 대로가 보이자 선비가 무언가 생각 난 듯 말했다.

"나 옥탑방에 사는 거, 소문내지 말아줄래?"

그 말을 듣자 봄이 혀를 찼다.

"한심하도다. 모든 운세가 오르막이 있고 내리막 있거늘. 기운이 승할 때를 기다리지 못하고 낙담만 하고 있는 게냐. 그렇게 응달에 웅크려서야 어찌 하늘이 던져주는 복을 잡겠느냐. 자고로 사내대 장부라면…"

"맞아, 나 소인배야. 그러니까 애들한테 옥탑방 사는 거 소문내지 말아줘."

말없이 선비를 바라보던 봄이 긴 한숨을 내쉬며 탄식했다.

"세상천지에 얘기할 동무 하나 없는 내가 어찌 소문을 내겠느냐."

듣고 보니 그랬다. 선비 입장에서는 다행스러운 일이었다. 하지만 동시에 친구가 없다는 말이 쓸쓸하게 들렸다. 전학 온 지 2주가 지나고 지금은 다른 아이들과 마찬가지로 교복을 입고 등교하지만, 여전히 봄은 학교에서 고립되어 있었다. 물론 봄 스스로 친 울타리라고 할 수 있지만, 그래도 괜스레 안쓰러운 마음이 들었다.

"그런데 봄아, 이런 질문 그렇지만 솔직히 너 말투 많이 이상해. 왜 자꾸 이상하게 말해? 그러니까 아이들이 꺼리는 거잖아. 컨셉이야, 아니면 학교에 퍼진 소문대로 진짜 한국말을 사극으로 배운 거야?"

"여흥부대부인 민씨께 배웠다네."

봄이 이상한 말을 하더니 지나가던 택시를 잡아 세웠다.

"조금만 더 가면 버스정류장인데."

"내일 보세."

봄이 택시를 타고 사라졌다. 선비는 택시 뒤꽁무니를 바라보며 중얼거렸다.

"고아라더니 택시를 타네."

선비는 혼자서 시장 골목을 내려왔다. 봄을 귀엽게 비추던 가로등 아래에 이르자 갑자기 선비가 멈춰 섰다.

'가만… 여흥부대부인 민씨?'

머릿속에서 국사 교과서가 스르륵 펼쳐졌다. 여흥부대부인(驪興府大夫人). 홍성대원군의 부인이자 고종의 친어머니? 그 여흥부대부인 민씨한테서 말을 배웠다고? 그래서 말투가 사극이 됐고? 그럼 네 나이가 거의 200이라고? 에휴, 말을 말아야지. 골목에서 선비는 씩씩거리며 애꿎은 헛발질을 해댔다.

"역시 또라이였어. 봉사 점수건 뭐건, 나는 쟤 감당 못 해!"

담장 위를 걷던 꼬리 잘린 고양이가 인형처럼 멈춰 서서 혼자 울분을 토하는 선비를 구경했다.

뒤집힌 미행

종문중학교 교내에 45분마다 종이 울렸다. 쉬는 시간이 올 때마다 봄은 나침반을 들고 운동장을 어슬렁거렸다. 그 뒤로 선비가 자포자기한 표정으로 아씨를 모시는 머슴처럼 따라다녔다. 그리고 이들 멀리, 운동장 구석에서 두 사람을 지켜보는 집요한 눈이 있었다. 텃밭부로 위장한 비밀 동아리. 자칭 '종문중학교 탐정단'이 텃밭에 쭈그려 앉아 둘을 감시했다.

"탐정, 그런데 쟤는 왜 쉬는 시간마다 운동장을 배회할까?"

텃밭 호박잎 사이에 숨어서 봄을 관찰하던 예하가 말했다.

"뭔가 찾고 있는 것 같기도 합니다만."

호미로 밭을 갈던 소희가 일어나 손등으로 이마 위 햇빛을 가리자, 예하도 똑같이 따라 하며 일어섰다. 두 소녀는 교복 치마 안에 텃밭부 유니폼인 몸뻬바지를 입고 있었다.

소희는 휴대용 외눈 망원경을 꺼내 다이얼을 돌리며 초점을 맞췄다. 봄의 옆모습이 또렷해졌을 때 망원경 속 봄이 획 고개를 돌리더니 정면으로 노려보았다. 깜짝이야. 소희가 무너지듯 주저앉았다. 망원경으로 봤을 뿐인데 다리를 후들거리게 할 정도로 눈빛이 살벌했다.

종이 울리자 탐정단은 몸뻬바지를 벗어서 허수아비 팔에 대충 걸어 놓고는 교실로 달려갔다.

◈◈◈

감시는 하굣길로 이어졌다. 한옥마을의 언덕은 경사가 높았다. 길도 반듯하지 않았다. 까마귀 떼가 내려앉은 듯한 검은 기와지붕 사이로 겨우 차 한 대 지나갈 수 있는 좁은 골목이 S자로 구불거리기 시작했다. 봄의 뒷모습이 규칙적으로 담벼락에 가려졌다가 다시 나타났다.

몰래 봄을 뒤쫓던 탐정단은 비지땀을 흘리며 자신들의 저질 체력을 한탄했다.

"도대체 어디까지 올라갈 셈이지?"

소희가 숨이 헐떡이며 말했다.

"선녀집은 언덕 꼭대기에 있습니다."

"선녀집?"

"후훗, 탐정이 학교를 결석한 요 며칠 사이 이 부지런한 왓슨이 전학생의 비밀을 알아냈지롱."

예하가 자신의 수사 경위를 들려주었다. 정보제공자는 다름 아닌 동네 터줏대감인 예하의 할머니였다. 오컬트적 생활은 예하네 집안 내력인지, 할머니 역시 마리아라는 가톨릭 세례명을 받았음에도 점집을 뻔질나게 드나드신다고 했다. 덕분에 무속계의 기이한 소문들을 꿰고 있다고.

"할머니 말씀 들어보니까 무속계에도 나름의 스토리가 있고, 파보면 덕질할 요소도 꽤 많더라고."

할머니가 곶감을 씹으며 들려준 이야기는 이랬다. 과거 선녀집엔 정화선녀라는 유명한 무당이 살고 있었다. 무녀의 딸인 정화선녀는 워낙 굿을 잘하고 점괘가 신통방통한지라 전국각지에서 손님들이 몰려들었다.

그러던 어느 날, 정화선녀는 굿도 점술도 일절 하지 않고 선녀집에 칩거했다. 그렇게 열 달이 지난 뒤 선녀집 담장 밖으로 아기 울음소리가 들렸다. 대문 앞에는 새끼줄에 꼬인 마늘이 걸려 있었다. 미혼인 정화선녀가 딸을 낳았다. 아이의 아버지는 누구일까? 아무도 알 수 없었지만, 호사가들은 정화선녀의 남자 관계의 대해 이러쿵저러쿵 외설적인 소문을 퍼뜨렸다.

시간이 지나 갖가지 풍문도 시들해질 무렵, 정화선녀는 어린 딸을 남기고 자취를 감췄다. 그후 외할머니와 어머니의 신기를 물려받은 선녀집의 어린 소녀는 엄청난 신기를 발휘하면서 무속계의 스타가 된다. 그 여자아이는 아직 내림굿을 받지 않았는데도 다른 무당들이 감히 질투조차 하지 못할 정도로 초월적인 무녀가 되어 있었다. 그 신기가 얼마나 대단한지 무속인들 사이에서는 정화선녀의 딸은 사람이 아니라 '신이 내린 씨'라는 소문이 파다했다.

이야기를 듣던 소희의 눈이 휘둥그레졌다.

"설마 그 정화선녀 딸이?"

"딩동댕."

예하가 손가락으로 봄을 뒷모습을 가리켰다.

"김봄이 무당이라고?"

어느새 봄이 모퉁이를 지나 사라졌다. 소희와 예하도 모퉁이를 지났다. 하지만 봄은 보이지 않았다. 둘은 허겁지겁 앞으로 달려 나갔다.

"쥐새끼 두 마리가 왜 날 따라왔을꼬?"

골목 한가운데 봄이 떡하니 길을 막고 서 있었다. 탐정단의 미행은 실패로 돌아가고 말았다.

봄이 뒷짐을 지고 다가와 소희와 예하의 얼굴을 번갈아 살폈다.

"가만 보니 쥐새끼가 아니구나. 묘한 조합이로구나. 하나는 토끼상이고 하나는 원숭이상일세. 원숭이가 토끼를 끌고 왔구나 백주 대낮 도적단이냐?"

"아냐, 도둑이라니. 우린 그냥 날씨도 화창하고 해서 산책이나 하려고… 혹시 텃밭 좋아해?"

"뭔 귀신 씻나락 까먹는 소리냐."

"텃밭 가꾸는 거 관심 있으면 우리 텃밭부에 들어오라고⋯."

소희가 마침 가방에 있던 동아리 가입신청서를 내밀었다.

그러자 봄도 마침 가방에 있던 채찍을 꺼내더니, 한옥 담벼락에 채찍을 휘둘렀다. 촤악! 소늬붐이 일어나며 벽 먼지가 풀럭거렸다.

"어디서 야부리를. 살(煞)을 맞고 싶은 게야?"

순간 예하가 무릎을 꿇었다.

"제발 살만은 쏘지 마세요, 선녀님!"

예하가 봄을 올려다보며 싹싹 빌었다.

그 모습을 본 소희는 기가 막혔다. 막장 드라마에 눈떴다더니 예하 하는 짓이 영락없이 야멸찬 재벌가 시어머니에게 구박받는 며느리 꼴이다. 그깟 살이 뭐라고 같은 중학생한테 무릎을 꿇어? 소희는 옆에서 벌벌 떨고 있는 절친이 마음에 안 들었지만, 솔직히 자기도 봄의 눈빛에서 살기 비슷한 걸 느꼈다.

"제 명에 살고 싶다면 따라오너라."

봄이 팔목에 채찍을 꽈배기처럼 둥글게 말며 앞장서서 걸어갔다.

"줄행랑칠 생각일랑 접어라. 이 몸은 등 뒤에도 눈이 달렸으니."

소희와 예하는 겁에 질려 누가 먼저랄 것도 없이 서로 팔짱을 꼈다. 결국 탐정단은 팔짱을 낀 채 가파른 언덕을 올라 선녀집까지 끌려갔다.

끼이익 하는 소리와 함께 선녀집 나무 대문이 열렸다. 안으로 들어가자 잔디가 펼쳐진 마당에서 나비들이 춤을 추고 있었다. 나무 기둥에 으스스한 노란 부적들이 붙어 있었다. 마루 양편의 두 방에는 창호문이 붙어 있었다. 창호지는 햇살에 바래 누리끼리했다. 소희는 문득 가족과 함께 민속촌에 놀러 갔던 때를 떠올렸다.

"무사, 선녀님이 동무들 델고 왔수꽈?"

부엌문을 열고 나온 할망이 감탄했다. 할망은 젖은 손을 치맛자락에 쓱쓱 닦고 성큼성큼 다가왔다.

그 순간 소희는 자기 눈이 고장 난 듯한 느낌이 들었다. 마치 젊은 연예인이 할머니 분장을 한 것처럼 예뻤다. 어쩌면 저렇게 곱게 늙으셨지. 저분이야말로 안티에이징의 화신이 아닐까? 그러는 사이 할망이 눈앞에 왔다.

"비바리들 곱드락 호고 놀싼하오다 양."

할망이 두 팔을 활짝 벌려 소희와 예하를 한꺼번에 끌어안았다. 너무 뜨거운 포옹이라 소희는 인사도 제대로 하지 못했다.

"촘말 좋수다. 안트레 들어왕."

할망이 마루에 올라가 들어오라고 손짓했다. 소녀들은 신발을 벗고 마루로 올라 굿당 또는 신당이라 불리는 무녀의 방으로 들어갔다. 방 가운데 대나무 발이 처져 있었다. 봄이 대나무 발을 위로 올려 고정했다. 방이 넓고 환해졌다. 봄이 말했다.

"앉아서 기다리고 있거라."

소희와 예하가 쭈뼛쭈뼛 나무 상 앞에 앉았다. 탐정단은 방안을 둘러보았다. 무녀의 방은 오컬트 영화처럼 으스스할 거라 예상했는

데, 사극 드라마 속 마님 방처럼 단정하고 고풍스러웠다. 은은하게
풍기는 향냄새도 나쁘지 않았다.

◈◈◈◈

10분쯤 지나서 봄이 돌아왔다. 교복 차림이던 봄은 어느새 화사
한 앵두색 한복으로 갈아입은 모습이었다. 머리는 스튜어디스처럼
쪽을 틀고 얼굴엔 화장품이 아깝지도 않은지 잔뜩 분을 발랐다.
예쁘긴 한 것 같은데 엄청나게 부자연스러웠다. 요즘은 내츄럴이
대세인 것도 모르나? 소희는 화장을 고쳐주고 싶어 손이 근질근질
했다.

봄이 병풍을 등지고 앉았다. 종갓집 마님처럼 느긋하게 한쪽 무
릎을 세웠다.

"어디 보자. 어디 보자."

봄이 혼잣말하며 탐정단을 노려보더니, 예하 목에 손을 뻗었다.
봄이 예하의 십자가 목걸이를 만지작거렸다.

"넌 예수쟁이구나."

"아닙니다요, 선녀님."

"그럼 뭐야?"

"전 마리아쟁이입죠, 눼눼."

비굴하게 손을 비비며 예하가 대답했다. 봄이 십자가 목걸이에서

손을 떼고 자기 무릎에 팔을 올렸다.

"토끼상하고 원숭이상. 생년월일시 불러보거라. 종이를 줄 테니. 이름은 한자로 쓰고."

"저기 선녀님, 제가 토끼상인 거죠?"

예하가 물었다.

"원숭이가 사람 말도 아는구나."

"히잉."

예하가 슬픈 표정을 지었다.

탐정단의 출생 정보를 확인한 봄이 상 밑에 손을 집어넣었다. 주판이 상 위에 탁 올려졌다. 소희는 기억을 더듬었다. 주판? 청춘박물관에서 본 물건인데.

탁, 탁, 타다다닥.

봄의 손가락이 중국 상인보다 빠르게 주판알을 튕겼다.

"너희 둘 다 형제가 없구나."

봄이 거만하게 한복 자락을 펄럭이며 팔짱을 꼈다.

"선녀님, 그걸 어떻게 아셨습니까?"

예하가 물었다.

"척 보면 알지."

감탄해 마지않아 말을 잃은 미신쟁이 예하를 향해 봄이 덧붙였다.

"원숭이, 너는 어려서 죽을 뻔한 적이 있구나."

"신통하십니다! 방통하십니다!"

예하는 흥분해서 봄을 향해 넙죽 절하며, 일곱 살 때 수영장에서 허리에 끼고 있던 튜브가 찢어져 허우적댄 일이 있다며 봄의 신기를 찬양했다.

"이번에도 척 보고 아셨습니까?"

"사주에 나와 있다."

"대단하십니다!"

둘의 대화를 듣고 있던 소희는 인상을 찌푸렸다. 태어나서 위험했던 적 한번 없는 사람이 어디 있다고. 수완이 좋은 점쟁이들은 누구나 다 겪는 보편적인 이야기를 툭 던진다고 한다. 그러면 대부분은 맞혔다고 신기해하면서 점쟁이를 굳게 믿게 된다나. 예하가 일곱 살 때 빠져서 허우적댔다는 수영장은 소희도 잘 알고 있는 곳인데, 아무리 키가 작은 아이라도 절대로 빠져 죽을 수 없는 유아용 풀장이었다.

봄은 계속 예하를 현혹했다.

"어디 보자. 어디 보자. 하아, 별일일세. 너희 집 재물이 많구나."

"헉, 우리 집이 강북 땅부자인 건 어떻게? 그것도 사주에 나와 있습니까?"

"이번엔 그냥 찍었다."

"역시 소문대로 선녀님은 무속 천재이십니다. 그냥 촉으로 찍어도 우리 집안의 비밀을 알아내시다니요!"

거의 이성을 잃은 예하가 감격해 안절부절못했다. 사이비 교주에게 흠뻑 빠진 광신도처럼 두 손을 모으고 연신 머리를 조아렸다. 그러고는 단짝 소희에게도 말하지 않았던 과거사를 줄줄 읊어댔다.

"예전에 우리 집을 찾아온 한 법사님이 할머니 시주를 받고 점을 쳐 주셨습니다. 그때 경고하시길 우리 집안이 돈지랄을 하면, 아니 돈자랑을 하면 집안에 화를 면치 못할 거라고⋯. 그래서 그후로 가족 모두가 재산에 대해선 아무한테도 말하지 않았더랬죠. 지금도 우리 가족은 화를 면하기 위해 아버지는 재력을 속이며 고물 마티 즈를 타고 다니시고, 어머니는 10년째 백화점 한번 못 가시고⋯."

그러더니 예하가 오른쪽 발을 들어 상 위에 올려놓았다.

"이거 보셔요. 저도 화를 면하려 양말까지 꿰매 신는답니다."

"더러운 족발 치워라."

예하가 움찔해서 자세를 고쳐 잡았다.

소희가 예하를 째려봤다. 파자마 파티할 때 가본 예하네 집은 삐거덕거리는 오래된 가구와 구형 가전제품들로 가득했다. TV도 볼록한 브라운관이었다. 그때 소희는 경제 관념이 없는 탓에 예하네 집의 넓은 평수에 대해서는 별달리 생각해본 적이 없었다.

'어쩐지, 여드름을 피부과 가서 짠다고 할 때부터 알아봤어야 했는데. 이런 관찰력으로 탐정은 무슨⋯.'

그렇게 자책하고 있는데 뭔가 이상한 기분이 들었다. 소희가 고개를 드니 봄이 자신을 뚫어지게 쳐다보고 있었다.

"어디 보자. 어디 보자. 토끼는 이마가 좁고 콧방울이 옹색한 걸로 보아하니…."

머리끝까지 열이 오른 소희가 상을 탕 쳤다.

"그래! 우리는 임대아파트 산다. 네가 우리 집에 보태준 거 있어? 그리고 나 이마 안 좁거든!"

앞머리를 쓸어 올린 소희가 이마를 내밀었다.

"허, 누가 뭐랬느냐. 쯧쯧. 자격지심 있는 물건들은 이렇게 주위를 피곤하게 한다니까. 예끼! 속이 화로 꽉 차 있으니 들어오는 복도 달아나지."

"자… 자격지심?"

소희는 속이 부글부글 끓었다. 인성 개차반인 봄도 봄이지만, 세상에 하나뿐인 절친 예하한테도 배신감이 들었다.

"너희 집 부자였어? 우리끼리 비밀 없다면서 그동안 날 속인 거야?"

이글거리는 친구의 눈길을 피해다니던 예하가 큼큼, 헛기침을 했다.

"선녀님, 이왕 왔으니 저희 사업 발전을 위해 부적 하나 부탁해도 되겠습니까?"

봄이 고개를 끄덕이며 받아쳤다.

"원래는 2,000을 받아도 모자라나, 같은 학교 동급생이니 800만 받으마."

"망극하옵니다."

예하가 어피치가 그려진 지갑에서 100원짜리 동전 여덟 개를 꺼내 공손하게 상 위에 올려놓았다.

그러자 봄이 몸을 부들부들 떨며 호통쳤다.

"이 축생들이 감히 누굴 놀려!"

봄이 동전을 힘껏 움켜쥐고 투수처럼 팔을 들더니, 냅다 두 사람을 향해 던졌다.

"엄마야!"

탐정단의 몸에 맞고 튕겨 나간 동전들이 사방으로 떨어져 방바닥에 땡그르르 돌았다. 소희는 기겁했다. 나, 방금 돈으로 맞은 거야? 그것도 동전으로? 김치로 따귀를 맞아도 이보다는 굴욕적이지 않을 거다.

"어찌 화를 내십니까, 선녀님. 그럼 혹시…."

"당연히 800만 원이지."

헉 소리가 나올 금액이었다.

"중학생한테 800만 원이 어딨어!"

참다못한 소희가 나섰다. 부적 한 장에 800만 원이라니. 날강도가 따로 없었다.

그러자 봄이 시선을 피하며 뭐가 고민하더니 대인배처럼 제안했다

"알았네. 이것도 인연이니 내 특별히 400만 받으마."

"반값 세일해도 절대 안 사."

소희가 단칼에 거절했다.

봄이 뻘쭘하게 입을 다물고 주위를 둘러보더니 자개장 문을 열

고 화투를 꺼냈다. 주판에 이어 화투라니? 얼떨떨한 상황이었다. 착착착착. 찰진 소리를 내며 화투가 섞였다. 뭘 하려는지 몰라도 패를 섞는 현란한 손놀림이 타짜 못지않았다. 예하가 물었다.

"이번엔 화투점을 보시렵니까?"

"마침 셋이 모였으니 고스톱이라도 치면 흥겹지 않겠느냐."

소희가 다시 불끈했다.

"멀쩡한 여중생들이 벌건 대낮에 왜 화투를 쳐?"

"화투 혼자 치면 얼마나 적적한지 아느냐?"

"엉뚱한 말로 사람 현혹하지 말고 빨리 우리 끌고 온 용건이나 말해!"

우렁찬 목소리였다. 기세를 높인 소희가 봄을 째려봤다. 그러자 봄이 거만하게 고개를 올리고 소희를 내려다봤다. 어느새 둘이 눈싸움을 하는 모양새가 됐다. 노려보는 봄의 눈매는 소름 끼칠 정도로 매서웠다. 저걸 레이저 눈이라고 하나? 여기서 밀리면 주도권을 잡을 수 없다는 걸 알았지만, 시간이 지날수록 맹렬했던 소희의 눈은 차츰 아래로 내려갔다. 오디션프로그램에 나가 점수를 기다리는 지망생처럼 심장이 조마조마했다.

소희의 눈이 겸손하게 바뀌었을 때쯤 할망이 방에 들어와 다과상을 내려놓고 나갔다.

소희는 심사위원 같은 봄의 시선을 피해 한과 봉지를 뜯었다. 고소한 향이 코끝에 닿았다. 이런 건 어디서 팔지? 여태껏 먹어본 한과 중 최고로 맛있었다. 달콤함에 취하자 얼어붙은 마음도 사르르 녹았다.

"천부인(天符印)을 아느냐?"

봄이 말했다. 한과를 먹던 예하가 고개를 갸웃거렸다.

"할아버지들이 여름에 시원하라고 껴안고 자는 대나무통 말씀인가요?"

"그건 죽부인이고."

소희가 예하의 옆구리를 찔렀다.

봄이 화투를 내려놓았다. 도박 중독자가 고스톱을 칠 기회를 날려버려 진심으로 아쉬워하는 표정이었다. 물끄러미 화투를 내려다보던 봄이 입을 열었다.

"5,000년 전, 단군(檀君)의 할아버지인 환인(桓因)께서 지상으로 내려가는 아들 환웅(桓雄)에게 인간을 다스리는 데 쓰라며 세 가지 신물(神物)을 주셨다. 청동방울과 청동거울 그리고 청동검이지. 이 세 개의 신물이 천부인(天符印)이야. 그후로 천부인은 우리의 신물로 쓰였다."

"선녀님, 혹시 천부인이 신내림 받을 때 필요한 겁니까?"

봄이 지그시 눈을 감았다.

"일단 그렇다고 해두자. 어쨌든 지금 종문중학교 안에 내가 받을 천부인이 숨겨져 있어. 그걸 찾아야 하는데 혼자서는 힘에 부치는구나. 오늘 우리의 만남은 운명이니, 앞으로 너희는 성심껏 이 몸을 돕거라."

봄의 이야기를 듣던 소희의 입이 크게 벌어졌다.

"가만, 그러니까 네 말은, 우리를…"

한마디로 탐정단을 자신의 똘마니로 쓰겠다는 얘기였다.

"그런 말도 안 되는 말이 어딨어?"

"어허, 진짜 살 한번 맞아볼 테야?"

"나 그런 거 안 믿거든. 그리고 우리 바빠. 아무튼 어림도 없어."

소희와 봄이 티격태격하는 사이 스르륵 방문이 열렸다. 봄은 미리 알았다는 듯 얄궂은 표정을 지었다.

소희가 뒤를 돌아보자 낯익은 얼굴이 보였다. 선녀집을 찾아온 손님 역시 놀라기는 마찬가지였다. 도대체 지금 상황이 이해되지 않았다. 뭐지? 아무리 추리를 해봐도 이 손님의 방문 목적을 짐작조차 할 수 없었다. 탐정단은 얼떨떨한 얼굴로 인사했다. 방바닥에 100원짜리 동전이 어지럽게 누워 있었다.

'설마 도박 단속 나온 건 아니겠지.'

소희의 손이 상위에 놓여 있던 화투를 재빨리 방석 밑에 숨겼다.

공조

무녀의 방에는 이제 네 사람이 모여 있었다. 세 명의 소녀들과 건장한 20대 남성이었다. 문 앞에서 아이들을 내려다보던 이형사는 습격을 받은 듯 굳어 있었다.

"앉으세요, 형사님."

재빠르게 일어난 소희가 두 손으로 바닥을 가리켰다. 예하가 방석을 가져와 상 앞에 깔았다.

전체적으로 그는 단정하고 잘생긴 키다리였지만, 형사라는 직업이 한몫하는지 차가운 인상을 풍겼다. 어딘지 촉촉한 눈가는 첫사랑과 이별한 순정파 소년 같기도 하고, 계속 들여다보면 이상하게 퇴폐미가 풍겼다. 여인을 불안에 떨게 만드는 옴므파탈인가, 아니면 구름의 뒤편을 본 허무주의자인가? 이런 유형의 어른은 처음이었다. 소희는 빨려 들어가듯 이형사를 바라봤지만, 보면 볼수록 오히려 더 혼란스럽기만 했다. 지금도 얼핏 화가 나 있는 것도 같으면서도, 또 가만 보니 중학생을 어떻게 대할지 난감해하는 것 같기도 했다. 기차역에서 빨강 머리 앤을 처음 만난 매튜 아저씨처럼.

'저런 사람은 MBTI 결과가 어떻게 나올까.'

소희는 고개를 흔들었다. 지금 그런 애매한 문제에 신경 쓸 겨를이 없었다.

탐정단은 약속이나 한 듯 사근사근 양동작전을 펼치며 이형사를 강제로 앉히다시피 했다. 소희는 이전부터 이형사를 알고 있었다. 탐정이라면 모름지기 관내 경찰이 누군지는 알아야 하지 않나. 게다가 실험실 살인사건 담당 형사인데. 거기다 잘생기기까지.

소희는 이형사에게 궁금한 점이 산더미처럼 많았다. 어떤 이유로 선녀집을 찾아왔는지 모르지만, 이 기회를 놓칠 수 없었다. 이형사에게 상쾌한 비누 냄새가 났다. 형사와 함께 앉아 있다는 실감이 들자 소희는 진짜 탐정이 된 기분이 들어 마음이 날아올랐다.

"이민우 형사님이시죠?"

소희가 묻자 이형사의 얼굴이 더 차가워졌다.

"내 이름을 어떻게 알지?"

"호호. 우리 탐정이 경찰 덕후거든요."

예하가 아양을 떨었다. 막장 드라마를 보고 배운 게 많은지 여우짓이 보통이 아니었다.

"앞으로 잘 부탁드립니다!"

눈치 없는 예하가 씩씩하게 인쇄소에 주문해 만든 명함을 꺼내 이형사에게 내밀었다.

종문중학교 탐정단

명석한 두뇌로 고객님의 사건을 해결해드립니다

의뢰서는 ㅎㅅㅇㅂ 주머니에 넣어주세요~ ^0^

명함을 살펴보던 이형사의 한쪽 눈이 찡그려졌다.

"히웅, 시옷, 이응, 비읍, 이건 뭐지?"

"암호예요. 힌트를 드리자면 종문중학교 텃밭에 있답니다."

"잘 모르겠는데."

그러자 예하가 활짝 웃으며 대답했다.

"허수아비요."

옆에 앉아 있던 소희는 얼굴이 화끈거려 미칠 지경이었다. ㅎㅅㅇ
ㅂ. 명함을 만들 땐 꽤 괜찮은 암호라고 생각했는데. 싸해진 이형사
의 얼굴을 보자 쥐구멍에라도 숨고 싶은 심정이었다. 아마 우리를
한심한 애들이라 생각하시겠지.

"미안하지만 잠시 자리 좀 피해줄 수 있을까?"

본능적으로 소희는 몸이 움찔했지만 못 들은 척하기로 했다. 이
불편은 견뎌야 하는 관문이다. 추리소설 속 경찰들은 대부분 탐정
을 고깝게 대한다. 탐정이 되려면 이런 분위기에도 익숙해져야 한
다고 소희는 마음을 다잡았다.

기묘하게 흐르던 침묵의 분위기를 봄이 깼다.

"꼬맹이들 내치실 필요 없습니다. 내 수족 같은 애들이니 편하게 말씀하시죠."

"누구더러 수족이래!"

소희가 발끈했다.

"물건만 찾으면 너희는 풀어준다고 하지 않았느냐."

"뭐? 풀어줘?"

소희는 주먹을 쥐고 가슴을 두드렸다.

"형사님 보셨죠? 우리 납치당한 거나 마찬가지예요. 방금까지 저 사이비한테 협박당하고 있었다고요. 완전 싸이코예요. 채찍을 휘두르질 않나, 살을 쏜다고 하질 않나. 요즘 세상에 그런 미신을 누가 믿는다고…."

그렇게 동의를 구했지만, 이형사의 표정에는 변화가 없었다.

결국 이형사가 골치 아픈 듯 이마에 손을 댔다. 그리고 한동안 무언가를 골똘히 생각하더니, 주머니에서 사진을 꺼냈다. 소희가 엿보려고 하자 이형사는 손등으로 사진을 감추고 봄에게 전달했다.

'탐정을 향한 공권력의 견제로군.'

소희는 일단 둘의 대화를 경청하기로 했다. 입이 근질거렸지만 정보 수집이 우선이었다. 소희는 귀를 쫑긋 세웠다. 탐색하는 듯한 잠깐의 침묵이 끝나자 이형사와 봄의 대화가 이어졌다.

"사진 속 아이를 본 적 있니?"

"어디 보자. 어디 보자."

"혹시 만나면 잡고 있을 수는 있니?"

"나타나야 잡든가 말든가 하겠지요."

"보게 되면 바로 연락해줘."

"허, 나랏일 하시는 분들은 왜 다들 시민을 종 부리듯 하나 모르겠습니다."

"불쾌했다면 미안해. 도와달라는 뜻이야."

"사람 욕심 끝이 없지요. 제가 물에 빠진 사람 구해줄 때마다 다들 보따리 내놓으라더군요. 그것도 모자라 자기 팔자까지 책임지라고 하지 뭡니까? 한 명이라도 염치 있는 사람 만나는 게 제 소원이랍니다."

"부탁은 이번이 처음이자 마지막이야."

"그만하시지요."

봄이 거만하게 손을 내저었다.

"다 형사님을 위해서 하는 말입니다. 그것들과 자꾸 엮여봤자 좋은 일 없습니다. 명을 재촉하지 마시지요."

"그 아이를 한 번만, 만나게만 해주면 돼."

무당과 형사의 이야기라 그런가. 저 둘이 당최 무슨 소리를 하는지 소희는 알아들을 수 없었다. 분위기를 봐선 이형사가 무언가 부탁을 하고, 봄이 단호하게 거절하는 모양새였다.

봄이 들고 있던 사진을 상 위에 올려놓았다.

자연스레 소희의 시선이 사진에 꽂혔다. 사진 속에 인물을 보고 소희는 깜짝 놀랐다.

"말도 안 돼!"

소희가 사진을 집어 들었다.

"이럴 수는."

소희의 눈이 커졌다. 증명사진. 눈을 비비고 다시 봐도 송채영이었다. 소희는 봄과 이형사를 번갈아 쳐다봤다. 방금 둘의 대화는 다 뭐야? 그러니까, 송채영을 발견하면 연락해달라고? 송채영은 실험실에서 죽었잖아? 그런데 송채영을 잡고 있을 수는 있냐고? 한 번만 만나게만 해달라고? 형사 아저씨 지금 이게 무슨….

"설마, 아니죠? 무당한테 지금 대한민국 경찰이… 귀신이 보이고 막 살도 쏘는 그런 미신을 믿으시는 건 아니죠?"

소희가 황당하다는 표정으로 이형사에게 물었다.

"그러게 말이다."

봄이 태연자약하게 말했다.

또라이의 말은 중요하지 않았다. 소희에게 궁금한 건 이형사의 반응이었다. 잠시 후 그가 굳게 닫힌 입을 열었다.

"비밀로 해줬으면 해."

세상에, 믿을 수가 없었다. 형사가 무당의 힘을 빌려 살인사건을 해결하려고 하는 것이었다.

"아저씨, 진짜 형사 맞아요? 어떻게 무당이 살인사건 범인을 잡아요?"

"옳거니."

손바닥으로 상을 때리며 봄이 맞장구를 쳤다.

"저처럼 연약한 소녀가 어찌 그런 험악한 일을 할 수 있겠습니까, 호호호!"

봄이 입을 가리고 웃었다. 웃음소리가 크고 경박하기까지 했다.

"이제 그만 돌아가시지요. 억울한 일로 고통받는 민초들의 외침이 여기까지 들립니다."

"그래, 시간 뺏어서 미안하구나."

이형사가 무표정하게 일어나며 송채영의 사진을 챙겨 다시 안주머니에 집어넣었다.

"잠깐만요!"

소희가 황급히 그를 붙잡았다.

"자, 잠시만요."

소희가 머리를 감싸 쥐었다. 빨리 생각을 정리해야 한다. 총알처럼 빠르게. 어느새 이마에 땀이 맺혔다. 그 땀이 볼에 흘러내릴 때쯤 묘안이 떠올랐다. 소희는 자세를 고쳐 잡고 봄에게 귓속말했다.

"형사님 도와드리면 선비에 대한 모든 정보를 알려줄게. 너 선비한테 관심 있잖아."

"뭬, 뭬야?"

순식간에 봄의 뺨이 귤색으로 물들었다.

"우리가 팍팍 밀어줄게."

"어허, 어디서 허튼소리를…."

"싫음 말고."

"어허…."

"예하야, 가자."

"말이나 한번 들어보자꾸나."

봄이 일어서려는 소희의 손을 잡았다. 어느새 봄은 드라마 속 옛 애인에게 매달리는 후회남처럼 안달이 나 있었다. 도도하기만 하던 봄의 비굴한 얼굴을 보자 소희는 가슴이 뻥 뚫리는 기분이 들었다. 세상만사 통달한 듯하더니 이런 얄팍한 수에 넘어오다니.

'의외로 허당이네.'

역시 나이는 못 속이는 법. 아무리 무당이라도 중학생은 중학생이었다. 암행어사 마패 꺼내 듯 소희는 당당하게 교복 안주머니에서 핸드폰을 꺼냈다. 이형사는 무덤덤한 표정으로 아이들을 지켜봤다.

탐정단은 그동안 종문중학교 학생들에 대한 데이터베이스를 만들어왔다. 소희 핸드폰 속에는 학생들의 특이사항, 특징, 이성 관계 등이 빼곡하게 적혀 있었다.

"선비의 특이사항에는 도서 대출 목록이 있는데 《부자 아빠 가난한 아빠》 같은 책을 많이 읽더라고."

"중학생이 그런 책을 왜 봐?"

옆에서 예하가 끼어들었다.

"나야 모르지. 어쨌든 선비는 돈에 관심이 많다고 추정할 수 있어. 성적은 입학 때부터 한 번도 전교 1등을 놓친 적이 없으니, 나중에 의대나 법대도 들어갈 수 있을 거야. 그리고 선비의 이성 관계는…."

"그만!"

다짜고짜 봄이 소희의 핸드폰을 가로채려고 길게 팔을 뻗었다. 하지만 소희는 뺏기기 직전 핸드폰을 이형사에게 전달했다.

핸드폰을 받고 잠시 멈칫했던 이형사가 스크롤을 내렸다. 처음엔 마지못한 표정으로 빠르게 살피더니, 이내 스크롤 내리는 속도가 느려졌다. 그는 꼼꼼히 탐정단의 자료를 읽어 내려갔다.

"이건 확실히…."

이형사가 입을 열었다.

"수사에 참고할 만한 자료야."

경찰들은 학교에서 발생한 사건의 경우 학생들의 인권 문제 등으로 수사에 애를 먹었다. 이형사가 실험실 살인사건을 맡게 된 이유는 그의 검증된 수사력 때문이기도 했지만, 학부모들로부터 어떤 민원이 들어올지 몰라서 다들 이 사건을 맡으려고 하지 않았기 때문이다.

"이 자료, 혹시 메일로 보내줄 수 있니?"

이형사가 지갑에서 명함을 꺼내 소희에게 건넸다. 참수리가 그려진 경찰 명함이 두 손에 들어오자 그동안 아이들에게 또라이로 놀림 받던 설움이 단번에 날아갔다. 오늘 비로소 탐정단이 경찰에게 인정받은 것이다.

"네, 보내드리고 말고요. 대신…."

소희가 꿀꺽 침을 삼켰다.

"저희도 수사를 도울 수 있게 해주세요."

긍정적 답변을 기대했지만, 이형사는 떨떠름한 표정을 지었다.

"그럴 수는 없어. 수사는 경찰의 일이야."

"시민의 제보가 필요하시잖아요."

"너희는 학생이야."

"저희 절대로 장난하는 거 아녜요."

소희가 진심을 담아 말했다. 자신이 오해받을 상황이란 건 알았다. 경찰이 아이들 탐정 놀이에 장단을 맞춰줄 리 없고, 소희 또한 실험실 살인사건에 간여하지 않겠다고 맹세했었다. 그렇지만 겨울비가 내리던 그 날, 송채영을 만나고 나서 시작된 기이한 일들은 외면할 수가 없었다. 특히 학원 화장실에서의 무시무시한 경험을 한 이후, 착각일 뿐이라고 외면하려 해도 자꾸만 실험실 살인사건이 남의 일이 아닌 것처럼 느껴졌다.

어떻게 하면 수사에 참여할 수 있을까? 소희가 고민하고 있을 때 예하가 끼어들었다.

"저기, 오라버니."

예하가 다소곳하게 이형사를 불렀다. 소희가 뜨악했다. 오라버니라니. 이 부끄러움도 모르는 불치의 중2병 환자 같으니. 오늘은 또 어떤 컨셉을 잡은 거야? 파트너라면서 일을 망치려고 작정했어?

"어른들은 절대로 이해할 수 없는 아이들만의 세계가 있습니다."

예하를 입을 막으려던 소희가 이형사의 반응을 보고 멈칫했다. 자기가 설득할 때는 콧방귀도 안 뀌던 그가 뜬금없는 예하의 한마디에 표정이 진지해졌다. 설마, 설득된 건가? 옛말에 말 한마디로 천 냥 빚을 갚는다고 했지. 아이들만의 세계라. 듣고 보니 꽤 그럴듯했다. 국어 60점 입에서 어떻게 저런 신통한 말이 나왔담. 막장 드라마 시청의 순기능인가?

"선녀님은 어떠십니까? 우리가 천부인도 같이 찾고 연분도 이어 드리면, 형사님을 도와드리겠습니까?"

예하가 이번에는 봄을 향해 말했다. 봄은 긍정도 부정도 하지 않았다. 어쨌든 아까보다는 확실히 부드러워진 반응이었다.

"형사님은 어떠십니까? 저희 도움을 받지 않을 이유가 있나요?"

그 역시 긍정도 부정도 하지 않았다.

땅! 땅! 땅! 예하가 상을 손 망치로 세 번 쳤다. 상이 흔들렸다.

"거래, 성립!"

예하가 제멋대로 결론을 내렸다. 소희는 침을 꼴깍이고 주위 반응을 살폈다. 오랫동안 침묵이 감돌았다.

방 안에 있는 누구도 이의를 제기하지 않았다.

제
3
부

타오르는 일기

종문 자매 여러분, 새로운 시대 어떻게 보내셨나요. 모두 무사해서 참 다행이구나, 문득 그런 생각이 들면 마음 밑바닥부터 벅찬 감동이 차오릅니다. 수고했어, 올해도.

집집마다 창밖에 눈이 내리는 저녁입니다. 작은 손바닥으로 김 서린 유리를 닦아냅니다. 하지만 마음의 모양은 참 이상하기도 하죠? 마음엔 모난 곳이 존재하고 못생기게 튀어나온 곳 아래, 응달진 마음 가장자리에서는 못된 욕심들과 서서히 목을 조르는 두려움이 퍼져나갑니다. 이 세상엔 보이지 않지만 느껴지는 어떤 것이 있습니다. 우리 종문여중에서는 확실히 그렇습니다.

21세기 첫해의 마지막 달, 저는 두려움을 이기기 위해 두려움에 대한 이야기를 하고자 합니다. 다름 아닌 우리 종문여중 괴담에 관한 이야기입니다.

1981년. 종문여중에 한 선배가 있었습니다. 이름 최승희. 이 선배에 대해서 여러 가지 일화가 있습니다. 특히 석암중학교 남학생과의 드라마 같은 로맨스는 오랫동안 전해지고 있습니다. 참고로 당시 선배는 3학년이었고 남학생은 2학년이었다고 합니다. 지금이야 연상연하 커플이 흔하지만, 최승희 선배는 여러모로 시대를 앞서지 않았나 생각합니다.

당시 어른들은 두 소녀 소년을 향해 되바라진 녀석들이라고 혀를 찼겠지요. 하지만 그 둘은 인근 학생들 사이에서 성북구의 로미오와 줄리엣이라 불릴 정도로 유명인사였습니다. 양쪽 모두 인물이 수려한 미남미녀였다고 하니 또래들 사이에선 선망의 대상이었겠죠. 게다가 예술적 재능까지 타고난 커플이었습니다. 연극부 47기였던 최승희 선배의 연기는 아마추어 레벨이 아니었다고 합니다. 종문문화제에서 선보인 선배의 모노드라마는 얼마나 리얼한지, 선배의 연기를 보고 기절한 학생까지 나왔을 정도였죠.

남학생 역시 머리가 비상했습니다. 당시 석암중학교는 한 학년에 무려 800명의 학생이 있었는데 그 남학생은 단 한 번도 전교 1등을 빼앗긴 적 없는 수재였습니다. 더욱이 행실도 바르고 천성이 다정다감해서 교우들과 선생님들의 사랑을 독차지했죠. 조선 시대 반듯한 선비가 환생한 모습이랄까요. 학업뿐 아니라 문학적 재능도 뛰어났습니다. 1981년 문예부 문지(文紙)에 실린 '마지막 말'이란 시는 아직도 학교 전설로 남아 있을 만큼 유명하다고 합니다. 그런데 어찌 된 일인지 석암중학교 서고에 보관된 문지 중에서 1981년 것만 감쪽같이 사라졌답니다. 어쩌면 그런 신비감으로 인해 전설이 됐을지도 모르겠네요.

두 사람은 문화토론 자리에서 만났습니다. 참고로 당시엔 학생들끼리의 남녀교류 기회가 너무 적어서, 종교 활동이나 각종 동아리 대외 활동을 통해 만남을 가졌습니다. 인스턴스식 연애가 만연한 현재에 비하면 참 귀엽고 낭만적인 시대였다고 생각합니다.

따뜻한 노래 가사처럼 둘은 매우 로맨틱했습니다. 두근두근한 비밀연애였겠죠. 그러나 세상은 둘을 가만 놔두지 않았습니다. 순수한 사랑의 감정을 이어가고 싶었겠지만, 두 사람은 너무 튀는 커플이었습니다. 결국 비극이 찾아오죠. 진짜 로미오와 줄리엣 같은 일이 벌어집니다.

비극의 씨앗은 집안의 반대로 싹트게 됩니다. 남학생 집에서 교제를 반대했던 이유는 둘의 어린 나이도 나이였지만, 무엇보다 여학생 쪽 집안 내력 때문이었습니다. 최승희 선배는 아버지가 돌아가시고 어머니만 계셨는데, 무속인이었습니다. 지금도 그렇겠지만 당시 세상은 무속인을 정상적인 생활에서 탈락한 인간들로 바라보았습니다. 어쩌면 고양이에 대한 인식과 비슷했을지도 모릅니다. 화를 입을까 봐 두려워 괴롭히지는 못하지만 불쾌하고, 되도록 멀리 떨어지고 싶은 존재. 아, 고양이가 얼마나 사랑스러운지 꿀밤을 때려서라도 사람들에게 가르쳐주고 싶은 심정입니다.

소문에 의하면 최승희 선배는 주변을 불쾌하게 만드는 구석이 있었습니다. 연극부실에서 최승희 선배는 밤늦게 귀신을 불러오는 의식을 치렀다고 합니다. 분신사바 놀이 같은 짜릿한 흥분을 기대한 학생들은 곧 날벼락 맞은 듯한 처참한 기분에 휩싸였습니다. 그때 최승희 선배는 학생들의 불행한 미래를 예언했다고 합니다. 이를테면 가족의 죽음 같은. 그 자리에 있던 학생들은 팔에 솟은 소름을 떨쳐내며 교실 밖으로 뛰쳐나갔고, 다음 날 최승희 선배에게 절교를 선언했습니다. 누가 봐도 그것은 선을 넘은 장난이었으니까요. 하지만 얼마 뒤 불행한 예언이 하나둘씩 맞아떨어지자, 최승희 선배는 학교에서 공포의 대상이 되었습니다.

이른바 신기를 타고난 최승희 선배는 이전부터 크고 작은 미래를 예언했는데, 단 한 번도 행복한 미래를 예언한 적이 없었습니다. 최승희 선배의 기이함을 단적으로 보여준 사건은 종문문화제에서 일어났습니다. 앞서 이야기했듯이 객석에서 한 학생이 기절한 것입니다. 처음엔 최승희 선배의 리얼한 연기에 쇼크를 받은 것이라 여겼지만, 그 학생은 양호실에서 깨어나자마자 두려움에 몸서리치며 이렇게 말했다고 합니다.

"모노드라마가 아니었어…. 보였… 어… 승희는 혼… 자가 아니었어…."

최승희 선배 쪽 집안을 뒷조사한 남학생 집에서는 난리가 났습니다. 감히 무당 딸년이 금쪽같은 아들을 넘보려고 했다는 거였죠. 남학생 집안은 성북구 유지라 할 정도로 부유했습니다. 조상 대대로 벼슬을 지냈다죠. 그들은 총명한 아들이 장차 법관이 될 것이라 믿어 의심치 않았습니다. 당시 어른들 생각에 사법고시 합격은 장원급제와 다름없었다고 합니다. 하긴 문민정부가 들어선 지 오래지만 아직도 대통령을 왕처럼 여기는 사람들이 많으니까요.

힘이 있는 사람답게 남학생의 아버지는 자신의 인맥을 총동원해 최승희 선배를 궁지에 몰았습니다. 세금포탈과 사기죄 등의 명목으로 무속인인 최승희 선배 어머니가 구속되게 한 것입니다. 그것도 모자라 동네 유부남들을 유혹했다는 지저분한 소문까지 퍼트렸습니다. 졸지에 어머니가 잡혀 들어가고, 범죄자이자 상간녀의 딸로 손가락질받게 된 최승희 선배는 모든 것을 잃고 말았습니다.

뒤늦게 이 사실을 알게 된 남학생은 눈물로 하루하루를 지냈습니다. 친구들에게 "나는 승희에게 갚을 수 없는 죄를 지었어"라며 자책했다고 합니다. 석암중학교에서는 지금까지 '갚을 수 없는 죄'가 그 남학생의 어록처럼 전해지고 있습니다.

얼마 뒤, 지옥 같은 나날을 보내던 어린 연인들은 결심합니다. 네. 바로 로미오와 줄리엣 사건입니다. 두 사람은 종문여중 음악실에서 동반자살을 감행했습니다. 사실 정말로 죽으려 한 것은 아니었지만 결국 비극으로 끝을 맺게 되었습니다.

음악실에서 둘은 서로의 손목에 붉은 실을 묶어 연결한 다음 수면제를 먹었습니다. 그러나 남학생이 잠에서 깨어났을 때 최승희 선배는 싸늘한 주검이 되어 있었습니다. 경찰 조사에 따르면 두 사람은 수면제를 각자 다섯 알밖에 먹지 않았습니다. 그 정도로는 사람이 죽지 않는다는 사실을 두 사람은 잘 알고 있었을 것입니다. 동반자살 시도는 세상을 향한 경고이자 자신들의 사랑을 인정해달라는 투쟁이었던 셈입니다. 최승희 선배의 죽음은 특이 체질에 의한 약물 알레르기라는 이상한 결론으로 그 사인이 밝혀졌지만, 어쨌든 안타깝게도 두 사람의 연극은 소녀의 죽음으로 막을 내렸습니다.

어쩌면 사랑이란 증명하려고 하면 할수록 부작용을 유발하는 것인지도 모르겠습니다. 두 사람의 사이를 묶어주었던 붉은 실은 무엇이었을까요? 현실의 시간을 뛰어넘는 영원한 사랑의 징검다리였을까요? 만약 그 사건의 부제를 붙인다면 저는 '붉은 실의 염원'이라 쓰고 싶습니다.

그런데 죽은 최승희 선배의 저주 때문인지 몰라도, 남학생의 힘 있고 부유했던 집안은 급격히 몰락했습니다. 갖가지 사고와 병치레가 끊이지 않았습니다. 용하다는 무당을 불러 굿을 해도 아무 소용없었습니다. 오히려 무당이 살을 맞아 피를 토했다고 합니다.

아버지인 성북구 유지가 폐암 말기 판정을 받고, 남학생의 동생마저 불의의 교통사고로 사망하자, 그 집안은 저주를 피해야 한다면서 졸업 직후 남학생을 일본으로 강제 유학 보냈습니다. 몇 년 후 석암중학교 교문 위에 제19회 졸업생인 그 남학생이 와세다대학교 정치경제학부에 합격했다는 플래카드가 걸렸습니다. 일본으로 간 남학생은 이후 단 한 번도 한국 땅을 밟지 않았습니다. 그것이 아버지의 유언이었다고 합니다.

하지만 이야기는 여기서 끝나지 않습니다. 차라리 이렇게 끝이 났다면 불행 중 다행이었을지도 모릅니다.

사람들의 기억 속에서 잊힐 즈음 종문여중에서 저주의 일기장이 발견되었습니다.

낡은 일기장엔 지금까지 소개한 최승희 선배의 드라마 같은 사연이 담겨 있었습니다.

마지막 장에는 피로 쓴 듯한 저주의 주문이 쓰여 있었습니다. 미워하는 사람을 죽이는 주문이었습니다. 그리고 저주를 실행하려면 다음의 세 가지 규칙을 지켜야 한다고 전해지고 있습니다.

1. 두 사람은 마주 봐야 한다.
2. 두 사람은 촛불을 켜고 이 일기장을 펼쳐놓아야 한다.
3. 두 사람은 일기장 마지막 장에 쓰인 주문을 세 번 외워야 한다.

그렇습니다. 우리 종문 자매 모두가 알고 있는 바로 그 저주의 규칙입니다.

저주의 일기장은 뜬소문처럼 사라졌다가 잊힐 때쯤 다시 발견됩니다. 일기장이 발견될 때마다 종문여중에서 사건이 벌어집니다.

9년 전 저주의 일기장을 다시 발견한 어떤 선배가 마지막 장을 찢어냈다고 합니다. 아무도 저주를 걸 수 없게 말입니다. 그렇지만 좀 더 용기를 냈다면 어땠을까요. 차라리 그때 일기장을 불태워버렸으면 얼마나 좋았을까요. 저주의 주문이 쓰인 페이지는 사라졌지만, 사실 그 주문은 구전되고 있습니다. 이 글을 읽는 종문 자매 중에서 그 주문을 모르는 사람은 거의 없을 것입니다.

떠올리기 싫은 기억이지만, 이제 제 이야기를 해야 할 차례입니다. 아무에게도 말하지 않았던 제 개인적 사건을 이 글을 통해 처음 공개합니다.

10월 말이었습니다. 교지 특집기사를 맡은 저는 원고 초고를 쓰느라 밤늦게까지 문예부실에 남아 있었습니다. 9시가 넘은 시각이었습니다. 부모님께 혼날 것 같아 부랴부랴 가방을 챙겨 문예부실을 나왔습니다. 복도에는 불이 꺼져 있었습니다. 그런데 어슴푸레한 복도 바닥에 네모난 무언가가 빛의 내며 누워 있었습니다. 저는 홀린 듯 그 앞으로 걸어갔습니다. 그리고 결국 바닥에 놓인 노트를 펼치고 말았죠.

몇 줄만 읽어도 그것이 무엇인지 알 수 있었습니다. 말로만 듣던 그 일기장이었습니다. 컴컴한 밤이었지만, 글자들이 차가운 빛을 내며 계속 읽으라고 말하는 것 같았습니다. 일기장을 넘기는 손끝이 점점 저렸습니다. 팔에는 소름이 돋았습니다. 너무 무서워져서 저는 일기장을 내던지고 텅 빈 복도를 내달렸습니다. 공포에 짓눌린 탓인지 숨이 금세 목구멍까지 차올랐습니다.

잠시 후 저는 떨리는 등을 벽에 기대어 힘겹게 숨을 가다듬었습니다. 그런데 이상하게 자꾸만 손바닥이 간지러웠습니다. 어두워서 잘 보이지 않는 양쪽 손바닥이 계속 간지러웠습니다. 양손을 아무리 비벼도 간지러운 감촉이 사라지지 않았습니다. 복도에는 아무도 없었습니다. 공포가 몰려왔습니다. 저는 양손을 들고 손바닥을 내려다본 채 얼음처럼 가만히 있을 수밖에 없었습니다.

하지만 곧 저는 무언가가 손바닥을 긁고 있는 것임을 알게 되었습니다. 촉감은 더 생생해졌습니다. 손바닥을 보이지 않는 무엇이 반복해서 규칙적으로 긁고 있었습니다. 긁적, 긁적, 긁적. 땀에 젖은 손바닥에 소름 끼치는 선들이 계속 스쳐 지나갔고, 저는 조금씩 선들의 규칙성을 알게 되었습니다. 그것은 글자였습니다. 제 손바닥에는 글자가 반복해서 쓰이고 있었습니다.

ㅊㅚㅅ_ㅇㅎㄴㅊㅚㅅ_ㅇㅎㄴ

어디에선가 한 줄기 바람이 불어왔습니다. 바람을 방향을 따라

제 몸도 기울어졌습니다.

컴컴한 복도에 쓰러진 저는 다음 날 병원에서 눈을 떴습니다.

며칠 동안 입원 생활을 하며 저는 여러 생각을 하게 되었었습니다. 처음엔 저주의 일기장의 마지막 페이지만 찢었다는 그 선배를 원망했습니다. 차라리 그때 불태웠다면. 더 용기를 내주었다면. 하지만 생각이 더 뻗어나가자 종문여중 괴담에 대한 본질적인 의문이 들었습니다. 과연 일기장이 실재했을까? 내가 복도에서 본 건 누군가 떨어뜨린 평범한 노트가 아니었을까? 붉은 실로 서로를 이었던 소년 소녀의 슬픈 사랑 이야기에 매료된 나머지 저주마저 실재한다고 믿어버린 건 아닐까? 그런 믿음이 환상을 불러온 건 아닐까? 그날 저는 교지 편집 일로 심한 두통에 시달리고 있었습니다. 의사 선생님께 여쭤보니, 극심한 스트레스 상태에서 환각이 보이는 경우도 있다는 대답을 들었습니다. 또 사람이 너무 긴장하면 손이 저리거나 손바닥이 간질거리는 증상이 나타나기도 한다는 연구 결과도 있다고 했습니다.

저는 1주일 치 신경안정제를 처방받고 퇴원했습니다.

오늘도 제 안의 이성주의자와 신비주의자는 서로가 옳다며 격돌을 펼칩니다. 그날의 기억을 떠올리면 때론 착각이 부른 해프닝일 뿐이라고 혼자 웃기도 하고, 때로는 너무나 생생한 공포에 질려 소스라치게 놀라기도 합니다.

그날의 진실은 무엇이었을까요? 아직은 알 수 없습니다. 하지만 저는 두려움과 싸워나갈 것입니다.

우리는 21세기 첫해의 마지막을 맞이했습니다. 노스트라다무스
가 말한 세상의 종말도 오지 않았고, 그렇게 떠들썩했던 밀레니엄
버그도 일어나지 않았습니다. 종문여중 괴담도 이제 공포의 시효
가 만료되어야 합니다. 21세기와 괴담은 어울리지 않으니까요. 두
려움을 이겨내면 허상도 사라지리라 믿습니다.

저와 3학년 자매들은 봄이 오면 정든 모교를 졸업하겠지요. 먼
훗날 종문여중 괴담도 풋풋했던 시절의 추억이 될 것입니다. 우리
모두에게.

2000년 12월 3일

종문여자중학교 문예부 51기

부장 신미연

◇◇◇◇

컴퓨터 모니터에서 눈을 뗀 이형사가 관자놀이를 매만졌다. 익숙
한 느낌이 왔다. 한쪽 눈꺼풀이 파르르 떨렸다. 두개골이 부서질 듯
한 두통의 전조였다. 소란스레 밤을 밝히는 오피스텔 창밖 불빛들
이 너울처럼 술렁거렸다. 이형사는 평소대로 약을 찾아 서랍을 열

었다. 그때 또 메일 수신 알람이 울렸다.

아, 그리고 당시 이 원고는 문예부 담당 국어 선생님이 반대하셔서 교

지에는 실리지 못했다고 해요.

이 글을 쓴 신미연 선배는 예전에 죽었대요.

이형사가 마지막 문장을 읽자마자 핸드폰이 울렸다.

"메일로 보내드린 글 다 읽으셨죠?"

이형사가 핸드폰을 귀에 대자 여자아이 목소리가 들렸다. 이제는

목소리만 들어도 안다. 선녀집에서 만난 권소희 학생.

"만약 저주가 진짜라면, 채영이가 미워한 사람이 범인일까요?"

이형사는 왼손으로 핸드폰을 귀에 댄 채 냉장고 문을 열고 생수

를 꺼내서 유리컵에 따랐다. 그러고는 다시 책상 앞으로 돌아와 유

리컵 안에 아스피린 두 알을 떨어뜨렸다. 수용성 알약이 빠르게 녹

기 시작했다. 이형사는 컵 속의 끓어오르는 기포를 바라보았다.

그는 8개월 동안의 경찰학교 교육 과정에서 많은 것을 배웠다.

경찰학교 교수진은 매우 뛰어났다. 비틀린 인간들의 심리를 해부해

주었고, 보편적이고 상식적인 차원에서는 도저히 이해할 수 없는

살인마를 범죄심리학 관점에서 설명해주었다. 대응 방법도 자세히

알려주었다. 그러나 딱 한 가지, 중학생을 상대하는 방법은 누구도

가르쳐주지 않았다.

"똑똑똑. 저기요, 이민우 형사님 안 들리세요?"

"듣고 있어."

이형사는 아스피린이 용해된 물을 마셨다.

"아니면 반대로, 채영이를 미워한 사람이 범인일까요?"

"혹시 10년마다 한 명씩 죽었다는 사실을 다른 학생들도 알고 있니?"

"네? 뭐라고요?"

소희가 비명을 지르듯 소리쳤다.

"종문중학교 학생이 10년마다 한 명씩 죽었다고요? 세상에 어떻게 그런 일이…"

그 순간 이형사는 엄청난 두통을 느꼈다. 천장이 보일 정도로 최대한 뒤로 고개를 젖혔다. 괜한 이야기를 했다. 선녀집에서 탐정단이라는 아이들이 만든 학생 데이터베이스를 봤을 때 아이들을 너무 과소평가했다고 자책했었다. 하지만 지금은 정반대로 과대평가한 게 후회됐다. 쓸데없는 말을 하고 말았다. 종문중학교 10년 주기 사망 사건은 아직 상부에도 보고하지 않았다.

"세상에, 세상에, 역시 경찰이라 다르시네요."

"절대로 소문내면 안 돼. 학생들이 불안해할 테니까."

상대방의 말을 듣고 있는 건지 아닌지 전화기 속 목소리가 바쁘게 떠들었다.

"근데 10년마다 학생이 죽었다면 우리가 모를 리 없어요. '10년마다 찾아오는 죽음'이라고 이미 소문이 쫙 퍼졌을 거예요."

"교내에선 그 사실을 알 수 없었을 거야. 10년 사망 주기는 재학생이 아니라 졸업생에게 일어난 일이니까. 그리고 다시 한번 말하지만…"

"걱정하지 마세요. 제가 형사님보다 입이 무거울걸요."

그 말을 듣자 이형사는 수화기 건너편 아이를 더욱 신뢰할 수 없었다.

"그나저나 형사님은 정말 귀신 볼 수 있어요?"

"뭐라고?"

"김봄이 다 얘기해줬어요. 형사님은 귀신을 볼 수 있긴 한데 밤에만 볼 수 있고, 귀신 말을 들을 수는 있는데 대화는 할 수 없다고요. 자기가 갑을병정무기경신임계에서 갑이라면, 형사님은 정이나무 정도밖에 안 된다고 하던데요. 아, 오해는 마세요. 형사님 무시하는 거 절대로 아녜요. 그냥 믿기지 않는 소리라서…"

"맞아. 다 뜬구름 잡는 소리야."

이형사가 단호하게 말했다.

"네, 당연히 그럴 리는 없겠지만… 혹시라도 무슨 비밀을 갖고 계시면 경찰서에 들키지 마세요. 이상한 미신 같은 거 믿는다고 잘리면 어떡해요. 요즘 공무원 되기 엄청 힘들다던데, 들켜도 무조건 아닌 척하세요. 아셨죠?"

자괴감이 밀려왔다. 중학생한테 걱정이나 듣는 처지라니.

"지금 밤 10시 넘었어."

"앗."

"권소희 학생은 지난 1주일 동안 하루도 빠짐없이 나한테 전화했어."

"그건 시민의 한 사람으로서 경찰 수사에 도움을 드리려고…."

이형사가 아무 대꾸도 하지 않자 소희의 목소리가 기어들었다.

"죄송해요. 제가 생각이 짧았나 봐요. 형사님도 사생활이 있을 텐데. 역시 제가 예의 없이 굴었죠? 경찰과 대화하는 게 기뻐서 그만…. 죄송합니다. 좋은 꿈 꾸세요!"

삐리릭, 전화가 끊겼다.

책상 위에 핸드폰을 내려놓은 이형사가 엄지로 다시 관자놀이를 눌렀다. 스스로가 한심해서 견딜 수 없었다. 경찰, 아니 성인으로서 자격이 박탈된 느낌이었다. 방금 말하지 말아야 할 것을 말해버렸다. 실험실 살인사건 범인이 10년 사망 주기와 관련 있는지 없는지 아직 모르는 데다, 혹시라도 범인이 그 사실을 알면 이를 역이용할 가능성도 있었다. 그게 아니더라도 장차 어떤 변수로 작용할지 알 수 없었다. 이형사가 습관적으로 유리컵에 손을 댔다.

섬뜩할 정도로 차가운 손이 그의 손등 위에 닿았다. 이형사는 숨 쉬는 것도 잊은 채 얼어붙었다.

"뜬구름이야, 뜬구름…."

적막한 오피스텔에 뜬구름, 뜬구름, 중얼거리는 소리가 조각구름처럼 떠다녔다. 이형사가 손을 떼자 유리컵 곡면에 창백한 얼굴이 비쳤다. 두 개였다. 이형사 어깨에 붙은 흐릿한 형상이 이형사의 귀에 속삭거렸다. 이형사의 입에서 입김이 새어 나왔다. 유리컵을 뚫어지게 바라보던 이형사가 컵을 돌렸다. 컵에 각인된 타원형의 경찰청 로고가 흐릿한 그것의 얼굴을 가렸다.

교내 제일 미녀

3교시가 끝났을 때였다. 쉬는 시간이 되면 늘 그렇듯 선비와 봄이 등나무 그늘을 어슬렁거렸다. 오늘은 웬일인지 봄의 손에 나침반이 보이지 않았다. 대신 사채업자들이나 들고 다닐 시커먼 일수 가방 같은 것을 옆구리에 끼고 있었다. 등나무를 지나 화단에 다다랐을 때 봄이 획 뒤로 돌았다. 아무 생각 없이 뒤따르던 선비가 넘어지듯 멈췄다.

"이게 뭔지 아느냐?"

다짜고짜 봄이 일수 가방 지퍼를 의미심장한 표정으로 열더니 핸드폰을 꺼냈다.

"어제 이 몸이 전화기 가게에 들어갔다네. 거기서 내가 뭐라고 했을까나? 모양 빠지게 에누리해달라고 했을까? 아니지, 이 몸이 말했지. 여기 가게에서 제일 똑똑한 놈으로 달라고."

봄이 최신형 스마트폰을 내밀면서 자랑했다.

"만져봐도 된다."

"됐어."

선비가 무뚝뚝하게 말했다. 선비의 핸드폰은 중고매장에서 구입한 5년 전 모델이었다.

"어서, 사양 말고 만져보래도. 요놈을 이렇게 벌리면 병풍처럼 펼쳐지지 뭐야, 호호호. 이 신통방통한 것이 200도 안 하다니, 세상 살 만하지 않으냐?"

"너 고아라고 하지 않았어?"

"후훗, 돈밖에 없는 고아라고 불러다오."

봄이 손으로 입을 가리고 소리 내어 웃다가 머쓱했는지 화제를 바꿨다.

"그나저나, 너 공부 잘한다고 들었다."

"뭐, 조금."

"듣자 하니 네가 의사나 변호사가 될 거라던데. 네 각시는 사모님 소리 듣겠구나, 호호호."

선비가 무표정한 얼굴로 한숨을 내쉬었다.

"결혼할 일도 없고, 의사나 변호사 될 마음도 없어."

"그 좋은 걸 왜 안 해! 남들은 못 해서 안달인데!"

내내 혼자만 웃던 봄이 또 혼자 흥분했다.

"의사라고 다 같은 의사가 아니니까. 의사로 진짜 큰돈을 벌려면 개업의가 되어야 하는데, 흙수저인 나한테 누가 병원 차릴 돈을 대주겠어."

"엥, 그런 게냐? 그럼 변호사나 해라."

선비는 힘없이 고개를 저었다.

"변호사도 다 같은 변호사가 아냐. 변호사로 돈 벌려면 대형 로펌에 들어가야 하는데, 나 같은 흙수저는 안 뽑아. 로펌에서 금수저들을 선호하는 이유가 가난한 변호사를 싫어해서는 아니고, 그냥 금수저들이 영업 환경을 타고났기 때문이야. 금수저 주변에는 사업체 운영하는 지인들이 많으니까 수임료가 큰 사건을 물어올 수 있고, 그런 사업체와 법률 자문 계약을 해서 매년 고정 수입도 챙길 수 있거든. 나 같은 흙수저 출신은 로펌에 큰 건을 물어다 줄 수도 없고 기업 영업도 어려워."

그 말을 들은 봄이 뭔가 아쉬운 듯 입을 쩍 다셨다.

"세상 참 복잡하구나. 에휴, 알았네. 빨리 둥지를 트는 것도 좋지. 돈은 내가 벌면 되니… 너는 그냥 가만히 있어."

"그게 무슨 트로트 가사 같은 말이야?"

봄이 실실 웃으며 일수 가방 안으로 손을 넣어 과장되게 휘저었다. 그러는 통에 가방 밖으로 5만 원짜리 지폐가 우수수 떨어졌다.

"도와다오."

선비는 말없이 허리를 수그리고 화단 근처에 떨어진 지폐들을 주워서 봄에게 건넸다. 떨어진 돈을 건네받은 봄이 활짝 웃으며 말했다.

"빌려줄까?"

"나도 핸드폰쯤은 있어."

"아니, 이거 말이다."

봄이 5만 원권 지폐를 부채처럼 펼쳤다.

"받아라. 필요하지 않겠느냐. 같이 고기도 먹은 사이에 이 정도야…."

"지금 뭐 하는 짓이야?"

선비가 매몰차게 손을 뿌리쳤다. 얼음장처럼 차갑게 변한 선비의 얼굴을 확인한 봄이 허둥지둥 일수 가방에서 뭉칫돈을 꺼냈다.

"이거 빌려주마. 아, 아니, 이거 그냥 다 주마."

봄이 지폐로 가득한 일수 가방을 통째로 내밀었다.

"받아라. 진즉 줄 것을…."

그러자 들린 듯 말 듯 낮고 무시무시한 음성이 돌아왔다.

"꺼져."

말이 아니라 칼이었다. 선비의 매정한 말이 배를 찌르고 들어오는 칼날처럼 섬뜩했다. 봄은 순간적으로 다리에 힘이 풀려 주저앉고 말았다. 머리가 띵하고 몸도 제대로 움직이지 않았다. 두대체 뭐가 잘못된 거지?

선비가 성난 발걸음으로 본관을 향해 걸어가고 있었다.

"날 두고 어디 가느냐? 멈춰라! 선비 게 섰거라!"

목이 터져라 불러도 선비의 싸늘한 뒷모습은 빠르게 멀어졌다.

화단에 홀로 남아 안절부절못하던 봄은 애꿎은 꽃만 마구 밟았다.

◇◇◇◇

이야기를 들은 소희가 경악했다.

"이런 미친! 너 제정신이야?"

학교 식당에 소희의 목소리가 쩌렁쩌렁 울렸다. 학생들의 이목이
창가 테이블로 꽂혔다. 봄과 마주 앉아 급식을 먹던 소희는 아예
의자에서 일어나 부르르 떨고 있었다. 급식을 먹던 봄도 눈을 치켜
떴다.

"뭐야, 미친? 설마 이 몸한테 한 소리냐?"

"둘 다 진정 좀 해."

날카로운 분위기를 감지한 예하가 소희를 진정시키며 가까스로
자리에 앉혔다. 그래도 소희의 화는 가라앉지 않았다. 소희가 쏘아
붙였다.

"너 싸이코패스야?"

"조금 풀어줬더니 살 맞고 싶어 몸이 근질근질한가 보구나."

"내가 은은하게 재력을 어필하라고 했지, 돈지랄하라고 했어?"

"옳거니, 말 잘했다. 선비가 돈에 환장… 아니, 돈 좋아한다고 알
려주지 않았더냐."

"너한테 사회성을 바란 내가 바보천치지. 됐다 됐어. 말을 말자."

"말을 말기는. 입이 열 개라도 할 말이 없는 게지."

봄이 거드름을 피우며 교복 상의 주머니에서 무언가를 꺼냈다.

"아까 우리 선비가 어찌나 빨리 사라지던지, 이 귀한 걸 보여줄 틈도 없었구나."

교복 주머니에서 나온 물건은 두껍고 휘황찬란한 체인 금목걸이였다. 봄이 메달을 걸 듯 제 목에 걸었다.

"순금 스무 돈이라 그런지 벌써 목이 묵직하구나."

"그 조폭 목걸이는 뭔데?"

소희가 가지가지 한다는 표정으로 물었다.

"제법 눈치는 있구나. 작년에 어떤 건달이 찾아와서는…"

봄이 신이 나서 금목걸이에 얽힌 일화를 이야기했다.

작년 가을, 검은 양복을 입은 무서운 아저씨들이 우르르 선녀집을 찾아왔단다. M자 머리를 한 조직 두목은 방안에 함께 들어온 부하들 가운데 경찰에게 정보를 흘린 배신자가 있다며 당장 찾아내라고 협박했다. 분명 범인이 이들 중에 있다고.

하지만 간이 배 밖으로 나온 봄은 주눅이 들기는커녕 아하하하 소리 내어 웃었다. 얼굴이 희색빛으로 변한 두목은 담배를 꺼내 물었다.

"이거, 이거, 무당인 줄 알았더니 무뇌아잖아?"

차마 여자아이에게 험한 말은 안 떨어지는지 두목은 애꿎은 부하들을 향해 욕설을 퍼부었다. 한참을 웃기만 하던 봄은 겨우 숨을 가다듬고 말했다.

"절이든 교회든 가까운 곳을 찾아가 치성을 올리십시오."

두목은 실소를 터뜨렸다. 그래도 봄은 아랑곳하지 않고 덧붙였다.

"치성을 드린 다음 집에 가서 정화수로 목욕재계하고, 거울을 보면 뭔가가 보일 겝니다."

떨떠름한 표정을 짓던 두목이 뭔가 떠오른 듯 갑자기 으악 소리를 질렀다. 그는 허둥지둥 지갑을 꺼내 복채를 두둑이 내려놓고는, 겁에 질려 목에 걸고 있던 금목걸이까지 봄에게 바쳤다. 그러고는 부하들을 데리고 도망치듯 선녀집을 빠져나왔다.

"어른들이란 참으로 웃기지 않느냐. 이래서 내가 웬만해서 굿당엔 한 명밖에 안 받지."

"그런데 그 두목 아저씨는 왜 도망갔대?"

소희가 물었다.

"맞혀보거라."

소희는 해답을 찾기 위해 머리를 굴렸지만, 아무리 생각해도 두목이 줄행랑을 친 이유가 떠오르지 않았다.

"선녀님, 힌트 하나만."

예하가 검지를 치켜들고 부탁했다. 그러자 또 거만해진 봄.

"탐정이니 뭐니 명함까지 팠으면서 이 쉬운 걸 못 맞힌단 말이냐? 쯧쯧. 가르쳐줄 테니 잘 듣거라. 2년 전에…"

탐정단은 쫑긋 귀를 세웠다. 그런데 해답을 알려준다는 봄의 입에서 또 엉뚱한 이야기가 나왔다.

2년 전 초파일, 오랜 친구 사이인 두 명의 중년 여성이 선녀집을 찾아왔다. 방석에 앉자마자 파마머리를 한 아줌마가 또르르 눈물 한 방울을 흘리더니 이내 대성통곡을 했다. 무슨 한이 그리도 많은지 파마머리 아줌마는 가슴을 쥐어뜯으며 울부짖었다. 옆에 앉아 있던 친구도 그녀를 끌어안고 함께 울었다.

얼마간 그렇게 울다가 손수건으로 눈물을 훔친 파마머리 아줌마는 충혈된 눈으로 봄을 바라보았다. 그녀는 돈은 얼마든지 줄 테니 남편의 상간녀에게 저주를 내려달라고 부탁했다. 사정을 다 들은 봄은 이번에도 조폭들이 몰려들었을 때와 마찬가지로 웃음을 터뜨렸다. 아하하하하! 숨이 막힐 때까지 웃어 재꼈다. 한동안 두 아줌마는 그 모습에 멍하니 눈만 끔벅거렸다. 보다 못한 친구가 옷깃을 끌며 나가자고 속삭이자, 파마머리 아줌마는 봄을 향해 "에라 이 미친년아!" 욕을 내뱉고 밖으로 나갔다.

이튿날 서울에 폭우가 쏟아졌다. 그날 아침이 되자마자 파마머리 아줌마의 친구가 우산을 쓰고 혼자서 선녀집에 찾아왔다. 그녀는 돈 봉투를 내밀면서, 파마머리 아줌마가 어제 욕한 것에 대한 사과의 의미로 자신에게 대신 전해달라고 부탁했다고 말했다. 그리고 이어서 친구 아줌마는 돈 봉투를 하나 더 내밀며 이렇게 말했다.

"선녀님, 제가 요즘 꿈자리가 뒤숭숭한데 부적 하나만 써주실 수 있을까요?"

두 번째 돈 봉투를 받은 봄은 키득키득 웃으며 부적을 써줬다.

이야기를 마친 봄이 박장대소하며 소희 식판에 하나 남은 동그랑땡을 젓가락으로 콕 집어 가져갔다.

"인생들 웃기지 않느냐? 아하하하!"

"아 좀 이상하게 웃지 마, 쪽팔리니까. 그리고 그게 다 무슨 소리야? 선녀집에서 조폭 두목이 도망친 이유 알려준다더니 엉뚱하게 왠 아줌마들 얘기를 꺼내?"

얼굴에 열불이 난 소희가 따져 물었다.

"방금 다 알려주지 않았더냐?"

"뜬금포 좀 작작 쏴! 사람이 질문을 하면 대답을 하라고! 왜 질문을 질문으로 답해? 너 스님이야?"

"허어, 이런 아둔한 것들을 데리고 내가 무슨 큰일을 도모하겠다고 했는지 원… 앞으로 너희를 탐정단이 아니라 멍청단으로 부르겠다."

"뭐라고?"

"동그랑땡이나 더 가져오너라. 설명해줄 테니."

그 말을 들은 소희가 분을 못 이기고 주먹을 꽉 쥐었다. 약이 올라서 작은 두 주먹이 떨렸다. 마치 추리소설에 나오는 '독자에 대한 도전'을 못 맞힌 기분이었다. 그와 동시에 진실이 궁금해 견딜 수가 없었다. 중학생이 호기심을 어떻게 참는단 말인가. 결국 소희는 굴욕감을 참으며 배식구로 갔다. 식판을 내밀며 각설이처럼 굽실거려 동그랑땡 세 개를 겨우 얻어냈다.

제자리로 돌아온 소희가 식판을 쿵 내려놓았다.

봄이 젓가락으로 동그랑땡을 폭폭 찍어 먹으며 사건의 진상을 밝혔다.

"범인은 두목이여."

"뭐?"

"괜스레 자기 뒤가 켕기니까 부하들 앞에서 한바탕 소동을 벌인 게야. 혹시라도 부하들이 자기를 의심할까 봐 연극을 하러 온 게지. 내가 부하 중 하나를 지목하면 두목은 의심에서 해방됐을 터. 하지만 이 몸이 누구더냐? 두목 관상을 보니 영락없는 소인배 상이더구나. 아무리 봐도 얼굴에 덕이 없어. 거참, 아랫사람을 부릴 상이 아닌데… 긴가민가해서 거울을 보라고 한마디 던졌더니 역시나 얼굴이 사색이 되더구나."

"말도 안 돼. 조폭 두목이 왜 경찰에 자기 조직 정보를 넘겨?"

"난들 알겠느냐. 자기 살길 찾아 아랫사람을 경찰에 팔았을지도 모르겠다만, 하여튼 거울을 보라고 슬쩍 떠보니 그때부터 벌벌 떨더구나. 나한테 딱 걸린 게지. 그래도 그 소인배가 눈칫밥은 제법 먹었는지 내 입을 막으려고 자기 금목걸이까지 바치고는 허겁지겁 왈패들을 데리고 나갔던 게지. 범인이 아니라면 왜 줄행랑을 쳤겠어?"

소희와 예하가 뒤통수를 얻어맞은 듯 멍한 표정을 지었다.

"그… 그럼, 그 아줌마들은?"

"당연히 친구가 서방 애인이지."

"자, 잠깐… 그게 도대체 무슨 소리…."

그러자 봄이 혼을 내듯 손바닥으로 테이블을 내리쳤다.

"떼끼! 어디까지 멍청해질 테냐. 생각의 폭을 넓히란 말이다. 바람난 서방 때문에 뽀글뽀글 아줌마가 친구와 함께 왔어. 왜 같이 왔겠느냐? 그냥 혼자 오기 찜찜해서? 그럴 수도 있긴 하지. 하지만 이렇게 생각해볼 수도 있다. 그 친구 아줌마가 뒤가 구리니까, 대체 어디까지 알고 있고 어떻게 하려는 건지 점을 보자 꼬드겨서 슬쩍 알아보려고 한 게지. 그랬는데 뽀글뽀글 아줌마가 서방 애인, 즉 자기한테 살을 날리는 게 목적임을 알았으니 식겁해서 그냥 나가자고 옷깃을 잡아당긴 게 아니겠느냐."

"아니, 그건 네가 광년처럼 웃으니…."

소희가 이해가 가질 않는다는 표정으로 말했다.

"날 백치로 여겼다면 친구 아줌마가 다음 날 왜 다시 찾아왔겠느냐?"

"뽀글뽀글 아줌마가 너한테 사과한다고 대신 돈 전해달라 부탁했다며."

"허허, 순진한 건지 멍청한 건지. 그 말을 믿느냐? 정말로 뽀글뽀글 아줌마가 욕한 걸 사과할 거라면 직접 오지 무엇이 부끄러워 친구를 보냈겠느냐. 게다가 돈까지 준비했으면 살을 날려달라고 다시 한번 부탁할 명분도 서지 않겠느냐. 점을 믿는 사람이니 이왕 온 김에 하다못해 자식들 운세라도 물을 수 있고. 아니, 애초에 서방 애인한테 살 날릴 만큼 화병 난 사람이 미안해할 정신이 있겠느냐."

"아, 역시 우리 선녀님. 너무나도 탁월하십니다!"

예하가 손뼉까지 치며 추켜세우자 봄은 더욱 기고만장해졌다.

"결국 초파일 다음 날 내게 바친 봉투 두 개는 다 친구 아줌마가 준비한 것. 뽀글뽀글 아줌마가 다른 굿당을 찾아 기어이 살을 날릴 게 분명하니, 꿈자리가 뒤숭숭하다는 핑계를 대고 자기를 보호해줄 부적을 얻으려던 게지. 얼마나 급했으면 비가 그리 쏟아지는 날 아침 댓바람부터 날 찾아왔겠어. 멍청단아, 인생살이 좀 배웠느냐?"

멍청단이라는 치욕적인 말에도 예하는 연신 고개를 끄덕이며 감탄을 금치 못하고 있었다.

반면 소희는 꿀 먹은 벙어리가 됐다. 방금 인수분해가 뭔지도 모르는 아이한테 영혼이 분해당해 버렸다. 탐정이 되고 싶은 소희의 마음은 진심이었고 간절했다. 그러나 배신이나 불륜 같은 어른들의 추잡한 사정은 알고 싶지 않았다. 영화에서 보면 조폭에도 나름의 의리가 있던데, 부하에게 죄를 뒤집어씌우려는 두목이라니. 불륜 드라마가 시청률 높다는 건 알았지만, 자기 아내 친구와 바람난 남편 이야기가 현실이라니. 세상이 이럴 수는 없다. 이렇게 더러울 리가 없다.

"너희는 걱정 말거라. 둘 다 여간해선 남자가 생기지 않을 상이라, 친구 애인 빼앗을 일은 없겠어."

봄이 금목걸이를 만지작거리며 약을 올렸다.

"그 조폭 목걸이 좀 치워줄래?"

소희가 투덜거렸다.

"역시 부러운 게구나."

"흥, 레알 찐따 같거든."

"레알? 찐따? 뭐라고 중얼중얼 지껄이는지, 원."

봄은 소희의 말에 아랑곳하지 않고 동그랑땡을 집어먹었다.

소희의 얼굴이 붉으락푸르락 변했다. 아무래도 봄과는 안 맞는 게 확실했다. 이런 걸 악연이라고 할까.

'전생이 있다면 틀림없이 너는 친일파고 독립운동가인 나를 고문했겠지. 하지만 내 영혼까지 가질 순 없었을걸.'

소희는 상상력을 동원해 봄이 입은 교복 위에 일본 순사 복장을 덧칠했다.

접시를 깨끗하게 비운 봄이 물을 마시고 말했다.

"아무래도 지폐는 약한 것 같구나. 우리 선비가 부동산은 좋아하려나? 오늘은 동회에 가서 토지 증명서나 떼야겠구나."

"선녀님, 동회가 뭔가요?"

예하가 고개를 갸우뚱거리며 물었다.

"쯧쯧. 아무리 세상 물정 모른다고 동회도 모르느냐? 공무원들

일하는 사무소 있잖느냐?"

"설마 주민센터 말하는 거야?"

어처구니가 없다는 듯 소희가 말했다.

대답이 없는 걸 맞는 모양이다. 주민센터를 동사무소라고 부르는 어른들은 봤어도 동회라고 부르는 사람은 살다 살다 처음이었다.

"주민센터라니요? 행정복지센터로 이름 바뀐 지가 언젠데. 탐정이 시대에 뒤처진 꼰대라니 실망입니다."

옆에 있던 예하가 지적했다.

"나 초등학교 때는 다들 주민센터라고 불렀다고!"

울컥 부아가 치민 소희가 항변했다. 넌 도대체 누구 편이니? 눈앞에 동회라고 부르는 사람이 떡하니 있는데 왜 나한테만 꼽을 줘? 그나저나 멀쩡한 행정기관 명칭을 왜 자꾸 바꾸는 거야. 사람 헷갈리게….

인상을 잔뜩 구긴 소희가 시금치나물을 잘근잘근 씹었다. 무엇하나 마음대로 되는 일이 없었다. 며칠 동안 탐정단은 쉬는 시간마다 학교를 누비며 조사를 벌였지만, 결과는 신통치 않았다. 죽은 송채영은 이렇다 할 친구가 없었다. 또 아이들은 종문중학교 아웃사이더인 탐정단에 협조해주지 않았다. 무엇보다 아이들은 일기장에 대해 언급하는 것을 꺼리고 있었다. 괜히 사건에 연루됐다가는 자기들도 저주받을지 모른다고 생각해 불안해했다. 종문중학교에서 일기장의 저주는 특히 20여 년 전 교내 화재 사건이 일어난 후로는 더 사실처럼 받아들여지고 있었다. 지푸라기라도 잡는 심정으로 봄의 영적 능력에 일말의 기대를 걸었으나, 정작 봄은 실험실 살인사건에는 관심이 없었다. 쉬는 시간마다 봄은 천부인인지 죽부인인지 하는 걸 찾겠다며 이상한 나침반을 들고 교정을 헤매거나 선비를 스토킹했다.

"제발 사건 해결에 집중해줄래?"

참다못한 소희가 불만을 토로했다.

"귀신한테 범인이 누구인지 물어본다며? 그런데 왜 귀신은 안 쫓고 남자만 쫓아다녀!"

지적당하자 뜨끔했는지 봄이 괜히 학교 식당 주변을 두리번거렸다.

"이상한 일이로구나. 이 오래된 학교에 그것들이 없을 리가 없는데. 도통 보이질 않는다니."

"귀신들이 숨어 있다는 뜻이야?"

"아니면 갇혀 있는지도."

소희는 젓가락을 내려놓고 곰곰이 생각에 잠겼다.

'귀신들이 갇혀 있다? 봉인됐다는 뜻인가? 갇혀 있다면 대체 누가 가뒀다는 거지?'

이런저런 생각을 정리하고 있는데 그 순간 봄이 흥분한 목소리로 말했다.

"딱 걸렸어! 검정 교복!"

봄의 눈이 초롱초롱 빛났다. 봄은 마치 먹잇감은 찾은 사자처럼 입맛을 다시며 일어섰다.

"어지럽고 내 맘대로 되는 일 하나 없더니, 금일 하늘의 선물을 받았네. 모처럼 아귀가 맞는 날이로구나."

이상한 시조 같은 말을 읊은 봄이 자리를 박차고 식당 한가운데로 걸어 나갔다. 봄의 눈에 드디어 그것이 들어왔다. 촌스러운 검은색 교복을 입은 여학생이 봄과 눈이 마주치자 양손을 볼에 대고 어쩔 줄 몰라 했다. 봄의 매서운 채찍질에 당했던 기억 때문인지 창백한 얼굴이 더 하얗게 질렸다.

"어이, 거기 선배님, 동작 그만!"

봄의 손가락이 자신을 가리키자 갈팡질팡하던 검은색 교복이 완전히 얼어붙었다.

"선배님이라니? 우리가 3학년인데 여기 우리보다 선배가 어딨어?"

뒤따라온 수힉가 등 뒤에서 물었지만, 봄은 성큼성큼 앞으로 걸어 나갈 뿐이었다.

식당 한가운데서 검은색 교복이 이리저리 도망갈 곳을 찾기 시작했다. 때마침 아기곰이 식판을 든 채 다가오고 있었다. 1학년 남학생 아기곰은 80킬로그램 가까운 몸무게에 키는 벌써 180센티미터가 넘었다. 그렇지만 씨름선수 같은 덩치와 달리 성격도 순하고 하는 짓도 아기 같아서 아기곰이라고 불렸다.

검은색 교복은 봄이 가까이 다가오자 아기곰 몸속으로 쏙 들어 갔다.

"어어어…."

빙의된 아기곰이 바닥에 쓰러져 경기를 일으켰다. 거품을 무는 아기곰을 본 아이들은 비명을 지르며 어찌할 바를 몰랐다.

"이것이 어딜 들어가?"

봄이 쓰러진 아기곰의 불룩한 배 위를 올라타 멱살을 잡았다. 봄이 손을 높이 쳐들었다.

쫙! 쫙! 쫙!

학교 식당에 뺨 때리는 소리가 울렸다. 그런 봄의 모습에 모두가 경악을 금치 못했다.

"나와! 나와! 나와! 요망한 것!"

인정사정없이 아기곰의 뺨을 때리는 봄을 소희가 뜯어말렸다.

"그만 때려! 그러다 맞아 죽겠어!"

어느새 주위로 학생들이 모여들어 있었다. 아기곰은 말이 중학생 이지 얼굴은 초등학생 티를 벗지 못하고 있었다.

"커어어어!"

아기곰이 머리를 흔들며 온몸을 꿈틀거렸다. 경황이 없던 학생 중 몇 명이 숨겨둔 핸드폰을 꺼내 소방서에 전화했다. 때마침 아시

안게임 여자 태권도 은메달리스트인 체육 선생이 달려왔다. 체육 선생은 아기곰 입안의 이물질을 제거하려고 했지만, 덩치 큰 아기곰이 세차게 몸을 비틀어대는 통에 여의치 않았다.

"보고만 있지 말고 얘 좀 잡아!"

그제야 학생들이 아기곰의 팔다리를 잡았다. 그러나 겨우 제압이 되는가 싶었던 아기곰의 배가 갑자기 낙하산을 펼친 듯 위로 치솟았다. 공포영화에서나 나올듯한 기괴한 모습에 놀란 아이들이 본능적으로 아기곰의 팔다리에서 손을 뗐다.

갑작스런 소동으로 식당 여기저기서 비명이 울려댔다. 그 혼란 속에서 오직 봄만이 냉정함을 유지했다. 봄은 무표정한 표정을 지으며 학생 식당 주방으로 들어갔다. 재빠르게 주방을 살핀 봄은 빨간 바가지를 집어 들고 쌀부대에서 쌀을 듬뿍 담았다.

"비켜! 비켜!"

쌀바가지를 들고 주방에서 나온 봄이 학생들 사이를 헤치고 아기곰에게 달려갔다.

"커어어어어!"

아기곰은 더 고통스럽게 몸을 뒤틀고 있었다. 봄이 아기곰에게 쌀바가지를 휘둘러 냅다 쌀을 뿌렸다. 교복 위로 싸라기눈 같은 쌀알이 흩어졌다. 아이들이 그 광경에 저 또라이가 대체 무엇 하나 싶은 표정으로 입을 벌린 채 봄을 쳐다봤다. 그리고 곧바로 믿기지 않는 일이 벌어지자 더 크게 입을 벌렸다.

"어… 엄마, 머… 몇 시예요? 오늘도 지각하면 벌점…."

수면내시경 검사에서 프로포폴에 취해 잠꼬대하듯 아기곰이 기지개를 켜며 횡설수설했다. 자신을 바라보는 수십 개의 눈을 확인한 아기곰은 입가를 만지다가 턱에 흘러내린 거품에 놀랐고, 얼굴에 다닥다닥 붙어 있는 쌀알에 또 놀랐다.

봄의 눈빛이 날카로워졌다. 쌀 세례를 받아 아기곰 몸 밖으로 튀어나온 검은색 교복이 본관 쪽으로 뛰기 시작했다.

봄이 손에 든 빨간 바가지를 검은색 교복을 향해 던졌다. 빙글빙글 돌던 바가지가 검은색 교복을 통과해 바닥에 툭 떨어졌다.

"탐정단 따라와!"

◈◈◈

봄의 외침을 듣자마자 소희의 발이 움직였다. 예하는 일찌감치 봄을 따라가고 있었다.

'내 몸이 왜 반응하는 거야? 내가 왜 뛰고 있지?'

마치 무조건 명령에 따르는 군인이 된 기분이었다. 자존심 상한 소희는 몸은 봄을 뒤쫓으면서도 머릿속에서는 명분을 만들었다.

'멍청단이라고 불렀으면 절대로 한 걸음도 움직이지 않았을 거야. 암, 그렇고말고.'

저 앞에서 봄은 보이지 않는 무언가를 쫓으며 복도 벽에 부적을 던지고 있었다. 신기하게도 아무렇게나 던진 부적들이 자석처럼 벽에 착착 달라붙었다.

봄은 복도를 달리다가 바닥에 떨어진 분필을 챙기고는 다시 달려 나갔다. 그렇게 2층으로 뛰어 올라간 봄이 층계참에서 멈췄다. 봄은 양팔을 벌리고 물고기를 한곳에 몰 듯 층계참 모서리로 다가갔다.

"선배님, 동작 그만이라고 했잖습니까? 또 채찍 맛 좀 보시렵니까?"

헐떡이며 층계참까지 따라온 소희는 그 모습에 어리둥절했다. 아무도 없는 벽을 향해 봄이 혼자 중얼거리는 것이었다.

슥슥. 봄이 분필로 벽과 바닥에 크게 무언가를 그리기 시작했다. 전체적인 문양은 육각별이었고 여섯 개의 꼭짓점마다 한자가 쓰여 있었다. 육각별을 이루는 두 개의 삼각형은 도형이 맞나 싶을 정도로 선이 들쑥날쑥했지만, 한자만큼은 프린터로 찍어낸 것처럼 반듯한 서체였다. 서예대회에 나가면 단연 대상감이었다.

"학교 벽에다가 낙서하면 어떡해. 그렇게 별 그렸다가 벌점 맞는다고."

물론 천부인만 찾으면 학교를 때려치우겠다는 봄이 벌점에 신경 쓸 리 없었다. 그런데 무얼 하려는 거지? 소희와 예하가 벽으로 다가가려 하니 봄이 엄포를 놓았다.

"결계 밟지 마!"

깜짝 놀란 탐정단이 뒤로 물러섰다.

봄은 분필을 등 뒤로 던지고 교복 치마 주머니에 양손을 집어넣었다. 그리고 불량배처럼 상체를 건들건들 흔들었다.

"선배님, 상황 파악 제대로 하십시오. 딱 한 번만 물을 테니, 어이, 처신 잘하쇼."

말투가 찰지다고 해야 할까? 아니다. 정말로 비열한 말투였다. 봄은 마치 일진이 되기 위해 태어난 불량 청소년 같았다.

소희의 눈에는 아무것도 보이지 않았지만 봄은 허공을 향해 진지하게 협박하고 있었다. 설마, 귀신한테 말하고 있는 건가?

"천부인 어디에 있습니까? 뭐라? 천부인이 뭐냐고요? 선배님이 보기만 해도 오금 저리는 그거잖습니까. 검, 거울, 방울."

봄이 벽과 쇼를 하는 건지, 정말 귀신과 이야기하는 건지 알 수 없었지만, 모 아니면 도라는 심정으로 소희가 말했다.

"천부인은 나중에 물어. 살인사건부터 물어본다고 했잖아."

봄이 잠시 고민을 하더니 결국 고개를 끄덕였다. 봄이 다시 벽을 향해 말했다.

"송채영은 지금 어디 있습니까? 실험실에서 뭘 봤습니까? 거참. 알면 안다, 모르면 모른다고 말하란 말입니다. 사람 속 터지게 하지 말고! 존경하는 종문여중 대선배님, 일단 싸대기 열 대 맞고 시작할까요, 아니면 다시 채찍 맛 좀 볼 테냐!"

호랑이 같은 표정을 지으며 봄이 벽을 향해 윽박질렀다.

"이제야 말이 통하는구먼. 뭐라? 그날 실험실에서… 뭐, 찻잔?"

찻잔이란 소리를 듣자마자 소희가 침을 삼켰다. 실험실 살인사건의 찻잔 이야기는 암암리에 소문으로 나돌고 있었다. 사건 당일 실험실 테이블에는 두 개의 찻잔이 놓여 있었다고 한다. 그러나 어쩐 영문인지 두 찻잔엔 송채영의 입술 자국만 묻어 있었다. 아이들은 채영과 차를 마신 상대는 사람이 아니라 일기장 귀신이라고 굳게 믿고 있었다.

'그 소문을 봄이 알고 있을 리가 없을 텐데…'

지금 정말 귀신과 소통하는 건가. 벽에 그려진 삐뚤빼뚤한 육각별이 갑자기 의미심장하게 보였다. 소희는 긴장한 채 봄의 다음 말을 기다렸다. 드디어 진실이 밝혀지는가? 조마조마했다. 그 찻잔은 과연….

"언니들 여기서 뭐 하세요?"

순간 오컬트적 분위기가 확 가라앉았다. 소희는 망연자실한 표정으로 고개를 돌렸다. 2학년 유진이 순진한 얼굴로 자신을 바라보고 있었다.

"뭐야! 누구야!"

봄이 소리쳤다.

"아아아악! 도망쳤어! 어떻게 잡았는데…. 결계 밟지 말라고 했잖느냐! 누가 밟았어!"

봄이 히스테리를 일으키며 노발대발했다. 아무래도 검은색 교복

인지 무언지가 사라진 모양이었다. 봄의 시선이 아래로 내려갔다. 분필로 그린 육각별의 바닥 쪽 모서리에, 유진의 작은 발이 올려져 있었다.

봄이 탐정단을 밀치고 유진을 잡아먹을 듯 노려보았다.

"저, 저는 그냥 수업 종 울렸다고 알려드리려고⋯."

거의 울먹이는 말투였다. 잔뜩 겁을 집어먹은 유진의 커다란 눈이 글썽거렸다.

당장이라도 때릴 듯한 기세로 유진에게 다가섰던 봄이, 벼락에 맞은 듯 휘청거렸다. 봄은 두려움에 떨고 있었다. 봄이 놀란 입을 다물지 못한 채 뒷걸음쳤다.

"너⋯ 너, 너! 진정 사람이냐?"

충격을 받은 듯한 봄이 움직이지도 못하고 부르르 몸을 떨었다.

"어찌 사람이 이토록 어여쁠 수가 있단 말이냐!"

조각 같은 유진의 얼굴을 이리저리 바라보며 봄이 감탄했다.

"다르구나! 이토록 어여쁠 수 있다니. 벽이로세! 차원이 다르구나!"

유진의 미모에 대한 봄의 연이은 감탄은 점점 절규로 변했다. 겨우 진정한 봄이 슬픈 표정을 지으면서 허탈하게 말했다.

"내가 교내 제일 미녀인 줄 알았더니만⋯."

소희는 자신의 귀를 의심했다. 아무리 자만심으로 꽉 차 있어도, 과대망상도 정도껏 해야지.

'헐, 너 진심으로 네가 교내 제일 미녀라고 생각한 거야? 집에 거울 없어?'

선생님들은 사람을 외모로 평가하지 말라고 하셨지만, 모든 것에 순위 매기기 좋아하는 한민족의 피를 물려받은 아이들은 끼리끼리 모여 끊임없이 순위를 매겼다. 종문중학교 영재 탑 파이브, 종문중학교 인싸 넘버 포, 종문중학교 삼대 미녀 등등. 교내 제일 미녀는 단연 유진이었다. 아니, 성북구 미인, 서울 미인, 아니, 유진의 외모는 전국구였다. 찰랑이는 긴 생머리의 163센티미터 인형. 말 그대로 아이-돌(doll)이었다. 학교엔 나름 예쁜 아이들이 꽤 있었지만, 진짜 연예인 유진 옆에 서면 빛을 잃었다. 한마디로 유진은 일반인과 종(種)이 달랐다.

계단에 주저앉아 봄이 계속 괴로워하자, 보다 못한 예하가 등을 토닥이며 위로해주었다.

"선녀님, 외람된 말이오나 제발 냉혹한 현실을 보셔요. 선녀님도 예쁘시지만 아쉽게도 요즘 시대에 먹히는 얼굴은 아니옵죠. 네네."

봄이 신경질적으로 예하의 손을 뿌리쳤다.

"나는 지금 네가 제일 밉다."

"진실은 늘 괴롭고 밉지요. 그래도 아까 보니 발이 어찌나 빠르던지요. 신기도 타고나고 발도 빠르시니 외모지상주의에서 벗어나 자신의 재능을 활짝…."

"집어 쳐!"

벌떡 봄이 일어섰다. 넘을 수 없는 외모의 벽에 낙담하던 봄은 유진에게 다가가 얼굴을 가까이 대고 말했다.

"이따 나 좀 보거라."

잡아먹을 듯 유진을 노려보던 봄이 휑 사라졌다.

◇◇◇◇

방과 후 빈 교실에서 탐정단이 회의를 했다. 사실 회의를 빙자한 다과회에 가까웠다.

"오늘은 새우깡으로 준비했습니다."

예하가 말했다.

"뭐야? 난 어제 우유 두 개랑 몽쉘통통 한 박스 사왔는데, 넌 겨우 새우깡 한 봉지야?"

"헤헤, 손이 가요 손이 가."

어물쩍 새우깡 CM송을 부르며 예하가 과자봉지를 찢는데 교실 문이 부서질 것처럼 열렸다.

개선장군처럼 안으로 들어선 봄의 뒤로, 겁에 질려 있는 인형이 보였다.

"쟤는 왜 데리고 왔어?"

울먹이는 유진을 보며 소희가 물었다.

"이것이 일부러 결계를 밟은 게야. 그렇다면 실험실 살인사건의 범인인 것이 틀림없지."

"그런 엉터리 추리가 어딨어?"

"아무튼 의심스러운 아이니까 자백할 때까지 잘 고문하고 있거라. 이 몸은 급히 가볼 때가 있으니."

"너 또 선비 스토킹하러 가는 거지? 그건 사랑이 아니야, 범죄라고!"

교실을 빠져나가는 봄을 따라가며 소희가 소리쳤다. 말려 봐야 소용없었다. 오늘도 봄은 또 선비 뒤를 졸졸 따라다닐 것이다.

"그렇게 무모하게 들이대면 누가 좋아해. 이 희대의 집착녀야."

대답 없는 복도를 향해 소희가 혼잣말했다. 봄이란 애는 아무리 좋게 봐주려고 해도 마음에 드는 구석이 하나도 없었다.

"진짜로 여자 망신 다 시키고 있어."

이렇게 투덜대긴 했지만 한편으로 봄이 조금 이해는 됐다. 봄은 오랫동안 사회에서 고립되어 있었다. 당연히 친구를 사귀는 법도, 연애를 하는 법도 알 리 없었다. 선녀집에서 점을 보러 온 어른들만 상대하다 보니, 어떨 때는 산전수전 다 겪은 능구렁이 같기도 하고 어떨 때는 사회성이 딱 유치원생 수준이었다. 저 미저리(Misery)한테 연애 코치라도 해줄까, 소희는 고민하다가 이내 포기했다.

'에휴, 내가 연애를 해봤어야 코치를 하든가 말든가 하지.'

다시 교실로 들어가자 유진이 이러지도 저러지도 못하고 서 있었다. 이를 어쩌나.

"그런데 저 무서운 언니는 누구예요?"

유진이 조심스럽게 물었다.

"아, 그게… 하하하. 정상이 아니니 그냥 똥 밟았다고 생각해."

소희가 대답했다.

"그래도 자꾸 신경 쓰여서요."

"저 언니한테 신경 쓰면 너만 손해야. 이해할 수 없는 사람을 이해하려 들지 마. 그나저나 어떻게 된 거야?"

유진이 마음을 진정시키려는 듯 두 손을 볼에 대고 교실로 끌려온 정황을 들려주었다.

2학년 1반 종례가 끝나자 유진은 가방을 어깨에 메고 교실 뒷문으로 나갔다. 그 순간 재빠른 손이 유진의 팔목을 잡았다. 고개를 들자 야비한 미소가 기다리고 있었다. 유진의 팔목을 완벽하게 구속한 봄은 그대로 옥상으로 올라갔다.

"설마 옥상에서 학폭을?"

소희가 걱정하는 표정으로 물었다.

"아뇨. 저 일진 언니가 때리지도 않고 돈도 안 뺐었지만…"

옥상에서 봄은 다짜고짜 선비를 아느냐 물었단다.

"제가 모른다고 했더니…"

그 순간 봄은 안심하는 표정을 지었단다. 그랬다가 무슨 변덕인지 또다시 무서운 표정을 지으면서, 어떻게 종문중학교 학생이 선비를 모를 수가 있느냐, 3학년 전교 1등 선비를 모르느냐, 3학년 4

반의 그 똘똘하고 귀여운 우리 선비를 왜 모르느냐, 너 문제 있는
거 아니냐….

"그렇게 저를 은둔형 외톨이 취급하면서 막 쏘아붙였어요."

이야기를 들은 소희가 바쁘게 손부채질했다. 상상만 해도 낯 뜨
거운 광경이었다.

"정말 미안해. 우리가 대신 사과할게. 걔가 좀 그래."

"그동안 제가 연습실 나가고 병원 다니느라 결석을 많이 해서…
학교 사정을 잘 몰라요. 대체 선비 선배님이 누구예요?"

소희가 신경 쓰지 말라며 손을 내저었다.

"놀랐을 텐데 몸은 괜찮아?"

"네, 괜찮아요."

유진이 귀여운 몸짓으로 알통을 만들 듯 팔을 들어 올렸다. 그
모습이 어찌나 깜찍한지 사진 찍으면 바로 광고 포스터였다.

그나저나 소희는 막무가내로 끌려 온 유진에게 이 상황을 어떻
게 해명해야 할지 막막했다. 2학년인 유진은 말 그대로 스타였다.
아역배우 출신으로 곧 소속사에서 걸그룹으로 데뷔시킬 거라는 소
문이 파다했다. 교내에서는 이미 아이돌이다. 나무위키 덕분이기
하지만 탐정단 데이터베이스에도 유진의 항목이 가장 길었다. 다섯
살 때 단막극으로 연예계 데뷔, 이후 영화, 드라마, 시트콤 등에서
아역배우로 활동, 청소년 아역상 수상자, 교복 브랜드 홍보 모델, 고
양이 집사, 환경보호운동가, 채식주의자….

소희도 그동안 먼발치에서만 보았지, 지금처럼 가까이에서 본 적은 처음이었다. 아까 점심시간 때 유진을 본 봄의 반응이 이해되었다.

'사람이 이렇게 예쁠 수가 있다니!'

소희는 새삼 유진의 미모에 감탄했다. 같은 여자가 봐도 설렐 지경이었다. 세상엔 이런 기분이 있구나. 누군가를 마주보기만 해도 드라마 속에 들어온 듯한 그런 기분이. 스타는 환상을 파는 직업이라더니 그 말이 딱 맞았다. 하지만 그 때문에 소희는 덜컥 겁이 났다. 이런 유진을 탐정단이 괴롭혔다는 소문이라도 나면, 유진을 떠받드는 학생들에게 예하와 함께 끌려가 무슨 일을 당할지 몰랐다. 이 사태를 어떻게 수습한담?

"저기, 진짜 괜찮은 거지? 우리는 널 해코지하려는 게 아니라…."

"걱정하지 마세요. 솔직히 학교생활 오래 하지 못해서 이런 일도 은근히 재밌는걸요, 헤헤. 아무도 모르는 선배님들과 저만의 비밀이에요. 자, 약속, 복사, 도장."

무언가에 홀린 듯 소희와 예하가 유진과 손을 마주 잡고 약속, 복사, 도장을 찍었다. 연예인과 신체접촉을 하자 마음이 아릿해지면서 진심으로 그녀를 응원하고 싶어졌다.

"언니, 저 새우깡 먹어도 되나요?"

"되고말고."

유진이 예의 바르게 고개를 숙이고 아삭아삭 새우깡을 먹었다.

"이 맛은 예전이나 지금이나 변함이 없네요."

아삭, 아삭, 아삭.

탐정단은 새우깡 CF를 시청하듯 유진이 새우깡 먹는 모습을 멍하니 바라보았다.

"어머 죄송해요. 제가 거의 다 먹어버렸네요."

"아닙니다, 후배님. 후배님을 위해서라면 빵셔틀마저 영광이옵니다. 매점 가서 더 사드릴까요?"

예하가 너스레를 떨며 말했다. 유진이 새침하게 고개를 45도 돌리고는 살짝 혀를 내밀었다.

"음, 맛동산하고, 칸쵸하고, 바나나킥도 좋고요."

"하하, 옛날 과자 좋아하는구나."

"아, 그런가요? 앞으로 TV 나올 일 없으니 당분간은 다이어트 신경 쓰지 않고 그동안 못 먹었던 과자 실컷 먹으려고요."

긴 머리를 찰랑거리며 유진이 해맑게 웃었다.

"앞으로 TV 나올 일 없다니. 혹시 소속사하고 문제 있어?"

소희가 걱정하며 물었다.

"그럴 리가요. 제가 에이스인데 누가 절 잘라요. 그냥 은퇴하려고요."

그 말이 더 놀라웠다. 십대에 은퇴라니? 생전 처음 들어보는 얘기였다.

"왜 그만두려고? 너처럼 되고 싶어 하는 연예인 지망생들이 얼마나 많은데. 그런 기회를 스스로 포기하다니."

"이런 말 좀 그런데, 특별히 언니들한테만 얘기할게요. 사실 연예계가…."

연예인한테 연예계 소문을 들으려 하니 호기심이 폭발했다. 소희는 숨도 쉬지 않고 다음 말을 기다렸다.

"양아치들이 많아서요."

소희와 예하가 서로의 얼굴을 바라보았다. 무슨 소리인지 잘 이해가 가지 않았다.

"그런데 언니들 진짜 탐정단이에요?"

민망한 질문이 쑥 들어왔다. 소희는 얼굴이 빨개져서 모른 척 고개를 돌렸다. 반면 예하는 당당하게 탐정단 명함을 내밀었다.

"후배님, 어려운 일 있으면 언제든 연락해주십시오."

유진이 어른처럼 두 손으로 공손하게 명함을 받았다. 사회생활이 몸에 밴 모양이었다.

"언니들 정말 멋져요. 부럽다. 나도 동아리 하고 싶었는데. 저도 끼워주시면 안 돼요?"

갑작스러운 제안에 처음엔 무슨 소리를 하는지 이해하지 못했던 탐정단의 얼굴에 동시에 느낌표가 떴다. 이게 웬 떡인가! 핍박받는 아웃사이더 탐정단에 핵인싸가 제 발로 굴러오다니!

"저 받아주실 거죠?"

한동안 누구에게도 대답이 나오지 않았다. 감동의 눈물을 참느라고.

성격 좋은 유진이 탐정단 사이로 끼어들어 양쪽에 팔짱을 끼었다. 소희는 꿈은 꾸는 기분이 들었다.

"우리 과자 사러 가요."

《오즈의 마법사》의 주인공 도로시와 그 양옆에서 팔짱을 끼고 노란 길을 걸어가는 허수아비와 양철 나무꾼처럼, 세 사람은 힘차게 교실 밖으로 나갔다.

복도를 타고 세 여학생의 웃음이 퍼져나갔다.

남은 자

평일 낮이었다. 주상복합아파트 지하 주차장으로 들어간 커피색 QM3가 두 대의 벤츠 사이에 주차했다. QM3에서 내린 이형사가 지하 현관 입구로 걸어갔다. 인터폰을 누르자 2001호 주인이 대답 없이 출입문을 열었다.

엘리베이터에 오른 이형사는 시간에 대해 생각했다. 역시 밤에 찾아왔어야 했을까? 몇 번이나 밤에 방문한 종문중학교에서 송채영은 보이지 않았다. 낮에도 그것들을 볼 수 있다는 봄 역시 송채영은 보지 못했다고 말했다. 대체로 그것들은 사망 현장에 머물렀지만, 어쩌면 집에서 만날 수 있을지도 몰랐다. 하지만 보고 싶지 않았다. 아이를 잃고 정신이 무너진 부모 옆에서 아이 혼자 엄마 아빠 말을 걸고, 혼자 만들어낸 대답을 듣고, 관객 없이 투정을 부리는 기이한 잔혹극은 보고 싶지 않았다.

2001호 문은 열려 있었다. 지하 현관 출입문을 열어줄 때 집 문까지 열어놓은 모양이었다. 깔때기 속을 거꾸로 거슬러 올라가듯 길쭉한 현관을 지나자 탁 트인 내부가 드러났다. 좁은 현관은 이런 광활한 광경을 만들어내기 위한 대비효과 장치 같았다. 보통 사람들과 마찬가지로 이형사 또한 집은 크면 클수록 좋다고 생각했다. 늘 협소한 곳에서만 살았기에 큰 집에 대한 갈망도 있었다. 그러나 70평형 아파트는 혼자 살기에는 지나치게 넓었다. 조금만 행복하지 않으면 주인을 잡아먹고 주인행세를 할 공간이었다.

왜소한 체격의 윤교수가 커다란 소파에 앉아 커다란 창밖을 내다보고 있었다. 소파로 다가갈수록 술 냄새가 짙어졌다. 그녀의 손에 커다란 크리스털 컵이 매달려 있었다.

"협조해주셔서 감사합니다. 집이 넓군요."

이형사가 인사를 하자, 대낮부터 술에 취한 윤교수가 나른하게 거실 주위를 둘러보았다.

"이 집을 계약할 때 부동산 업자가 그러더군요. 이전 아파트에선 아이를 뛰지 못하게 교육했겠지만 여기선 그러지 말라고. 저녁상 차리고 밥 먹으라고 부르면, 식탁까지 뛰어와야 식구들이 식은 국을 먹게 않게 된다면서요."

피식하는 윤교수의 웃음소리가 쓸쓸했다.

"그때 채영이가 초등학교 4학년이었어요. 우리 가족 전성기였죠."

죽은 송채영은 의대 교수인 엄마, 제약회사 이사인 아빠와 함께 올해 3월 초까지 이곳에서 살았다. 가족의 전성기였을 적에는 이

황량한 곳에도 웃음꽃이 피었으리라.

기운 없이 소파에 기대어 있던 윤교수가 자세를 고쳐 잡고 물었다.

"김주원은 조사했나요?"

사건 진행 상황을 점검받는 형사라니. 중학생한테 걱정 소리 들을 때만큼이나 자신이 한심하게 느껴졌다. 어디까지 말해야 하는 걸까? 그녀는 경찰청장과 깊은 인맥 관계였다. 이미 윤교수에게 최대한 성의를 다하라는 명령 아닌 명령이 떨어진 상태였다. 그녀는 피해자의 보호자인 동시에 의전 대상이었다.

"사건 당일 김주원 씨의 알리바이는 확실했습니다."

"김주원의 알리바이가 무엇이던가요?"

"말씀드릴 수 없습니다."

용의자를 심문하듯 이형사를 뚫어지게 쳐다보던 윤교수가 "맞네, 맞아" 하며 술을 들이켰다.

"그날 밤 그 발랑 까진 년이 내 남편이던 놈이랑 함께 있었네."

때때로 뜬금없는 예감이 터무니없이 정확할 때가 있다. 물론 윤교수에게는 오랜 질문이었을 것이다. 딸이 죽은 날에도 남편은 부정을 저질렀을까? 문득 밤에 떠오른 생각이 낮에도 머리에 머물면, 결국 술을 마실 수밖에 없게 되리라.

"따라주세요."

윤교수가 말했다. 이형사는 무표정하게 그녀를 바라보았다.

"무례한가요? 올해 최고로 불행한 여자한테 술 한잔 따라주실 수 있잖아요. 아량 좀 베풀어주시죠."

이형사는 협탁 위에 놓인 무거운 양주병을 들어서 커다란 글라스에 술을 따랐다. 이 집 물건들은 죄다 크고 무거웠다. 술을 들이켠 윤교수가 손등으로 입을 닦았다.

"부모님 말이 맞았어요. 결혼은 레벨이 비슷한 사람들끼리 해야 하는 거였어요. 형사님도 그런 분을 만나세요. 자신보다 떨어지지도 않고, 분에 넘치지도 않는 짝을⋯. 이 약팔이 새끼!"

갑자기 볼륨을 높인 스피커처럼 윤교수의 목소리가 커졌다.

"제약회사 이사 달더니 아주 눈에 뵈는 게 없지. 영업 나부랭이가 누구 덕에 그 자리까지 올라갔는데!"

술기운이 오른 윤교수는 이형사를 향해, 전 남편을 향해, 세상을 향해 분노를 토해냈다. 이렇게 해서라도 절망에서 빠져나올 수 있다면 나쁜 치유법은 아니었다. 통상적으로 중년 세대의 가장 큰 심리적 고통은 자식을 잃은 것이고, 그다음 고통은 이혼이다. 자식의 죽음과 이혼, 그 커다란 두 가지 고통을 그녀는 연달아 경험했다.

"엄마는 유독 절 싫어했어요."

누구를 향한 것인지 알 수 없는 말이었다.

"이상했어요. 아무리 인정받으려 노력해도 엄마는 삼남매 중 나만 무시했어요. 공부를 잘하면 칭찬받지 않을까, 그래서 공부에 집착했는지도 몰라요. 의대에 들어가고 나서 엄마한테 날 미워한 이유를 물어봤어요. 그런 적 없다고 펄쩍 뛰었지만, 집요하게 추궁하자 결국 본심이 나왔죠. 넌 네 친할머니랑 얼굴이 판박이라 볼 때마다 소름이 끼친다고."

쓰디쓴 술을 입에 대기도 전에 윤교수의 표정이 일그러졌다.

"말이 되나요? 아무리 시집살이를 호되게 했어도 그렇지. 어떻게 자기 딸이 시어머니를 닮았다고 미워할 수가 있죠? 무식도 정도가 있지. 아마 엄마한테 복수하고 싶어서 그 새끼랑 결혼했는지도 몰라요. 결혼 전에 그 새끼를 집에 데려와 남편감이라고 소개했더니, 다음 날 왜 많고 많은 남자 중에서 제비족을 데리고 왔냐고… 큭큭, 얼마나 통쾌하던지."

히스테리컬한 웃음소리가 넓은 거실에 퍼졌다.

"그런데 우리 집안은 나쁜 피가 우성인가 봐요. 채영이가 남편 판박이거든요. 남편의 외도 사실을 알고 나서는… 후우, 아이한테 죄가 없다는 걸 알면서도 딸아이 얼굴에서 남편이 보이면 말이죠. 무식한 제 엄마가 그랬듯이 속이 뒤집히더라고요. 결국 인간은 논리보다 멍청한 감정에 휘둘리게 되어 있는 걸까요."

크리스털 컵을 두 손으로 감싼 윤교수가 컵 안의 동그란 표면 위에 비친 자신의 얼굴을 들여다보았다.

"제가 채영이한테 조금 소홀했던 건 인정해요. 하지만 부모로서 할 수 있는 지원은 전폭적으로 해줬어요. 그런데 그 이기적인 계집애는…"

윤교수가 고개를 들었다.

"형사님, 아직 이십대죠? 진심으로 물어볼게요. 요즘 젊은 사람들 정말로 힘들어요? 말씀해보세요. 대체 뭐가요? 20세기 안 살아보셨죠? 의대 들어가서 처음 배운 게 엎드려뻗쳐였어요. 의사는 선배 의사한테 맞고, 경찰은 선배 경찰한테 맞고, 검찰은 선배 검찰한테 맞는 지랄 같은 시대였다고요. 연탄을 보기라도 한 적 있어요? 어떻게 감히 우리 세대 앞에서 힘들다고 할 수가 있어요? 중학교 입학하고부터 채영이는 날 볼 때마다 세상에서 가장 슬픈 사람처럼 울상을 짓거나 경멸했어요. 책임감이 뭔지도 모르는 제 아빠만 따랐죠. 하지만 저는 딸아이가 상처받을까 봐 말할 수 없었어요. 그 새끼가 어떤 인간이지…. 왜 피해자가 가해자보다 못한 대우를 받아야 하죠?"

마땅한 대답이 나오지 않았다. 상대 역시 딱히 대답을 기다리는 것 같지 않았다.

"잠시 채영이 방 좀 살펴보겠습니다."

윤교수가 마음대로 하라고 손을 흔들었다.

이제야 형사다운 업무를 진행할 수 있었다. 이형사는 넓고 넓은 거실을 지나 송채영이 쓰던 방의 문을 열었다.

은은한 연두색 실크 벽지로 꾸며진 방은 주인을 기다리듯 말끔하게 정돈되어 있었다. 이형사는 라텍스 장갑을 끼고 책상을 향해 걸어갔다. 책상 위에 놓인 작은 액자 속에서 송채영이 혼자 환하게 웃고 있었다.

실험실 살인사건 신고를 받은 직후 이형사는 현장을 맡았고, 박형사는 송채영의 집을 조사했다. 박형사는 송채영의 물건 중 증거가 될 만한 유품들을 박스에 담아 경찰서로 들고 왔다. 하지만 사건과 관련 있어 보이는 것들은 나오지 않았다. 박형사가 제출한 송채영의 방 사진을 확인한 이형사는 책상 위에 놓인 이 액자가 계속 마음에 걸렸었다. 박형사 입장에서는 이 액자 사진을 영정으로 쓸 수도 있다고 생각한, 피해자 부모를 배려한 행동이었다. 표정이 해맑고, 얼굴이나 머리 모양으로 봐서 최근에 찍은 사진이기도 했다. 이형사와는 사이가 좋지 않지만, 이런 인간미가 있는 박형사를 탓할 생각은 추호도 없었다. 그러나 액자 속 사진 사이즈가 너무 작았다. 이형사가 보기에 폴라로이드 카메라로 즉석 현상한 사진이었고, 만약 그렇다면 충분히 증거가 될 만했다.

채영은 1년 전부터 친구들과 교류가 거의 없었다. 학생들에게 음침한 아이라고 불릴 정도로 우울한 분위기를 풍겼다고 한다. 그런데 사진 속 채영은 보는 사람 기분이 좋아질 만큼 표정이 밝았다. 사진을 찍어준 사람과 각별한 사이일지도 몰랐다. 게다가 폴라로이드 사진은 대개 날짜가 표기된 경우가 많고, 무엇보다 촬영자의 지문이 남아 있을 가능성이 컸다.

폴라로이드 카메라로 사진을 찍으면 즉석에서 카메라 하단으로 사진이 출력된다. 촬영자는 보통 엄지와 검지로 사진을 잡고 흔든다. 인화액에 다 마르지 않은 상태이기에, 굳기 전 시멘트에 찍힌

발자국처럼 지문이 사진 표면에 또렷하게 남기 마련이다.

이형사는 액자를 뒤집어 조심스럽게 사진을 꺼냈다. 예상대로 액자 틀에 가려졌던 사진 아래에 촬영 날짜와 시간이 찍혀 있었다.

이형사는 사진을 액자에 다시 넣은 다음 그것을 들고 커다란 소파로 돌아왔다. 들쑥날쑥한 감정이 이제 진정됐는지, 윤교수가 교수다운 표정을 지으며 질문했다.

"일반적으로 살인사건의 동기가 뭐죠?"

"대부분은 금전 관계나 치정입니다. 물론 송채영 학생은 어린 나이라 그런 범주에는 맞지 않을 가능성이 큽니다."

"일단 우리 집안의 금전 상황은 조사했겠군요."

"네."

"그럼 채영이 치정 관계는요?"

"성폭행의 흔적은 없었습니다."

"꼭 그날 강간을 당하지 않았을 수도 있잖아요."

적합한 대답이 있었지만, 입이 쉽게 떨어지지 않았다.

"처녀막이… 있었군요."

이형사는 대답 대신 침통한 표정으로 답했다

윤교수는 이형사가 들고 있던 액자를 낚아챈 뒤 딸의 사진을 들여다보았다.

"아무리 자식한테 신경 쓰지 못한 엄마라도, 사랑에 빠진 딸의 모습을 눈치 못 챌 리 없죠. 이 표정 좀 보세요."

윤교수가 액자를 내밀었다. 사진 속 송채영은 카메라를 향해 세상에서 가장 행복한 웃음을 지으며 윙크를 하고 있었다.

"중학생끼리의 치정 관계로 인해 살인사건이 일어난 사례가 있나요?"

"학폭으로 인한 사건은 종종 벌어지지만, 치정으로 인한 살인은… 사례를 더 찾아봐야겠지만 제가 알기로…."

"중학생 사이에서는 그런 일은 거의 없다는 뜻이군요. 그럼 중학생과 성인과의 관계에서는요?"

"최선을 다해 수사 중입니다."

순간 윤교수의 이마에 핏줄이 씰룩거렸다.

"최선? 내 딸이 죽은 지가 언젠데 당신들 뭐 하는 거야!"

애써 침착함을 유지하던 그녀가 마침내 폭발했다.

"찾아내! 내 딸 죽인 놈 당장 내 앞에 데리고 오라고! 이 세금 도둑들아!"

윤교수의 눈이 벌겋게 충혈되었다. 아무리 국내에서 손꼽히는 안과 전문의라고 해도 슬픔 앞에서 붉어지는 눈을 멈추지 못했다.

"액자는 조사가 끝나는 대로 보내드리겠습니다."

"그따위 것 태워버려!"

악다구니에 찬 목소리를 뒤로 한 채 이형사가 현관을 향해 걸어갔다.

"아냐! 태우면 안 돼!"

구명정 같은 커다란 소파에서 벗어나지 않던 윤교수가 허겁지겁 달려왔다. 그녀는 떨리는 손으로 이형사의 옷깃을 잡았다.

"사진이 없어요. 핸드폰으로 찍은 게 없어… 내 목숨보다 채영이를 사랑했는데… 내 핸드폰엔 왜… 채영이 사진이 하나도 없을 수가 있지…. 내 보물은 너뿐이었는데…."

결국 그녀가 무너졌다. 이형사는 부축하지 않았다. 주제넘게 위로하는 것이야말로 무례한 짓 같았다.

"채영아…."

윤교수의 야윈 어깨가 들썩거렸다. 애잔한 울음은 어마어마한 통곡으로 이어졌다.

이형사는 형사라는 직업에 회의감이 들었다. 송채영은 독살을 당했고, 공교롭게도 송채영의 부모는 각각 대학병원과 제약회사에서 일하고 있었다. 두 사람 모두 특수 약물을 구하기 쉬운 환경이었다. 이형사의 다음 목적지는 윤교수가 일하는 대학병원이었다. 그곳 약물 관리 담당자에게 윤교수의 행적에 의심스러운 점이 없었는지 조사해야 한다.

형사는 환영받지 못한다. 범죄자에게도, 피해자에게도,

이형사는 다시 깔때기 주둥이 같은 좁은 현관으로 들어가 전성기가 끝난 넓은 집에서 나왔다.

스타 탐정

점심시간이었다. 여느 날처럼 아웃사이더인 탐정단과 봄이 학교 식당 창가 테이블에 마주 앉아 급식을 먹고 있었다.

"오늘 학교 파하면 우리 집에 오거라."

봄이 명령투로 말했다. 그러고는 덧붙였다.

"도리짓고땡이나 하자꾸나."

소희와 예하는 서로의 얼굴을 쳐다보았다.

"도리도리를… 짓고 뭐?"

"쯧쯧. 너흰 대체 아는 게 뭐야. 그럼 나이롱뽕은 알겠지?"

탐정단은 또 멍한 표정을 지었다. 태어나서 처음 듣는 말이었다.

"에휴, 표정을 보아하니 나이롱뽕도 모르는구나. 됐다. 평범하게 고스톱이나 치자꾸나."

이제야 소희가 감을 잡았다. 어쩐지 무슨 땡이니 뽕이니 어감이 요사스럽다 싶더니 죄다 화투 용어였다.

"화투는 혼자 치세요."

소희가 건성으로 대답했다.

"혼자 치면 적적하다고 말하지 않았느냐."

순간 소희 이마에 잔뜩 주름이 졌다.

"우린 바쁘다고. 너야 천부인인지 뭔지 찾으면 학교 때려치울 거니까 신경 안 쓰겠지만, 우린 오늘 학원 가는 날이거든. 네가 시험의 중압감을 알아? 어디 가서 학생이라고 하지 마."

미역국에 밥을 말던 봄이 코웃음을 쳤다.

"풋, 너희가 무슨 공부 타령이야. 공부 얘기 꺼내려면 최소한 우리 선비 정도는 되어야지."

말끝마다 우리 선비, 우리 선비. 천 번도 더 들은 것 같은 우리 선비에 질려버린 소희가 짜증을 냈다.

"그렇게 화투 치고 싶으면 우리 선비랑 치라니까."

"오늘 선비가 무슨 과학 경진대회인지를 나가서 지금 학교에 없단 말이다. 우리 선비도 없는데 난 무얼 하란 말이냐."

그걸 나 보고 어쩌라고? 소희는 암 걸릴 것 같다는 말이 뭔지 백 번 실감했다.

"경진대회 선비랑 같이 가고 싶으면 너도 과학 100점 맞든가."

시험 이야기가 나오자 봄은 아무런 대꾸도 하지 못했다. 의외로 시험점수가 약점인가? 오예, 앞으로 써먹어야지 하고 소희는 생각했다. 한동안 식탁 위에는 밥 먹는 소리만 들렸다.

"저기요."

식판을 들고 온 아기곰이 봄 옆에 어정쩡하게 서 있었다.

"넌 뭐야?"

마침 화풀이할 곳을 찾던 봄이 아기곰을 쏘아봤다.

"안녕하세요. 저는 며칠 전에 선배님한테 불싸대기를 맞았던…"

"복수하러 온 게냐?"

아기곰은 아무 대꾸도 하지 못했다.

"옛말에 이르길 군자의 복수는 10년이 지나도 늦지 않는 법. 지금 내 기분 최악이니, 복수하려면 10년 뒤에 찾아와."

매서운 반응이 돌아오자 아기곰이 들고 있던 식판이 덜덜 떨렸다.

"그게 아니라, 그날 일이 이상해서요. 저한테 무슨 일이 있어났는지 하나도 기억이 안 나요. 애들 말로는 제가 개거품을 물고 쓰러졌다는데, 혹시 선배님은 뭐 아시는 거 있을까… 요?"

키가 180센티미터 넘는 아기곰이 왜소한 봄 앞에서 쩔쩔매는 모습이 비현실적으로 보였다. 역시 무당이라 그런가 봄이 기가 세긴 센 모양이었다.

아기곰이 애써 웃으며 은근슬쩍 봄의 옆자리에 앉았다.

"명찰이 하얀색인 걸 보아하니 1학년이구나."

"네, 누나."

아기곰이 천진난만하게 웃으며 대답했다. 종문중학교 명찰은 학년마다 색깔이 달랐다. 1학년은 하얀색, 2학년은 노란색, 3학년은 빨간색이었다.

"어디 뵈지도 않는 하얀 띠가 3학년하고 겸상을 하겠다는 게야!"

봄이 호통을 쳤다. 초등학교를 졸업한 지 두 달밖에 안 된 아기곰은 날벼락을 맞은 것처럼 사색이 됐다. 아기곰은 씨름선수가 동안 어플을 켠 것처럼 얼굴과 몸이 따로 놀았다. 얼굴은 어린이지만 덩치는 산만 했다. 힘으로야 충분히 키 작은 봄을 들어 창밖으로 내던질 수 있었다. 하지만 아기곰은 제대로 반항 한번 못하고 훌쩍 콧물을 닦았다.

"밥맛 떨어지게 어디서 질질 짜. 이제 영원히 소학교 시절은 돌아오지 않아. 중학교는 정글이야. 살아남고 싶으면 정신 바짝 차리거리. 알겠느냐?"

봄이 사나운 할머니처럼 말했다.

"네…."

"중학교는 뭐이라고?"

"어, 저기, 저… 정글이다."

"알았으면 당장 화장실 가서 백번 복창해."

매몰찬 대답을 들은 아기곰이 입을 삐죽 내밀고는 식판을 들고 일어났다.

"후배님, 우리 옆으로 오세요."

민망한 분위기를 보다 못한 예하가 따뜻하게 말했다. 그러자 아기곰은 금세 명랑해져서 테이블을 돌아 예하 옆에 앉았다.

"야, 김봄."

소희의 인상이 일그러졌다.

"중학교에 온 지 한 달도 안 된 주제에 무슨 자격으로 군기를 잡아?"

"자고로 후배란 선배가 죽으라고 하면 죽는시늉이라도 해야 하는 법."

"어쩜 그렇게 못돼먹을 수가 있니. 전교생이 너를 위해 존재하는 NPC냐?"

아무리 개방적으로 생각하려고 해도 봄의 사고방식은 도저히 이해할 수 없었다. 선녀집에서 도원결의를 맺었지만, 이제는 관계를 끝낼 때가 온 것 같았다. 계속 봄과 가까이 지내다가는 화병으로 몸져눕게 될 게 뻔했다. 물론 봄이 몇 가지 사실을 맞히긴 했지만, 그건 눈치 좋은 사기꾼의 속임수인지도 몰랐다. 이형사 아저씨도 말하지 않았던가. 귀신이니 하는 거 다 뜬구름 잡는 소리라고. 그날 선녀집을 찾은 이유도 사업이 안 풀리는 사람이 허한 마음 달래려고 점집 들르듯, 수사가 진전이 안 되니까 하도 답답해서 그런 걸 거다. 아웃사이더 주제에 누군가에게 이런 말을 하게 될지는 몰랐지만, 아무리 친구가 예하 하나밖에 없더라도 할 말은 해야 했다. 그래, 손절하자. 다른 건 몰라도 인성이 나쁜 애하고는 더이상 엮이고 싶지 않다.

그렇게 절교 선언을 하기 위해 소희가 입을 열려고 할 때였다.

빛이 보였다.

그 빛이 점점 봄 등 뒤로 다가왔다. 얼마나 휘황찬란한지 아기곰은 놀라서 숟가락을 떨어뜨렸다.

"안녕하세요, 선배님."

빛이 식탁으로 다가와 인사를 했다. 포니테일한 머리카락을 왼쪽 어깨에 늘어뜨린 유진이 방긋 웃었다. 세상엔 저런 얼굴이 존재하는 것이다. 빛이 나는 얼굴이. 아름다움이 막 눈을 쑤시고 들어와 눈이 시렸다.

식판을 든 유진이 방긋 웃으며 봄 옆에 섰다.

"내 옆에 앉지 마라."

봄이 쌀쌀맞게 대했다.

"저는 언니들 재미있어 보여서 여기 앉고 싶어서요."

"너 때문에 멀쩡한 나만 못생겨 보이잖아!"

애처럼 성질을 부리는 봄을 보자 한편으로 부럽기까지 했다. 저렇게 부끄러운 속내를 투명하게 드러낼 수 있다니.

"언니가 어때서요. 젖살만 빠지시면 괜찮아지실 거예요."

"내 옆에 앉지 말라고 했다."

낮게 깐 목소리로 봄이 경고했지만, 유진은 기어코 의자를 끌어당겨 봄 옆자리에 앉았다.

유진의 식판에 올려진 밥과 반찬은 여느 아이들의 절반밖에 되지 않았다. 연예인들은 저렇게 새처럼 조금 먹는구나. 유진이 밥을 반의반 숟가락 떠먹고 소시지 반찬을 입에 넣었다.

탁, 봄이 숟가락을 내려놨다. 유진을 향한 눈빛이 엄청나게 서늘했다. 그래도 유진은 빙그레한 웃음으로 맞받아쳤다. 며칠 전 옥상에 끌려갈 때 울먹이던 유진이 맞나 싶을 정도로 여유가 넘쳤다.

'아침에 우황청심원이라도 먹고 왔나? 어떻게 저런 강심장이 됐지?'

소희는 이상하게 여겼지만, 곰곰이 생각해보니 다섯 살 때부터 연기를 시작한 유진이었다. 봄과 유진 둘 다 사회생활을 일찍 시작하긴 마찬가지였다. 봄이 어른들에게 부적을 팔며 돈을 벌 때, 유진 역시 살벌한 연예계에서 산전수전 다 겪으며 살아남은 베테랑이었다.

결국 봄과 유진이 나란히 앉아 밥을 먹었다. 눈에 보이지는 않았지만 둘 사이의 팽팽한 기 싸움에 주변 온도가 몇도 올라간 것처럼 후끈거렸다.

"봄 언니도 탐정단이에요?"

"내 이름을 네가 왜 알아?"

"학교에선 저보다 봄 언니가 더 유명하던걸요."

과연 봄이 눈치챘을까? 지금 뵈지도 않는 후배에게 자신이 한 방 먹었다는 것을. 그동안 천적 없는 야생어류 외래종처럼 학교를 휘젓고 다니던 봄이 드디어 천적을 만난 것 같았다. 봄이 뚫어지게 유진을 쳐다봤다. 소희도 선녀집에서 저렇게 봄에게 스캔당한 적이 있어 무얼 하는지 잘 알고 있었다. 관상 확인 중이었다.

"부모님 중 한 분을 일찍 여의었구나."

"네? 저 오늘 아침에도 엄마 아빠한테 뽀뽀하고 나왔어요."

"안쓰럽게도 집안이 빈궁하구나."

"네? 울 엄마 방송국 PD고, 울 아빠는 은행장인데요."

"그럴 리가 있나. 한 번은 몰라도 내가 두 번이나 틀릴 리 없잖아. 너 손 좀 보자!"

봄이 유진의 손을 빼앗아 손금을 보려 하자, 유진은 주먹을 쥐고 봄의 손아귀에서 빠져나왔다.

"저 미워하지 않겠다고 약속하면 손바닥 보여드릴게요."

생긋 웃으며 유진이 새끼손가락을 내밀었다. 그 깜찍 로켓에 반격당한 봄은 이러지도 저러지도 못한 채 속이 타는지 동치미 국물만 죽 들이켰다. 결국 무식한 봄은 완력으로 유진의 손바닥을 펴려고 했다. 그때 유진이 기침을 하기 시작했다.

쿨럭, 쿨럭. 연기 같지는 않았다. 가녀린 어깨를 들썩이며 오랫동안 기침을 하는 유진을 보자 소희는 걱정에 앞서 병약한 소녀의 매력에 흠뻑 빠져버렸다.

'아픈 모습마저 예쁘면 반칙이잖아.'

쿨럭, 쿨럭. 볼수록 뭔가 애잔해지면서 깨질 것 같은 소녀의 아슬아슬한 모습이 꿈같고 사랑스러웠다. 그런 느낌이 든 사람은 소희뿐만이 아닌 것 같았다. 조용히 밥을 먹던 주변 아이들이 갑자기 우르르 몰려들었다. 뭐지? 다들 유진이를 주시하고 있었던 건가?

"괜찮아, 유진아?"

"어머, 불쌍해서 어떡해. 나 눈물 나와."

"유진 선배님, 양호실로 모셔다드릴까요?"

탐정단 테이블 주위로 아이들이 계속 모여들었다. 기침만으로도 이렇게 주목받을 수 있다니. 저것이 스타의 삶인가! 아이들에 둘러싸여 기침하던 유진이 고개를 들자 '우와!' 하고 여기저기서 감탄사가 터져 나왔다.

"이제 괜찮아요. 걱정해주셔서 고마워요. 정말 친절하시네요."

무대 위 아이돌이 관객석에 던진 시선이 자신들을 향한 눈빛이라고 착각하는 팬처럼, 아이들은 각자 자신이 칭찬을 받았다는 듯 뿌듯해했다.

"실례가 안 된다면 저 도와주실 수 있나요?"

그러자 여기저기서 무엇이든 말만 하면 토끼 간이라도 대령하겠다고 호응했다.

유진은 교복 안주머니에서 명함 통을 꺼냈다. 그녀는 한 장 한 장 아이들에게 명함을 나누어주었다. 일본 연예계에선 악수회도 있고 명함교환회도 있다던데 딱 그런 느낌이었다. 엉겁결에 소희도 명함을 받았다. 재질부터가 고급스러웠다. 명함에는 다음과 같이 쓰여 있었다.

종문중학교 탐정단

명석한 두뇌로 고객님의 사건을 해결해드립니다

의뢰서는 ㅎㅅㅇㅂ 주머니에 넣어주세요~ ^0^

아, 유진은 사람을 감동시키는 법을 아는 아이였다. 며칠 전 예하에게 받은 탐정단 명함과 똑같은 명함을 만든 것이다. 충무로 인쇄 골목에서 예하와 함께 명함을 주문할 때 솔직히 부끄러웠는데, 유진이 그러고 있는 모습을 상상하자 너무 귀여워서 깨물어주고 싶었다.

"혹시 실험실 살인사건에 대해 아시는 분 있나요? 우리 학교에서 일어난 일은 우리가 해결해야죠. 범인 찾아내고 싶어서 저 탐정단에 들어왔어요!"

그러자 아이들의 칭찬 릴레이가 이어졌다. 정말 대단하다느니, 유진이는 달라도 뭐가 정말 다르다느니, 용감하다느니, 진짜 탐정이라느니.

그런 반응에 소희는 좀 서운했다. 아니, 억울하고 어이가 없었다. 평소 탐정단을 또라이로 취급하던 학교 인심이 지금은 탐정을 무슨 마블 영화 히어로처럼 떠받들고 있었다.

"작은 단서라도 좋아요. 살인사건에 대해 미심쩍은 일이라든가, 송채영 선배에 대한 거라든가, 다 좋아요. 정보를 알아낸 분들은 방과 후에… 음, 어디로 모이면?"

유진이 소희를 쳐다보았다. 아이들의 시선도 자연스레 소희에게 쏠렸다. 태어나서 이런 관심을 받아본 적이 있었던가. 소희는 목소리를 가다듬었다.

"음, 텃밭으로…."

아이들 볼에 홍조가 보였다. 다들 흥분한 게 분명했다. 당장이라도 실험실로 달려가 사건 현장을 조사하고, 송채영 주변 인물을 탐문하고, 바이올린을 켜며 셜록 홈즈처럼 추리를 할 기세였다.

웅성대는 아이들 틈에 낀 봄이 식판을 들고 일어났다. 기분 나쁘다는 표정. 봄은 화가 나면 본심을 감출 수 없는 투명한 아이였다. 소희의 눈에 씩씩거리는 봄의 얼굴이 클로즈업되었다. 봄이 유진에게 열광하는 아이들을 헤치고 나갔다. 유진은 봄에게 신경도 쓰지 않았다. 누가 봐도 봄의 패배였다. 쓸쓸히 멀어져가는 봄의 뒷모습은 《우리들의 일그러진 영웅》의 마지막 장면을 연상시켰다. 옛날 시골 초등학교를 배경으로 한 이 소설에서 악당 소년은 온갖 권력과 행패를 부리다 결국 아이들한테 쫓겨난다.

'여자 엄석대, 쌤통이구나.'

그 꼴이 얼마나 고소한지 소희의 입가에 싱글벙글 웃음이 새어 나왔다. 과연 인생은 뿌린 대로 거두는 법. 아직 세상엔 정의가 살아있음.

방과 후. 탐정단이 텃밭으로 오자 그야말로 난리가 나 있었다. 유진이 학생들에게 둘러싸여 한 사람씩 셀카를 찍어주고 있었다. 탐정단을 보자 유진이 명랑하게 달려왔다.

"언니들, 방금 중요한 거 알아냈어요!"

뭐가 어떻게 돌아가는 거지? 학생들이 우르르 탐정단 쪽으로 달려왔다. 늘 관심에 목말랐던 소희였지만, 이쯤 되니 슬슬 무서워졌다.

"언니들, 하나회 들어보셨어요?"

"하나회?"

"네, 송채영 선배가 학교 비밀조직인 하나회 멤버였대요."

소희는 뭐가 뭔지 얼떨떨했다. 종문중학교에 비밀조직이 있었다고. 그런데 조직 이름이… 역사 다큐멘터리에서 들어본 것 같은데….

"하나회라니? 중학생끼리 쿠테타 모의라도 하려고 한 건가?"

"뭐 하는 모임일까요?"

핵인싸 유진도 모르는 걸 소희가 알 리 없었다. 그런데 유진 주위에 맴돌던 2학년 남학생들이 하나회의 정체를 알아내겠다고 여기저기 손을 들었다. 마치 공주에게 인정받으려는 중세 기사들처럼 결의가 대단했다.

"정말 고마워. 부탁할게."

유진이 밝게 웃으며 말했지만, 말투에 고압적인 느낌이 나기도 했다. 뭐랄까, 공주가 아니라 성배를 찾아오라고 명령하는 중세 교황 같았다.

"곧 하나회 정체가 밝혀질 거예요. 언니들, 오늘 저 잘했나요?"

잘한 정도가 아니라 수사 과정이 너무 쉽게 풀려서 화가 날 지경이었다. 미소 한 방으로 무료 조사원들까지 만들다니. 미인의 힘은 과연 어디까지일까? 이러다가 범인이 유진한테 제 발로 찾아와 술술 자백할지도 모르겠다.

"자, 오늘은 우리 해산해요!"

유진이 동서남북으로 손을 흔들어 인사하자, 아이들도 유진을 향해 인사했다. 아이들은 유진과 헤어지는 걸 아쉬워했지만, 결국 운동장을 향해 하나 둘 발길을 돌렸다.

"언니들, 이따 우리 노래방 가요. 아이들 따라올지 모르니까, 제가 숨어 있다가 근처에서 연락드릴게요."

유진이 탐정단에게 귓속말했다.

"응, 그래. 이따 몰래 봐."

유진이 인사를 하고 멀어졌다. 소희와 예하는 아빠 미소를 지으며 유진의 뒷모습을 오랫동안 바라보았다. 오늘은 학원 가는 요일이었지만, 유진과 함께할 수 있다면 그깟 학원쯤 백번도 땡땡이칠 수 있었다. 직장생활 때려치우고 걸그룹만 따라다닌다는 사생팬의 마음도 이해되었다.

"어떡해, 어떡해, 그런데 예하야, 나 오늘 무슨 노래 부르지. 유진이가 비웃으면 안 되는데…."

"나는 〈용서 못 해〉 부를 겁니다."

"용서 못 해?"

"엄마가 강추해주신 막드계의 고전, 〈아내의 유혹〉의 주제곡이랍니다. 왜 너는 나를 만나서~ 왜 나를 아프게 하니~."

"풋! 노래방에서도 막장 드라마 덕후 티 내냐?"

하하하! 텃밭에 웃음소리가 퍼졌다. 소희는 기분이 붕 떠서 예하와 수다를 떨었다. 그런데 계속 예하를 마주 보니, 뭔가가 이상했다. 분명 예하는 어제 그대로일 텐데, 갑자기 왜 낯설게 보이는 거지? 이 이질감의 정체는 뭘까?

"예하야, 너…."

"왜, 탐정."

"미안하지만 너 원래 그렇게 못생겼었냐?"

"엥? 오징어가 언제 한국말 배웠대?"

예하 역시 소희의 얼굴을 보며 비슷한 감정을 느낀 모양이었다.

"뭐? 오징어? 내가 오징어면 너…."

"미안하지만 고개 좀 돌려줄래. 토할 것 같거든."

티격태격하던 탐정단은 결국 허탈한 표정을 지으며 침묵했다. 아무래도 유진과 있다 보니 눈이 터무니없이 높아진 것 같았다. 두 사람이 아무리 노력해도 넘지 못한 벽을 유진은 단 몇 시간 만에

공중제비를 하며 넘었다. 탐정 활동마저 미모지상주의에서 벗어날
수 없다니.

허탈한 표정을 지으며 소희가 말했다.

"진지하게 우리 장래 희망 바꿔야 하는 거 아냐?"

고립된 자들

토요일 번화가는 활기찼다. 돈암동 거리에 늘어선 상가에서는 젊은 커플들이 커플링을 맞추고 앙증맞은 액세서리를 고르고 있었다. 상가 앞에 세워놓은 커다란 스피커에서 K팝이 쾅쾅 울렸다. 신장개업한 가게에서는 남녀 내레이터 모델들이 춤을 추면서 마이크를 잡고 익살을 떨었다.

환한 얼굴들 사이에서 유독 한 얼굴에만 그늘이 져 있었다. 야구모자를 푹 눌러 쓴 조이란이 후드티 주머니에 양손을 집어넣고 터벅터벅 걷고 있었다. 화가 날 때마다 이란은 돈암동 거리를 걸었다. 정신없는 이 거리를 지나면 아무 생각이 나지 않았다.

오늘도 엄마와 싸웠다. 아니, 정확히 말하면 새엄마다. 이란은 처음엔 그녀를 조심스럽게 '저기요'라고 불렀고, 사고가 난 이후엔 '아줌마'로, 지금에 이르러서는 무명씨 대하듯 호칭을 부르지 않았다.

"학부모 사인해주세요."

가정통신문을 받을 때만 이란의 입이 잠깐 열렸다. 두 여자만 남은 집엔 위태로운 정적이 흘렀다.

구둣가게 앞에서 한 가족이 고등학생 딸의 구두를 고르고 있었다. 딸은 굽 높은 하이힐을 사려고 했고, 부모들은 단정한 검은색 에나멜 구두가 어울린다고 설득했다. 이란은 발걸음을 멈추고 그들의 모습을 넋을 놓고 바라보았다.

작년에 아버지와 남동생이 교통사고로 세상을 떠났다. 새 가정을 꾸민 지 3년도 지나지 않아 벌어진 일이었다. 이제 집에는 이란과 새엄마 둘뿐이다. 식탁 위에 네 개의 숟가락은 영원히 놓이지 않을 것이다. 이란은 아직도 새엄마가 자신과 같이 사는 이유가 궁금했다.

'보험금도 받았으니 돈 챙겨서 떠나라고!'

구둣가게 앞 가족이 에나멜 구두로 합의를 보았다. 딸과 가족은 구두가 담긴 종이가방을 들고 발길을 돌렸다. 이란은 조용한 관찰자가 되어 다음 코스인 옷가게로 향하는 행복한 가족을 눈으로 쫓았다. 하지만 그들이 사라지자 결국 그 생각이 나고야 말았다.

새엄마가 교통사고를 낸 건 아니었다. 아버지가 몰던 자동차가 낭떠러지로 떨어졌다. 뒷좌석에는 남동생이 앉아 있었다. 벌써 1년이 지났다.

'단순 사고였을까? 운전 부주의, 졸음운전, 아니면?'

사고의 진실은 밝혀지지 않았지만, 이란의 생각은 점점 한쪽으로 쏠려갔다. 사고가 나기 전 부부싸움이 잦았다. 섬유회사 영업사원으로 일하던 아버지가 구조조정으로 실직하자 점점 가세가 기울었다. 이란의 기억에 새엄마는 아버지에게 돈을 벌어오라고 닦달했고, 발달장애인인 남동생을 돌보는 걸 힘들어했다. 거리를 걷는 이란의 눈이 붉어졌다.

'이제 돈 못 버는 남편도, 장애인 아들도 사라졌잖아? 훨훨 자유롭게 살라고. 왜 나한테 신경 쓰는 척해? 너무 일찍 날 버리면 사람들한테 손가락질받을까 봐?'

하루아침에 아버지와 동생을 잃고 나자 공부건 뭐건 다 의미 없는 바보짓 같았다. 학교 대신 목적 없이 길거리를 돌아다니며 방황하는 날이 많아졌다. 삐뚤어지지 않았다면 지금 고등학교 교복을 입고 있어야 했지만, 결국 등교일수를 채우지 못해 중학교를 4년 다니는 처지가 됐다. 그 사이에 키만 짜증 날 정도로 커졌다. 행동도 점점 거칠어졌다. 학교에서는 어느새 불량소녀로 낙인찍혔다.

후드티 주머니 속에서 핸드폰이 울렸다.

"요즘 많이 힘들지? 오늘 스파게티 먹으러 나갈까. 우리 딸."

새엄마가 보낸 문자 메시지였다. 핸드폰을 쥔 손에 잔뜩 힘이 들어갔다.

'착한 척 그만해. 당신에게도 책임이 있어. 벼랑 끝으로 아버지를 내몬 건 세상이지만, 마지막에 등을 민 건 당신이야!'

거리 한가운데서 외치고 싶었다. 하지만 소리쳐도 속이 시원해지지 않을 거라는 사실을 잘 알고 있었다. 혼자 코인노래방에서 고래고래 소리를 질러도 가슴에 박힌 가시 같은 것이 빠지지 않았다. 핸드폰을 들고 서 있던 이란은 문자 메시지를 지웠다.

'당신이랑 가족 놀이, 하고 싶지 않아.'

이란은 아예 핸드폰 전원을 꺼버렸다.

'내가 먼저 당신을 버리겠어. 버림받기 전에!'

이란은 새엄마가 곧 자신을 떠날 것임을 기정사실로 받아들였다. 두둑한 보험금까지 챙겼으니 혹 같은 의붓딸은 떼어내고 싶겠지.

앞이 시끌벅적했다. 핸드폰 매장에서 신장개업 행사를 하고 있었다. 스피커 노래에 맞춰 내레이터 모델들이 춤을 추고, 기다란 나무막대 다리의 키다리 피에로가 풍선을 불어 행인들에게 나눠주었다. 그때 사람들의 목소리가 들렸다.

"하하하, 쟤 뭐야?"

"아, 골때려. 크크, 저런 막춤 처음 봐."

"애자 새끼가 상태 제대로 망가졌네. 푸하하하."

웃음소리가 잔인했다. 거리 한복판에 선우가 내레이터 모델들을 따라 춤을 추고 있었다. 행인들은 선우의 막춤을 보며 낄낄거렸다. 핸드폰 매장에선 어쩔 줄 몰라 난처해했다. 이란이 선우에게 달려갔다.

"어, 이라니 눈나다! 여기 음청 씬난다."

"누나가 아이스크림 사줄게. 응? 가자."

"나아 더 춤 추우꺼야."

이란은 구경거리가 된 선우를 내버려둘 수 없었다. 하지만 아무리 팔을 끌어당겨도 선우는 이란에게 팔이 잡힌 채 계속 우스꽝스럽게 춤을 췄다.

마침 동생을 찾아다니던 선비가 사람들을 헤치고 달려 들어왔다. 선비가 선우의 멱살을 잡아 올렸다.

"남들한테 민폐 끼치지 말라고 몇 번을 말해! 반푼이면 얌전히 집에나 처박혀 있으라고! 쪽팔리게 왜 자꾸 밖으로 기어 나와? 너 찾느라고 내가 몇 시간 동안…."

소리치던 선비가 이란과 눈이 마주치자, 힘없이 멱살을 풀었다.

"선우야, 누나 손 잡아. 아이스크림 먹으러 가자."

선우는 한편으로는 아쉬워하고, 또 한편으로는 아이스크림을 기대하며 이란을 따라갔다.

핸드폰 행사장에서 멀어진 세 아이가 건널목 앞에 섰다. 신호를 기다리다 뒤늦게 이란과 선비가 어색한 인사를 했다.

선우의 손을 잡고 언덕길을 오르던 이란은 모자에 가려진 눈으로 선비를 곁눈질했다.

'우린 어쩌다 이렇게 됐을까.'

원래 둘은 소꿉친구였다. 생일이 빠른 이란이 선비보다 한 학년 높긴 했지만, 둘은 어린이집부터 초등학생 시절 내내 붙어 다닌 단짝이었다. 이란과 선비 사이엔 공통점이 많았다. 둘 다 엄마 없는 가정에서 자랐고, 동생이 발달장애인이었다. 이란의 남동생 역시 선우와 도움반 친구였다. 초등학생 시절에 넷은 매일 같이 어울려 놀았다. 넷이 함께 있으면 엄마 없는 애들을 향한 어른들의 눈총도, 장애인에 대한 불편한 시선도 느껴지지 않았다. 그렇게 좋았던 사이였는데, 언제부터인가 서먹해지고 말았다.

세 개의 신호등을 지나 높은 언덕으로 오른 아이들의 발길이 자연스레 옛 아지트에 닿았다. 놀이터엔 아이들이 없었다. 작고 오래된 놀이터였다. 하긴 요즘 애들이 시멘트 미끄럼틀과 그네 두 개만 있는 놀이터에 흥미를 느끼진 않겠지. 이란은 놀이터 앞 슈퍼에서 아이스크림과 자동차 장난감을 샀다.

선우가 혼자 미끄럼틀을 타며 놀았다. 선우는 아직도 미끄럼틀에 자동차 장난감을 미끄러뜨리는 걸 좋아했다. 그 모습을 보며 이란이 말했다.

"여기는 그대로네."

"그러게."

이란과 선비가 그네에 나란히 앉아 아이스크림을 먹었다.

"아저씨는 잘 계시지?"

이란이 옥탑방 천재의 안부를 물었다.

"우리 아빠야 맨날 한량이지, 뭐."

"아저씨는 만날 때마다 참 재밌었어. 아는 것도 엄청 많고 농담도 잘하시고. 그래서 너 많이 부러워했어. 매일 재미있을 것 같아서."

선비가 허탈하게 고개를 저었다.

"이 세상에서 우리 집 부러워하는 사람은 너밖에 없을걸. 우리 아빠에 비하면 너희 아버지야말로 진짜 어른처럼… 아, 미안해."

이란은 아무렇지 듯 않다는 듯 털털하게 웃었다. 선비가 말했다.

"장례식 못 가서 미안해. 너희 아버지가 우리 짜장면 많이 사주셨는데. 장례식에 찾아뵙지도 못하고…."

"미안하긴. 내가 안 알렸으니까 알 수가 없었잖아. 나중에 아저씨가 소식 듣고 조의금 보내셨다더라고. 고맙다고 전해드려."

"개념 없는 줄 알았더니 아빠가 경조사 챙길 줄도 아네."

"왜 그런 식으로 말하니? 아저씨 정 많은 분이셔."

"정만 많으면 뭐 해. 루저잖아."

냉소적인 대답이었다. 이란은 선비를 빤히 바라보았다. 너는 아니? 살아있는 가족과 서로 말하고 껴안고 볼도 비빌 수 있다는 게 얼마나 큰 기적인지. 죽었다 깨어나도 모를 거야.

"아버지한테 루저라니. 씹선비가 완전 삐뚤어졌네."

약이 오른 이란이 빈정거리며 덧붙였다.

"하, 진짜 억울하다. 네가 더 못됐는데, 학교에서 너는 모범생이고 나는 불량소녀고."

선비는 대꾸하지 않았다. 딱히 할 말이 없는 거겠지.

"너 봄이라는 애하고 사귀냐?"

"무슨 소리야?"

이번에는 선비가 제대로 대꾸했다.

"요즘 맨날 붙어 다니는 거 같아서. 아이들이 너희더러 등나무 커플이라던데."

이란은 사실 계속해서 봄이 신경 쓰였다. 학교에서 보란 듯이 선비와 붙어 다니는 것도 마음에 안 들었고, 특히 옥상에서 겪었던 기이한 일이 잊히지 않았다. 학교 옥상에서 봄이 '병신'이란 말을 입에 올렸을 때 방아쇠가 당겨지고 말았다. 어릴 때부터 이란은 남동생을 병신이라고 놀리는 인간들에겐 남녀노소를 가리지 않고 악을 쓰며 달려들었다.

"허, 병신 눈에는 병신만 보인다더니…"

그 말을 듣자마자 자기도 모르게 봄의 뺨을 때리고 말았다. 자신의 행동이 잘못됐다는 걸 알았지만 사과할 마음은 없었다. 그렇게 옥상에서 내려가려는데 돌아가신 아버지 목소리가 들렸다. 그리고 동생 목소리까지. 환청이라 하기엔 너무나도 생생해서 노을이 가장 긴 그림자를 드리울 때까지 이란은 홀로 옥상에 서 있었다.

'봄이란 아이는 어떻게 알았을까? 그때 목소리가 들렸다는 걸.'

봄의 얼굴을 떠올리던 이란은 옆 그네에 앉아 있는 선비에게 괜한 심술을 부렸다.

"등나무 커플이라. 쳇, 초등학교 땐 나한테 프러포즈하더니. 선비는 무슨, 지조 없는 선비지."

"쏭이 전학생 학교 적응 도와주라고 해서 몇 번 안내해줬을 뿐이야. 그리고 프러포즈는… 그, 그때는 우리 집이 그렇게 심각하게 가난한 줄 몰라서…."

빨간색 풍선처럼 선비 얼굴이 부풀어 올랐다. 새끼손톱으로 볼을 콕 찌르면 펑 터질 것 같았다. 이란이 보기에 선비는 예전부터 그런 아이였다. 재능이 공부에만 특화됐는지, 공부와 관련 없는 행동들은 어설펐다. 이렇게 약 올리면 꽤 귀여워진다. 좀 더 골려줄까?

"초등학교 5학년 때 기억나? 여기서 네가 나한테 프러포즈하고 나서 뭐라고 한 줄 알아? '우리 둘이 결혼하면 장애인을 낳을 확률이 몇 프로일까?' 완전 얼척 없더라."

그네를 멈춰 세운 선비가 황망한 표정을 지었다.

"에이, 내가 설마?"

"진짜야."

눈을 동그랗게 뜬 선비가 90도로 고개를 숙이며 사과했다.

"기억은 안 나지만, 네가 기억한다면 그게 맞겠지. 상처받은 사람 기억이 대개 정확한 법이니까. 쓰레기 같은 말 해서 미안해. 그때 내가 정신이 나갔었나 봐."

"오, 이제야 기억나나 보네. 고백하고 나서 그런 말을 하다니 역시 전교 1등은 발상부터 다르구나 했지."

이란이 얄궂게 웃었다. 웃음소리는 작았지만, 생각해보니 정말 오랜만에 터진 웃음이었다.

"진심으로 미안하다면 공부 비법이나 가르쳐줘라. 난 네가 2등

하는 것도 본 적이 없어. 어떻게 매번 1등만 할 수 있지?"

선비가 녹아서 손등에 흘러내린 아이스크림을 귀엽게 핥아먹었다.

"비법이라…. 난 솔직히 이해가 안 가. 어떻게 공부를 못할 수가 있지? 겨우 중학교 과정이잖아. 모든 과목이 그냥 기초 상식 수준이라고. 교육부가 중학생들한테 얼마나 대단한 걸 요구하겠어. 수업 시간에 졸지만 않으면 어떤 과목이든 90점 밑으로 떨어질 수가 없어. 나야말로 공부 못하는 애들이 미스터리야."

"야, 네가 그렇게 말하면 중학교 1년 꿇은 난 뭐가 되냐?"

이란이 퉁명스럽게 말했다.

"하여튼 이해를 못 하겠어. 어떨 땐 다들 부모님한테 반항하느라 일부러 시험 망치는 건가 싶기도 하고."

전교 1등다운 기발한 해석이었다. 이란은 어처구니가 없어서 절로 헛웃음이 나왔다.

"와, 씹선비 너 진짜 재수 없다. 어디 가서 그런 얘기 하지 마라."

"너니까 얘기하는 거지, 뭐."

분명히 특별한 말은 아니었다. 하지만 이란은 그 말을 듣는 순간 어쩐지 가슴이 뭉클해졌다. 너니까….

둘은 서로의 집안 사정을 속속들이 알고 있었다. 다른 사람에겐 안 되지만 선비에겐 오랜 고민을 털어놓을 수 있을 것 같았다. 이란은 선비에게 아버지의 사고를 어떻게 생각하는지 물었다. 단순히 사고였을까, 아니면….

"아저씨는…."

선비가 깊게 한숨을 내쉬었다.

"스스로 선택하셨을 거라고 생각해."

선비의 대답에 이란은 고개를 숙였다. 역시 선비도… 이란이 확인하듯 물었다.

"사는 게 고통스러워서였겠지? 누가 옆에서 계속 돈 벌어오라고 강요하면…."

그러자 선비는 고개를 저었다.

"너도 동생 복지관 데리고 다녀서 장애인 가족 사정 잘 알잖아. 다들 자식보다 하루 늦게 죽는 게 소원인 거. 부모들이 장애인 자식과 동반 자살하는 일 많다는 거. 아마 아저씨도 이란이 너한테 짐을 주지 않으려고 그런 선택을 하신 게 아닐까?"

무슨 소리지? 이란은 혼란스러웠다. 짐?

"눈나 형아 우리 가치 놀자아!"

혼자 미끄럼틀에서 놀고 있던 선우가 달려왔다. 두 사람에게 아무런 반응이 없자 선우는 이란의 모자를 획 낚아챘다. 순간 모자에 감춰져 있던 이란의 풍성한 머리카락이 풀어졌다.

"빼서봐람, 빼서봐람, 얼레리꼴레리."

"저놈이 진짜."

선비가 그녀를 뒤를 튕기고 앞으로 달려 나갔다. 이란의 모자를 들고 미끄럼틀 쪽으로 도망치던 선우는 곧 선비에게 제압당했다.

선비가 우악스럽게 선우를 넘어뜨렸다. 선비의 예상치 못한 거친 반응에 놀란 선우가 모랫바닥에 주저앉았다.

"제발 집에 처박혀 있으라고! 이 반푼아!"

선비가 모자에 묻은 모래를 툭툭 털며 그네로 돌아왔다. 모자를 받은 이란은 화가 잔뜩 나 있는 선비를 올려보았다. 원래 선비는 이렇지 않았다. 그 누구보다 동생을 아끼고 잘 돌봐주었다. 이란은 소꿉친구의 변한 모습이 혼란스러웠다.

'선비 너 혹시 선우를 짐이라고 생각하는 거니?'

섬

졸졸 쫓아오는 그림자가 짜증 나고, 발목에 쇠고랑을 찬 것처럼 무거웠다.

"형아 가치 가아!"

앞장서서 걷던 선비는 동생의 외침에도 뒤돌아보지 않았다. 앞에 서는 대학생 무리가 깔깔대며 가고 있었다. 선비는 그 웃음소리를 따라가기 싫어서 큰 걸음으로 나아가 그들을 앞질렀다. 근심 걱정 없는 그들이 부러웠다.

선비에겐 웃음이 눈물보다 무거웠다. 왜 나는 하루라도 마음 편한 날이 없을까? 오늘도 동생 뒤치다꺼리하느라 반나절이 다 갔다. 자기만 돌보면 되는 사람들은 얼마나 마음이 가벼울까? 굴레가 없는 생활이란 또 얼마나 상쾌할까? 성경에서 하느님은 어느 날 아벨이 보이지 않자, 형인 카인에게 아벨의 행방을 묻는다. 그러자 카인은 항변한다. 제가 아우를 지키는 자입니까? 선비는 카인의 입장이 백번 이해되었다. 창세기 4장 9절. 성경에서 가장 좋아하는 구절이 었다.

"으와 보미눈나!"

등 뒤에서 이상한 말이 들렸다. 선비가 뒤를 돌아보자 선우가 텅 빈 골목길을 가리켰다.

"어 아까눈 보미눈나 이써눈데 진짜아. 눈나 어디 가찌. 보미눈나 마법쏜녀. 투며영인간. 히히."

"아, 헛소리 좀 하지 마!"

선비가 선우의 귀를 세게 잡아당겼다. 둘은 어둑해지는 개천으로 걸어갔다.

옥탑방엔 불이 꺼져 있었다. 선비가 문을 열고 형광등을 켰다. 방구석에 옥탑방 천재가 등을 보이며 누워 있었다. 그 태평한 모습을 보자 또 화가 치밀어 올랐다.

'학교에서 애들이 말하는 일기장 저주 따윈 안 믿지만, 진짜였으면 좋겠네. 일기장 귀신한테 저 화상 잡아가라고 하게.'

선비는 인상을 쓰고 옥탑방 천재의 등을 세게 두드렸다. 움직임이 없자 아예 등짝을 때렸다.

"아빠가 오늘 저녁 담당이잖아! 아직 밥도 안 해놓고 뭐 하고 있어?"

소리를 쳤지만, 반응이 돌아오지 않았다. 무언가 공기가 서늘한 게 이상했다. 선비는 조심스럽게 팔을 뻗어 옥탑방 천재의 몸을 돌렸다. 잠든 모습이 아니었다.

"커어어, 컥."

옥탑방 천재가 가슴을 부여잡고 고통스러워하고 있었다.

"커컥."

신음조차 제대로 내지 못했다.

"아빠!"

당황한 선비가 옥탑방 천재를 흔들었다. 아무리 흔들어도 옥탑방 천재는 눈을 뜨지 못했다. 선우가 들어오는 소리가 들렸다. 부르르 떨리는 손으로 핸드폰을 꺼낸 선비는 전교 1등답지 않게 119와 112 중에서 어떤 번호를 눌러야 할지 한동안 고민했다.

◈◈◈

다행히 응급 수술은 성공적으로 끝났다. 의사 선생님은 급성 심근경색이라고 설명했다. 선비는 진정할 새도 없이 덜컥 겁이 났다. 아빠 심장이 고장 났다니.

"아버님 보호자는 아직 안 오셨니?"

수납창구 앞에서 선비는 머뭇거릴 수밖에 없었다. 주머니에서 옥탑방 천재의 핸드폰을 꺼냈다. 경황이 없던 와중에도 혹시 몰라 아빠 핸드폰을 챙긴 게 그나마 다행이었다.

적막한 대학병원 대기실에 앉아 옥탑방 천재의 핸드폰 연락처를 확인했다. 처음 생각난 사람은 큰아버지였다. 하지만 엄지가 차마 통화버튼을 터치하지 못했다. 안 좋은 기억이 되살아났다.

선비가 초등학교 5학년 때, 사촌 누나의 결혼식이 있었다. 큰아버지는 전화로 딸의 결혼 소식을 알렸다. 옥탑방 천재는 조카 결혼을 자기 일처럼 기뻐하며 전화기를 붙잡고 수다를 떨었다. 그러다가 10여 분의 통화 끝에 큰아버지는 조심스럽게 진짜 용건을 말했다.

"차마 내가 할 소리는 아닌데…. 미안하지만, 선우는 안 데려오면 안 될까?"

세상은 그랬다. 큰아버지는 장애인 조카를 사돈에게 보이고 싶어 하지 않았다. 만에 하나라도 사돈 쪽에서 '나쁜 피'가 섞인 집안으로 여길까 봐 걱정된 것이다. 그날 큰아버지는 미안하다는 말을 수십 번 하면서 예의를 갖춰 양해를 구했다. 그리고 그날 옥탑방 천재는 예의를 갖춰 큰아버지와 형제의 연을 끊었다.

큰아버지 핸드폰 번호를 응시하던 선비는 결국 뒤로가기를 눌렀다. 대신 아빠와 그나마 가까운 사람이 누구였는지 기억을 더듬었다. 누구였더라? 찌짜… 지차…? 머릿속에서 서서히 익숙한 노래가 재생되었다. 출판사에서 술을 얻어먹고 올 때마다 옥탑방 천재는 어린애처럼 동요 〈산중호걸〉을 유치하게 개사해서 불렀었다.

"현진영 토끼춤~ 유진박 바이올린~ 찐짠~ 진찬진찬 진찬~ 진찬이는 차여라~".

'맞아, 강진찬!'

선비가 최근 통화목록을 살피자 역시 강진찬 아저씨와 통화한 목록이 줄줄이 이어져 있었다. 강진찬 아저씨는 옥탑방 천재에게 일을 주는 의리 있는 출판사 사장이자 유일한 술친구였다. 1주일에 한 번씩 외출하고 돌아온 옥탑방 천재는 늘 '찐짠이'하고 한잔 걸치고 왔다고 말하곤 했다. 그 괴상한 동요를 몇 번씩 부르면서.

선비는 곧바로 강진찬 아저씨에게 전화를 걸었다. 상황을 설명하자 아저씨는 곧 오겠다며, 아무 걱정도 하지 말라고 했다. 그러면서 한숨을 쉬고는 집에 가서 약을 챙겨오라고 말했다.

"무슨 약이요?"

"아, 그게… 역시 몰랐구나. 아무래도 이젠 너도 알아야 할 것 같다."

수화기 너머로 들리는 아저씨의 말은 믿기지가 않았다. 오래전부터 옥탑방 천재가 공황장애를 앓아왔다는 것이었다. 말도 안 돼. 짜증 날 정도로 낙천적이고 허허실실인 아빠가 공황장애라니.

"사실 어른이라고 강하진 않아. 그저 자식들 앞에서는 강한 척을 해야 하는 거지. 부모는 원래 그런 존재야. 너희 아빠가 멘탈이 나갈 만했어. 대학 졸업하고 동기들과 의기투합한 사업도 망가지고… 몇 년만 늦게 시작했어도 성공했을 텐데. 아이디어는 참 좋았거든. 어쨌든 그 일도 그렇고, 너희 엄마와도 그렇게 되고, 네 동생도… 아, 아니다. 이러고 있을 때가 아니지. 여하튼 약 챙기고 병원에서 기다리고 있어. 아저씨가 최대한 빨리 갈 테니 아무 걱정하지 말고."

상황이 이 지경인데 걱정하지 말라니. 아무런 위로도 되지 않았
다. 선비는 갑자기 머리가 아팠다. 심근경색, 공황장애, 약물치료….

"경성을 다아하아는 궁미느 방숑 케비에에쑤 항국 바앙숑~"

로비에서 TV를 보던 선우가 해맑게 9시 뉴스 로고송을 따라 부
르고 있었다. 아까부터 심장이 벌렁거리던 선비는 이젠 어떤 임계
점이 넘었는지 가슴이 아파오기 시작했다. 휘청거리며 일어선 선비
는 로비 기둥에 기댄 채 주저앉고 말았다. 앞으로 어떻게 살아야
하지?

'나 어떡해….'

선비는 세상이 막막하고, 두렵고, 미웠다.

◈◈◈

교문 밖으로 학생들이 몰려나왔다. 그 속에 섞인 탐정단이 바쁘
게 걸음을 옮겼다. 소희는 떨리는 가슴이 도무지 진정되지 않았다.
탐정 3호 유진이 하나회 멤버를 찾아낸 것이었다.

잠시 후 성신여대 골목 카페에 자리 잡은 탐정단은 종소리를 내
며 카페 문이 열릴 때마다 입구 쪽으로 시선을 돌렸다. 진한 커피
향을 맡으며 정보제공자를 기다리던 탐정단은 마침내 꽃양말이 들
어오자 크게 손을 흔들었다.

꽃양말은 탐정단 맞은편에 앉고는 도도하게 다리를 꼬았다. 요구 사항이 많은 아이였다.

"이 카페 컨셉은 엔틱인가? 디자인 감각하고는. 구질구질."

꽃양말은 불만도 많은 아이였다.

소희의 눈에는 테이블 위에 놓인 찻잔에 가격표가 붙어 있는 것처럼 보였다. 탐정단이 주문한 코코아와 달고나커피는 각각 'W5,000'. 꽃양말에게 조공한 루왁커피는 무려 'W18,000'. 커피 한 잔에 마⋯ 만팔천 원이라니. 이 돈이면 몽쉘통통이 몇 개야? 루왁커피를 시켜달라던 꽃양말은 집에서는 샴고양이와 가족처럼 지낸다고 자랑하더니, 정작 하루 내내 커피콩 먹고 똥 싸라고 학대받는 고양이들한테는 관심도 없었다. 루왁커피 한 잔이 소희의 2주일 치 용돈이었다. 아, 정말 똥 같은 상황이다.

"유진이는 언제 와?"

꽃양말이 거만하게 주위를 두리번거렸다.

"오전에 조퇴했어. 병원 간다고."

루왁커피를 홀짝이던 꽃양말이 커피를 호호 불고는 급하게 원샷했다.

"어렵사리 시간 내서 왔더니, 너희 같은 변두리 애들만 있고. 에이, 짜증 나."

꽃양말이 가방을 챙기고 일어서려고 하자 소희가 말리며 자리에 앉혔다.

"다른 거 또 주문해줄까? 여기 케익 유명하대."

꽃양말이 경멸하는 눈빛으로 탐정단을 내려다봤다.

"고작 케익으로 날 잡겠다고? 이 동네 케익이 유명해봤자 거기서 거기지, 누굴 거지로 알아?"

앞치마를 두르고 커피콩을 갈던 주인 오빠가 이쪽을 쳐다봤다. 소희는 무안하고 미안해서 얼굴이 화끈거렸다. 마음 같아선 너는 이 동네 안 사냐, 너도 거기서 거기지, 하고 싶었지만 지금은 참아야 할 때였다.

"알았어. 유진이한테 연락할 테니까 잠시만 기다려줘."

소희는 꽃양말을 겨우 진정시키고 카페 밖으로 나왔다. 유진에게 전화를 걸자 다행히 전화를 받았다. 카페 상황을 설명하자 수화기 너머에서 여유로운 웃음소리가 들렸다.

"제가 같이 사진 찍어주고 인스타에 '좋아요' 눌러준다고 하면 될 거예요."

"너한테 부담될까 봐 그렇지. 사실 재 초등학교 때부터 알던 애거든. 네가 몰라서 그렇지 욕심이 한도 끝도 없는 애라…."

"그런 인간이면 사용하기 더 쉽죠. 전화 바꿔주세요."

유진의 망설임 없는 시원한 대답에 소희는 안심했다. 비록 나이는 한 살 어렸지만, 상황을 파악하는 능력이 또래보다 몇 단계가 높았다. 동시에 좀 무섭기도 했다. 인간? 사용? 인간을 사용한다? 청순하게만 본 유진의 입에서 나온 말이라고 믿기 어려웠다.

다시 카페 안으로 들어간 소희는 꽃양말에게 핸드폰을 넘겼다. 유진과 통화를 하던 꽃양말은 처음엔 조금 틱틱거리는 듯하더니 어느 순간부터 핸드폰을 두 손으로 들고 쩔쩔매기 시작했다.

"당연히 난 유진이 편이지. 내 맘 알지? 응, 제발. 알았어. 실망시키지 않을게. 믿어줘. 영원히 사랑해."

전화를 끊은 꽃양말이 한숨을 내쉬었다. 꼭 방금 죽었다 살아난 사람 같았다. 가슴을 어루만지던 꽃양말은 탐정단과 눈이 마주치자, 이내 자세를 고쳐잡고는 나무 의자에 등을 기댔다.

"치즈케익 시켜준다고 하지 않았어?"

얼마 뒤 나무 테이블 위에 윤기 나는 치즈케익이 올려졌다. 카페 오빠가 냉정하게 포크를 땅 내려놓고 사라졌다. 치즈케익은 'W12,000'. 속이 너무 쓰렸지만, 진실을 알기 위해서는 일단 비위를 맞춰야 했다.

"너희랑 오래 있고 싶지 않으니까 본론만 말할게."

포크로 들고 치즈케익을 삼등분한 꽃양말이 세 조각을 혼자 먹어버렸다.

"하나회는…."

티슈로 입가를 닦으며 꽃양말이 말했다. 그런데 본론만 말한다더니 주저리주저리 자기 자랑을 늘어놓기 시작했다.

'그건 본론이 아니잖아. 우린 네 하와이 여행기 듣고 싶지 않다고!'

20분 동안 이어진 지루한 여행담 끝에 드디어 하나회의 비밀이 드러났다. 정리하자면 이랬다. 하나회는 교장이 비밀리에 운영하는 특목고 대비반이다. 하나회에 들어가려면 세 가지 조건을 충족해야 한다. 첫째 집안이 부유하고, 둘째 성적이 우수하고, 셋째 여학생이어야 한다.

꽃양말은 하나회에 대한 자부심이 대단했다.

"개나 소나 받아주는 곳이 아냐. 전교 1등인 선비도 못 들어오지. 아예 하나회라는 게 있는지도 모를걸. 그런데 어느 날⋯"

하나회 모임 장소는 북한산 자락에 있는 교장의 마당 넓은 집이었다. 과외는 종문여중 졸업생이자 명문대 출신인 화학쌤 겨울왕국이 맡았다. 그런데 어느 날 겨울왕국이 송채영을 데리고 왔단다.

그 대목에서 꽃양말이 흥분하며 목소리를 높였다.

"송채영은 여자고, 집안도 우리랑 격이 맞아. 그건 인정. 걔네 아빠는 우리나라에서 제일 큰 제약회사 이사고, 엄마는 우리나라에서 제일 큰 대학병원 교수니까. 하지만 걔, 성적은 진짜 별로였거든. 그런 송채영을 겨울왕국은 노골적으로 편애했어. 걘 자격이 없는 애였다고."

송채영이 하나회로 오자 꽃양말은 꽤 자존심이 상한 모양이었다.

'그런 넌 언제부터 공부를 잘했다고.'

소희는 기가 막혔다. 탐정단의 데이터베이스에 따르면 꽃양말이야말로 2학년 1학기 때까지 성적이 바닥을 기던 아이였다. 그런데

1년 사이에 특목고를 지원할 만큼 내신이 급격히 올랐다. 그런 기적이 어떻게 가능했을까?

"혹시 하나회에서 풀었던 문제가 학교 시험에도 나오지 않았어?"

소희가 물었다. 꽃양말의 얼굴이 사색이 됐다.

"너, 지… 금 무슨 소릴 하는 거야. 유진이가 하도 부탁해서 나왔더니… 루저들 주제에 감히 날 의심해? 올라오고 싶으면 질투하지 말고 노오오력을 하라고!"

꽃양말이 허둥지둥 가방을 메고 도망치듯 카페를 나갔다.

소희는 한숨을 내쉬며 카페 천장을 올려다보았다. 과연 하나회에서 과외 중 은근슬쩍 시험문제를 유출했을까? 예전에 드라마 〈선암여고 탐정단〉에서도 비슷한 에피소드가 나왔었는데…. 알 수 없는 일이었다. 어쨌든 지금은 실험실 살인사건의 진실을 밝히는 게 우선이었다.

'교장의 집으로? 겨울왕국이? 송채영을 데려왔다고?'

아무리 머리를 싸매도 '교장—겨울왕국—송채영'의 관계도가 그려지지 않았다.

◈◈◈

탐정단은 카페를 나와 행인들로 가득한 돈암동 거리를 걸었다. 소희는 회오리 감자를 아삭아삭 씹으며 셜록 홈즈의 뇌세포를 가

동하려고 애썼다. 다른 하나회 멤버도 꽃양말처럼 채영이를 시기했다면? 만약 그 애들 중에….

왜 너는 나를 만나서~ 왜 나를 아프게 하니~

방정맞은 예하의 핸드폰 벨소리가 산통을 깼다. 예하가 회오리 감자 꼬챙이를 든 채 전화를 받았다.

"네, 오늘은 무슨 일로? 지금 뭐하냐고요? 탐정과 함께 제보자를 만났습니다. 네? 어디냐고요? 그게 왜 궁금하신지…. 네 아쉽게도 오늘 제 일정은 꽉 찼답니다. 아, 네… 제가 내일도 바쁠 예정이라…. 네? 제가 님이랑 거기를 왜 갑니까? 네? 음료수 무한 리필? 어휴… 꺼, 이 새꺄!"

예하가 전화를 끊고 꼬챙이 아래에 남은 회오리 감자를 위로 밀어 올렸다.

"누군데?"

"아기곰."

"아기곰이 너한테 왜 전화를?"

"토요일에 보잡니다. 스카이방방 가자고."

"풋, 귀여워. 스카이방방… 아니 잠깐!"

"며칠 전 고백 받았습니다."

"뭐라고! 그, 그래서? 사귀기로 한 거야?"

알려줄까 말까 약 올리듯 뜸을 들이던 예하가 고개를 저었다.

"아기곰 걔, 초등학교 졸업한 지 두 달밖에 안 됐잖아. 그런 어린

이랑 사귀면 아청법에 걸릴 것 같아 무서워서 이렇게 말했지. 아기 곰님, 변성기 오면 그때 다시 생각해봐요. 아아, 남자한테 상처 주는 이 치명적인 여자라니요. 우히히히!"

예하가 꼬마 원숭이처럼 웃었다.

"도대체 왜 널?"

"나랑 만나면 아무 생각도 안 나서 좋다나. 이거 칭찬이지?"

칭찬이지 아닌지 몰랐지만, 소희는 속이 쓰렸다. 저 여드름쟁이마저 고백을 받다니.

'우씨, 나만 없어, 고양이. 우씨, 나만 없어, 남친.'

회오리 감자를 몽땅 입안에 욱여넣은 소희는 잘근잘근 턱을 움직였다. 대학 근처라 그런지 거리엔 젊은 커플들이 많았다. 암살자의 표적처럼 눈꼴 신 커플들만 눈에 쏙쏙 들어왔다. 소희는 화풀이하듯 길가에 내어놓은 쓰레기봉투 옆구리에 회오리 감자 꼬챙이를 푹 찔러 넣었다.

"아, 맞다. 아기곰한테 봄에 대해 들었는데…"

"아기곰이나 봄이나, 다 흥미 없거든."

그러거나 말거나 예하는 일급 비밀이라도 전하는 양 소희의 귀에 대고 속삭였다. 왜 귀는 입처럼 마음대로 닫을 수 없을까? 소희는 결국 듣고 싶지 않은 이야기를 다 듣고 말았다.

아기곰의 누나는 제기여중 3학년으로, 초등학교 2학년 때 김봄과 같은 반이었다. 당시 봄은 지금과는 달리 무척 소심한 아이였단다. 믿기지 않지만 반에서 가장 조용한 아이였다나? 아기곰 누나가 말하길, 당시를 돌이켜보면 외톨이였던 봄은 무척이나 친구를 사귀고 싶어 한 것 같더란다. 교실과 운동장에서 끼리끼리 아이들이 모여 있으면 봄은 부러운 듯 그 주위를 서성거렸다.

여름방학이 끝나자 봄은 마치 큰 결심이나 한 듯 아이들에게 말을 붙였다. 소심한 아이에겐 큰 용기가 필요한 행동이었다. 그렇지만 친구를 사귀기 위한 봄의 다가서기는 비극적인 결말을 맞이했다. 봄은 자신의 신기를 숨길 수 없었던 것이다. 봄은 아이들에게 일어날 나쁜 일들을 알려주었다. 아마 그렇게 하면 아이들에게 사랑받을 수 있다고 생각한 것 같다.

"저기… 민영아, 이번 주엔 빨간색을 조심해야 해."

"있지… 현우야, 할머니한테 계단 조심하라고 말씀드려. 꼭."

얼마 뒤 봄의 예언은 실현되었다. 주말 드라이브를 하던 민영이네 가족은 빨간 자동차와 충돌하는 교통사고를 당했고, 현우 할머니는 계단을 헛디뎠다가 굴러떨어져 돌아가셨다. 소문은 삽시간에 전교로 퍼졌다. 학생과 교사들은 봄을 두려워했고, 학부모는 등교하는 아이들에게 신신당부했다.

"걔랑 놀면 안 돼. 불운을 옮기는 애야."

으레 그렇듯 어린 학생들은 부모님 말씀을 철석같이 믿었다. 거기에 마녀를 물리쳐야 한다는 치기 어린 정의감이 더해지자, 아이들은 똘똘 뭉쳐 무자비하게 봄을 괴롭히기 시작했다. 결국 어린 봄은 따돌림을 감당하지 못하고 쓸쓸히 학교를 떠났다.

"자꾸만 마음에 걸립니다. 선녀님이 화투 치자고 한 날 기억나? 학원 가는 날이라서 못 간다고 했잖아. 그런데 사실 그날 유진이가 노래방 가자고 해서 학원 땡땡이치고 놀았지. 그때 난 싸인펜으로 볼에 점 찍고 〈용서 못 해〉 불렀고. 엄청 신났어. 하지만 생각해보니 우리가 잘못한 거 같아."

예하의 표정이 너무 진지해서 마치 딴 사람 같았다.

"무슨 소리야. 개한테 휘둘리고 이용만 당했지. 대체 뭘 잘못했다고."

"탐정, 생각해봐. 우린 선녀님을 속였어. 당당할 수도 있었다고. 선녀님과 화투를 치거나, 원래대로 학원에 가거나, 아니면 노래방에 가더라도 선녀님을 불러야 했어. 그날 우린 종문중학교 탐정단의 창립 이념을 잊었어. 이래서는 우리도 그때 어린 선녀님을 왕따시켰던 아이들과 다를 바 없잖아."

봄의 안하무인 태도는 절대로 다시는 상처받지 않겠다는 방어기제였을까? 왕따 당하기 전에 내가 먼저 너희를 왕따시키겠다는 정신승리였을까? 자기도 모르게 동정심이 느껴지자 수희는 애써 부정하듯 고개를 가로저었다.

"그런 게 어딨어. 다 자기 탓이지."

소희가 차갑게 말했다. 그런 친구의 얼굴을 보면서 예하는 안타까운 표정을 지었다.

학원을 마치고 집으로 돌아오자마자 소희는 핸드폰을 켰다. 오늘 알아낸 따끈따끈한 정보를 이형사에게 보낼 생각을 하니 벌써 가슴이 뛰었다. 이제 더는 우리 탐정단을 무시하지 못하겠지? 소희의 머릿속에 경찰청 강당에서 자랑스러운 시민상을 받는 자신과 예하의 모습이 그려졌다. 시상식엔 뭘 입고 가지? 혼자 싱글벙글 웃던 소희는 핸드폰을 내려다보며 바쁘게 손가락을 움직였다. 육하원칙에 맞춰 하나회에 대한 정보를 써내려간 소희는 장문의 문자 메시지를 이형사에게 보냈다.

얼마 뒤 답장이 왔다. 돌아온 대답은 단 한마디였다.

"수고했어."

배신감에 치가 떨렸다. 아무리 손해 보는 장사라도 이렇게 한쪽만 손해 보는 경우가 또 있을까? 선녀집에서 수사에 공조하겠다고 모두가 함께 약속하지 않았던가?

'어른이 왜 약속을 안 지켜? 이 아저씨 대체 어디서 뭘 하고 있는 거지?'

답답한 마음에 창문을 열자 하늘은 짙은 어둠으로 변해 있었다. 가뜩이나 꽃양말 비위 맞춰주느라 진땀을 흘렸는데, 이형사는 자신의 노력을 알아주지 않았다. 하나뿐인 친구 예하마저 봄을 편들었다.

'됐다, 됐어. 세상에 언제 내 편이 있었다고. 나 혼자 해결하면 돼.'

소희는 창을 닫고 책상 앞에 앉았다. 창문에는 셜록 홈즈 포스터가 붙어 있었다. 영웅을 바라보며 마음을 다잡은 소희는 탐정 지망생답게 다이어리를 꺼내 수사일지를 쓰기 시작했다.

소희가 조사한 바에 따르면 송채영은 1학년 때까지는 평범한 아이였다. 유진 같은 핵인싸는 아니더라도, 최소한 왕따가 될 성격은 아니었다. 결정적인 변화는 2학년 초였다. 어느 날부터인가 채영은 친구들과 멀어져 혼자 지내기 시작했다. 계속 그랬기 때문에 최근까지 채영과 소통한 학생은 한 명도 없었다.

'그런데도 하나회?'

소희가 정신을 차리고 보니 '하나회' 뒤에 물음표가 열 개 찍혀 있었다. 소희는 바쁘게 수사일지를 채워나갔다.

겨울왕국이 송채영을 편애하자 질투가 난 학생이 살해를 한 것이라면?

동기는 충분했다. 하지만 가능할까?

중학생이 독극물을 구할 수 있을까?
가능하다면 어떤 방식으로? 당시 하나회 멤버들의 알리바이는?

머리가 지끈거렸다. 소희는 볼펜을 내려놓고 기지개를 켰다. 시곗바늘이 막 11시를 가리켰다. 부부 동반 모임에 나간 부모님은 아직도 돌아오시지 않았다.

'너무해. 딸 혼자 집에 두고 둘만 밤새워 놀다니.'

때마침 초인종이 울렸다. 소희는 일부러 화난 표정을 지으며 거실로 나갔다. 실의에 빠진 외동딸을 집에 혼자 남겨둔 채 자기들끼리 실컷 놀다가 빈손으로 왔다면? 그건 절대로 용서 못 해. 부모로서 양심이 있다면 최소한 양념치킨은 들고 와야 자식에 대한 예의인 것이다. 피자면 더 좋고. 스트레스를 받아서 그런가, 갑자기 닭발도 당기네.

"10시 안으로 온다며! 딸내미 걱정도 안 해?"

소희가 문을 열며 버럭 소리를 질렀다. 혹시 엄마 아빠가 빈손으로 왔다면 배달 음식이라도 받아낼 요량이었다.

"어?"

아무도 없었다. 좌우로 고개를 돌려 살폈지만 아파트 복도는 적막할 정도로 인적이 없었다. 아래에서 기분 나쁜 냉기가 느껴졌다. 소희는 고개를 숙였다. 문 앞에 물기가 서려 있었다. 소희는 자세를 낮춰 두 손가락으로 바닥을 쓸었다. 분명 물이었다. 안팎의 기온 차는 미미했다. 결로가 서릴 수 없었다. 혹시 위층 복도 방수가 잘못됐나 하고 고개를 올렸지만 물 자국은 보이지 않았다.

물의 미스터리를 풀어내고자 고심하던 소희는 더 중요한 사실을 알아챘다. 초인종이 울렸지? 현관 철문에는 버튼식 도어락이 설치되어 있었다. 비밀번호를 아는 부모님이 굳이 초인종을 누를 리가 없었다. 부모님이 집에 들어올 때 초인종을 누른 적이 있던가? 바로 답이 나왔다. 단 한 번도 없었다.

소희는 으스스한 기분이 들어 곧바로 문을 닫았다. 텅.

소희는 안쪽 현관문에 등을 기대고 마음을 진정시키려 애썼다. 누군가의 고약한 장난일 것이다. 세상엔 별의별 사람이 다 있으니까.

위이이잉.

심장이 덜컥 내려앉았다. 소희는 소음의 진원지를 찾아 거실로 갔다. 냉장고 모터 소리가 이렇게 컸었나? 소희는 거실로 걸어가 정수기 물을 마시고, 다시 방으로 돌아왔다.

그런데 방이 묘하게 어딘가 달라 보였다. 구체적으로 눈에 딱 들어오는 건 없었지만, 기이하게 무언가 비틀어진 느낌이었다.

"릴렉스, 릴렉스."

주문을 외우듯 차분해지자고 혼잣말하며 소희는 책상으로 다가갔다. 그런데… 보였다. 기이함의 정체는 수사일지였다. 소희가 펼쳐놓았던 수사일지 다이어리가 오른쪽으로 확연히 기울어져 있었다. 소희는 필기할 때 노트 왼쪽을 조금씩 내리는 버릇이 있어서, 중간중간 노트를 반듯하게 책상과 평행을 만들곤 했다. 그러니 다이어리가 왼쪽이면 몰라도 오른쪽으로 기울어질 수는 없었다. 혹시 바람이 불어서? 말이 안 됐다. 바람이 종이를 넘길 순 있어도 두꺼운 다이어리 위치를 바꿀 순 없다. 더욱이 창문은 굳게 닫혀 있었다.

두려움을 느낀 소희는 쓰고 있던 수사일지를 확인했다.

"이, 이럴 수는……"

소희가 사시나무 떨듯 몸서리쳤다. 사방이 빙빙 돌면서 희미해졌다. 그러나 유독 '하나회?????????'가 쓰인 페이지만 선명했다. 그리고 그 아래 공란에…….

더 써줘.

더 읽고 싶어.

더 읽고 싶어.

소희 자신이 쓰지 않은 글씨가 쓰여 있었다. 빨간 싸인펜으로 쓴 듯한 붉은 글씨가.

'난 아니야. 내 글씨체도 아니고. 누가…… 썼지?'

어디선가 스산한 바람이 불었다. 소희의 목덜미에서 솜털이 일어나더니 온몸에 소름이 돋았다. 너무 추웠다. 추워… 추워… 춥다는 감각만 점점 또렷해졌다. 분명히 창문은 닫혀 있었고 집에는 소희 혼자뿐이었다.

탁.

불이 꺼졌다. 당황한 소희는 바쁘게 책상을 더듬으며 스탠드 조명을 켰다. 전압에 문제가 생겼는지 스탠드 불빛이 소희의 심장박동에 맞춰 깜박거렸다. 끼익… 방문이 천천히 열렸다. 소희는 얼굴이 하얗게 질린 채 홀린 듯 문 쪽으로 고개를 돌렸다. 깜박. 깜박. 빛과 어둠의 교차 속에서 서서히 문밖의 실체가 드러났다.

문틈 사이에서……

한 소녀가 소희를 훔쳐보고 있었다.

더 읽고 싶어…… 더 읽고 싶어…….

끼이익.

바람에 밀려 문틈이 더 벌어졌다. 소녀의 시선이 문틈 위아래로 움직였다.

팔락. 수사일지 페이지 한 장이 넘어갔다. 벌어진 문틈 사이 소녀가 방 안으로 천천히 고개를 내밀고 있었다. 팔락. 또 한 장이 넘어갔다. 얼굴이 조금 더 가까워졌다. 팔락. 소녀의 기이한 표정과 함께 바닥 문틈으로 발가락이 보였다. 백지장이 된 소희의 얼굴 위로 입김이 퍼졌다. 팔락. 팔락. 책장이 넘어갈 때마다 문틈은 더 벌어졌다. 팔락. 벌어진 문틈 사이로 소녀의 얼굴, 몸, 다리가 나타났다. 팔락. 작고 소름 끼치는 소리가 일곱 번째 이어졌을 때, 소녀의 모습이 완전히 드러났다. 하얀 원피스가 바람을 따라 하늘거렸다. 소희는 의자 팔걸이만이 유일한 구원이듯 그것을 부여잡고 있었다. 손바닥이 땀으로 미끈거렸다. 팔락. 깜박. 팔락. 깜박. 책장 넘어가는 소리와 스탠드 조명의 깜박이는 불빛이 교차할 때마다 소녀는 놀이하듯 사라졌다 나타났다. 그리고 조금씩 소희를 향해 다가오고 있었다.

파르르르르르르.

책장이 순식간에 넘어갔고 동시에 소녀가 무서운 속도로 소희의 눈앞에 섰다.

하아······. 하. 하아···.

불규칙적으로 새어 나오는 소희의 입김이 시야를 가렸다. 바람이 불었다. 길게 늘어진 검은 머리카락이 소희의 뺨에 닿았다. 머리카락 끝이 수천 개의 바늘처럼 따가웠다.

하아···. 하아······. 온몸이 얼어붙은 소희는 간신히 거친 숨만 몰아쉬고 있었다.

하얀색 원피스에 V자로 옷 주름이 그려졌다. 소녀는 양손을 서서히 들어 올려 자신의 머리를 힘껏 잡았다. 끼릭··· 끼릭······. 몸에서 날 수 없는 소리가 들렸다. 끼릭···. 끼리. 끼릭······. 소희의 온몸에 차가운 땀이 흘러내렸다. 젖은 머리카락이 볼에 달라붙었다. 움직일 수 없었다. 눈을 감으려 해도 눈꺼풀은 파르르 떨기만 할 뿐이었다. 물속에 잠긴 것처럼, 사방이 돌로 막힌 우물에 빠진 듯 절망과 공포만이 온몸을 잠식했다. 끼릭···. 끼리. 끼릭······. 두 손으로 머리를 감싼 소녀는 절대로 벗겨지지 않은 헬멧을 벗으려는 듯 제 머리를 비틀어댔다. 뒤틀린 목이 진득한 고무처럼 늘어날수록 소녀의 얼굴에는 무간지옥 같은 괴로움이, 표정이라고 할 수 없는 표정이 지어졌다.

끼릭…. 끼리. 끼. 끼릭…….

똑.

몸속 깊이 박힌 무언가가 떨어지는 소리가 울렸다.

소녀가 몸에서 떼어낸 제 머리를 양손에 잡고 하얀 원피스 가슴 팍에 내려놓았다. 마침내 소녀의 얼굴이 무방비상태로 의자에 앉아 얼어붙었던 소희의 눈높이에 맞춰졌다. 깜박이던 스탠드 불빛이 마지막으로 방을 밝혔다. 그리고 다시 사라지는 빛 속에서 소녀의 머리가….

히히.

웃었다.

화려한 독

이른 아침부터 고속도로를 달리던 커피색 QM3가 톨게이트를 지났다. 운전석 밖으로 지역 방문을 환영하는 표지판이 보였다. 이형사는 내비게이션을 곁눈질했다. QM3는 플라타너스가 길게 이어진 도로를 지나 시내로 진입했다. 얼마 뒤 목적지인 대학 정문이 보였다.

주차를 마친 이형사가 공과대 쪽으로 걸어갔다. 첫 강의 시간이 한참 남아서인지 캠퍼스엔 봄 햇살이 텅 빈 길을 메우고 있었다.

이형사는 공과대 건물 엘리베이터를 타고 옥상까지 올라갔다. 간이 테이블이 설치된 옥상 바깥쪽에 장희진이 홀로 앉아 있었다. 그녀는 11년 전 사망한 신미연의 단짝 친구였다. 이형사는 가볍게 묵례하고 그녀 맞은편에 앉았다.

"피우실래요?"

장희진이 담배를 권했다.

"괜찮습니다. 연기를 좋아하지 않아서요."

이형사는 흡연에 대해 딱히 부정적이진 않았다. 다만 담배 연기를 볼 때마다 향처럼 느껴졌고, 향이나 방울 같은 무속과 관련된 것과 가까이하고 싶지 않았다. 두 사람은 명함을 교환했다.

"협조해주셔서 감사합니다, 장 교수님."

담뱃불을 붙인 희진이 손사래를 쳤다.

"교수는 무슨, 아직 박사논문도 통과 못 했는데요. 그냥 시간강사예요."

이형사는 작게 고개를 끄덕이고는 곧바로 수첩을 꺼냈다.

"신미연 씨는 어떤 학생이었나요?"

"상냥한 친구였어요. 문학소녀였고, 총명했고요."

학창 시절을 회상하는 희진의 얼굴이 빙그레해졌다.

"그렇게 죽을 아이는 아니었어요."

희진의 입에서 미소가 사라졌다.

"두 분은 오랜 친구였고, 고등학교도 같은 곳에 입학했다고 알고 있습니다. 신미연 씨 고등학교 시절은 어땠습니까?"

"하나뿐인 친구였어요. 무척 내성적인 아이였죠."

"가장 잘 알고 계셨겠지요."

희진이 쓸쓸하게 고개를 저었다.

"한때는요. 여고에 입학하고 나서 미연이가 연극부에 들어갔어요. 당연히 문예부를 택할 거라 생각했는데 의외였죠. 그리고 좀 이상해졌어요. 그렇게 부끄러움을 많이 타던 아이가 고등학생이 되자 뭐랄까, 화려해지기 시작했어요. 얼굴도 예뻐졌고요. 활짝 꽃 핀 것처럼 이목구비가 또렷하게 잡히고, 교복 입은 모습도 맞춤복처럼 맵시가 났어요. 하지만 동시에 좀 독해졌다고 할까, 세졌다고 할까. 1년도 채 안 돼서 연극부 동기들을 휘어잡더라고요. 그러면서 미연이는 저를 멀리했어요. 저 역시 그 애가 낯설어져서 고등학교 때부턴 제대로 얘기를 나눠본 적이 없어요. 졸업 후 저는 대학을 공대로 갔고, 미연이는 예술대 연극영화과에 들어갔죠. 공학과 예술은 상극이잖아요. 그래서 간극이 더 벌어졌죠. 동창들에게 몇 가지 소문을 듣기는 했어요. 미연이가 드라마 여주인공으로 발탁됐다. 사이비 종교에 심취하는 바람에 연기를 그만뒀다. 지금 인도 여행 중이다. 서울에서 남자와 동거를 하고 있다…. 하지만 진실을 누가 알겠어요."

길게 구부러진 담뱃재가 테이블 위에 떨어져 바스러졌다.

희진의 이야기를 경청하던 이형사는 코트 안주머니에서 접힌 A4 용지를 꺼내 펼쳤다. 소희가 보내준, 교지에 실리지 못한 신미연의 글이었다.

"아, 이거…."

글을 읽던 희진이 기억을 더듬었다.

"그때 저도 읽어봤어요. 문예부장답게 미연이가 글을 참 잘 썼죠."

"괴담을 믿는 건 아닙니다만, 당시 스물여섯의 신미연 씨가 왜 생의 마지막 장소로 종문여중을 선택했을까요? 혹시 뭔가 짚이시는 부분이라도."

이형사는 저주와 신미연의 자살 사이의 관계에 대해 희진의 의견을 물었다.

"방금 말씀드렸다시피 종문여중을 졸업하고 나서 멀어져서요."

"신미연 씨와 마지막으로 만나신 건 언제였습니까?"

희진이 시선을 피하며 재떨이에 담배를 비벼 껐다.

"혹시 신미연 씨가 음독자살 전에 특별한 말을 했거나 이상한 행동을 하지 않았습니까?"

조용히 한숨을 내쉰 희진은 결국 입을 닫았다. 이형사가 사소한 기억이라도 없느냐고 재차 물었지만 돌아온 대답은 없었다.

희진이 두 번째 담배에 불이 붙었다. 향처럼 위로 길게 퍼지는 매운 연기가 자꾸 신경 쓰였다. 묵묵히 희진의 대답을 기다리던 이형사가 짧게 한숨을 내쉬고는 핸드폰을 내밀었다.

"혹시 이분 기억하십니까?"

담배를 피우며 이형사의 스마트폰을 내려다본 희진이 작게 탄성을 질렀다.

"맙소사. 아저씨 지금도 종문중학교에서 일하세요?"

화면 위에 보안관의 증명사진이 떠 있었다.

"학교 다니실 때 이분은 어땠나요? 무언가 특이한 점이 있다거나,

행동이 이상했다거나…."

희진이 일자 입술을 하면서 고개를 가로저었다.

"올해 종문중학교에서 사건이 벌어졌다는 소식은 들었어요. 실험실 살인사건이라고 부르는 것 같더군요. 절 찾아오신 것도 그 사건 때문이겠죠. 지금 말씀 들어보니 용의선상에 보안관 아저씨도 있는 것 같은데, 헛수고예요. 절대로 그럴 분이 아니니까."

"그렇게 단정하시는 이유라도?"

"우리 때 보안관 아저씨 별명이 신성우였어요. 지금은 나이가 드셨으니 차승원이려나? 요즘 애들은 둘 다 모르겠지만…. 순정만화 캐릭터 같은 분위기를 풍기는 분이셨어요. 혹시라도 보안관 아저씨가 자기 외모를 이용해 여학생들한테 나쁜 짓이라도 했느냐고 물어보신 건가요? 천만에요. 오히려 짓궂은 애들이 껴안으려고 달려들면 도망가는 분이었어요. 철없는 아이들도 본능적으로 알아채요. 누가 안전한 사람인지. 아저씨가 왜 보안관으로 불리게 됐는지 아시나요?"

이형사는 고개를 저었다.

"아저씨는…."

바람이 불자 희진의 손에 든 A4 용지가 흔들렸다. 희진은 물끄러미 A4 용지를 내려다보았다.

"아무래도 미연이 이야기를 먼저 해야 할 것 같네요. 이야기엔 순서가 있는 법이니까. 이 글에서 미연이는 모두가 무사한 2000년이라 다행이라고 했어요. 하지만 그 말에 오류가 생기고 말았죠. 이 글은 12월 초에 작성되었어요. 아직 해를 넘기지 않았을 때였죠. 미연이의 글과 달리 종문여중은 2000년을 무사히 넘기지 못했어요. 크리스마스이브에 사고가 일어나고 말았죠."

희진이 추억을 간직하듯 A4 용지를 곱게 접어 핸드백에 집어넣었다.

"인생이란 참 아이러니해요. 선한 사람의 선한 행동이 최악의 상황을 부르기도 하고, 돈밖에 모르는 이기주의자의 행동이 인류 발전에 공헌하기도 하죠. 미연이는 저주 따위에 현혹되지 말라고 이 글을 썼지만, 학생들 사이에 나돌았던 이 글 때문에 일기장의 저주는 더욱 공고해졌어요. 말뚝을 빼내려던 의지가 말뚝을 완전히 박아버렸죠. 2000년 크리스마스이브였어요. 두 여학생이 한밤중에 학교로 숨어들었죠. 호기심이나 담력 시험 따위가 아니었어요. 그 아이들은 미연이의 글을 읽고 감명을 받았는데, 메시지를 완전히 오해했죠. 두 아이는 미연이가 실제로 일기장을 봤다고 확신했어요. 그래서 일기장을 태워버리기 위해 라이터를 들고 몰래 학교로 들어갔던 거죠. 본관 1층과 2층으로 나눠 각자 학교를 탐색하던 두 아이 중 하나가 실수를 하고 말았어요. 커튼에 불이 붙었고 불은 삽시간에 번져나갔어요. 그리고 그날 밤 영웅이 나타났죠."

수첩에 빠르게 내용을 정리해나가던 이형사의 손이 멈췄다.

"혹시?"

그의 표정을 확인한 희진이 고개를 끄덕였다. 그 사람이 아니라면 누구였겠느냐며 반문하듯.

"학교 운동장으로 몰려든 인근 주민들은 살려달라는 여학생의 목소리가 들리자 이러지도 저러지도 못하고 발만 동동 굴렀어요. 그때 임시 경비원이었던 아저씨가 불 속으로 뛰어들었어요. 늦었다고 사람들이 소리쳤지만 누구도 아저씨를 말릴 수 없었어요. 누가 봐도 무모한 짓이었죠. 여기저기서 안타까움에 탄식이 새어 나왔어요. 그 자리에 있던 저는 너무 무서워서 소리 내어 울고 말았죠. 그런데 눈물을 닦고 학교를 바라봤을 때였어요. 새빨간 불길 속에서 검은 형체가 보였죠. 본관에서 아저씨가 등에 학생을 업고 걸어 나왔어요. 저는 벅찬 감동에 더 크게 울었죠. 기쁨의 눈물이었어요. 하나둘 어른들의 눈가에도 눈물이 맺혔어요. 모두가 크리스마스의 기적을 목격했죠. 멀리서 소방차의 사이렌 소리가 울렸어요. 마치 해피엔딩으로 끝나는 영화의 마지막 장면 같았어요."

이야기를 듣던 이형사가 소리 없이 감탄사를 내뱉었다. 과연 그런 상황에서 불길로 뛰어들 수 있는 사람이 몇 명이나 있을까. 시민의 안전을 위해 복무하리라 다짐한 이형사 역시 자신할 수 없었다. 사이렌 불빛에 비친 보안관의 모습을 상상하자 이형사는 그에게 깊은 경외감을 느꼈다.

"하지만…"

불길한 접속사가 희진의 입에서 튀어나왔다.

"쓰러져 있던 아이가 입을 열었을 때, 사람들은 끝이 아니란 걸 깨달았어요. '선영이가 2층에… 선영이가….' 쨍그랑, 쨍그랑. 유리창이 깨지고 세찬 겨울바람이 불에 기름을 부었어요. 붉은빛으로 운동장이 대낮처럼 밝았죠. 사람들은 다시 학교 안으로 뛰어들려는 아저씨를 위험하다며 말렸어요. 하지만 아저씨는 괴력 같은 힘으로 사람들을 밀치고 불길 속으로 달려갔죠. 자살행위나 마찬가지였어요. 그래도 또 한 번의 기적이 일어날까, 제발, 한 번만 더, 저는 두 손을 모아 간절히 기도했어요. 하지만 화끈거리는 불구덩이 속에서 교실 천장이 내려앉는 소리가 들려왔어요. 절망의 소리처럼 들렸어요. 그런데 그 순간 박수 소리가 들려오기 시작했어요. 눈을 떠보니 선영이를 업고 나온 아저씨가 아이를 조심스럽게 운동장에 눕히고 있었어요. 이어진 함성과 박수 소리가 아직도 잊히지 않네요. 때마침 도착한 소방관들이 달려왔어요. 그렇지만 선영이의 상태를 확인한 소방관의 표정과 함께, 동시에 박수 소리가 멈췄죠. 마치 라디오가 꺼진 것처럼."

희진의 목소리가 들릴 듯 말 듯 갈라졌다. 이형사의 얼굴이 참혹해졌다.

"선영이 입에서 입김이 나오지 않았어요. 다음 날 서울에는 10년 만에 화이트 크리스마스가 찾아왔죠."

보이지 않는 눈을 바라보듯 희진이 4월의 하늘을 올려다보았다. 구름 한 점 없는 화창한 아침이었다.

"형사님도 잘 아실 거예요. 화재 사망자는 불에 타기 전에 대부분 질식으로 사망한다는 사실을요. 오래된 학교라 방염 커튼은커녕 천장도 석고보드로 되어 있었어요. 아저씨는 생명을 살리기 위해 초인적인 힘을 발휘했어요. 그날 아저씨는 분명히 한 생명을 구했고요. 더구나 미담 기사를 실으려고 기자들이 학교로 찾아왔는데도 아저씨는 인터뷰를 모두 거절했고, 서울시의 표창장도 거부했어요. 하지만 종문여중 학생들은 그날의 일을 모두 알았죠. 누가 먼저인지는 모르겠지만 아저씨를 보안관이라고 부르기 시작했어요. 그에 화답하듯 학교에서도 보안관이라는 새로운 직함을 만들어 영웅인 아저씨께 존경을 표했죠."

희진은 보안관이 절대로 범죄자가 될 수 없는 사람이라고 장담했다. 이형사는 시간이 흐른 뒤에도 그가 이토록 완벽한 신뢰를 받는 이유를 알 것 같았다. 진심으로 존경스럽고, 한편 부럽기까지 했다. 하지만 이래서는 여기까지 내려온 보람이 없었다.

"협조해주셔서 감사합니다."

이형사가 일어나자 희진이 강의 시간이 남았다면서 주차장까지 배웅해주었다. 야외 주차장에서 이형사는 희진에게 정중히 인사하고 QM3에 올라탔다. 시동을 걸고 안전벨트를 매려는데 희진이 운전석 창문을 노크했다.

"다른 하실 말씀이라도."

차창을 내린 이형사가 자연스레 수첩을 꺼냈다. 희진이 손짓으로

적지 말라고 신호했다.

"아까 미연이가 저한테 마지막으로 했던 말 물으셨죠?"

희진의 목소리가 가늘게 떨렸다.

"죽기 직전에 한 말은 없지만…… 죽은 뒤에 한 말은 있어요."

황망한 표정을 지은 이형사가 수첩을 덮었다. 죽은 뒤에 한 말?

"과학의 날 아세요? 4월 21일. 2019년 그날 제가 종문중학교에서 '과학과 여성'이라는 주제로 특강을 한 적이 있어요. 종문중학교가 그때까지는 여학교였으니까, 아무래도 이과 출신 선배가 많지 않아 박사도 아닌 저한테 특강 기회가 왔던 거죠. 종문재단은 자금이 넉넉한 곳이라 1시간 강연료를 과분할 정도로 챙겨주더라고요. 오랜만에 뵙는 은사님들도 환대해주셔서 감사했죠. 강의를 마치고 나서 추억에 잠겨 교정을 걸었어요. 이런저런 감상에 젖어 낡은 농구대와 등나무를 지나 그늘진 화단에 들어섰는데…. 그때 들렸어요. 미연이 목소리가. 4월 21일 과학의 날에."

마치 방금 신의 손길을 느낀 유물론자처럼, 희진의 얼굴에 내적 갈등이 고스란히 드러났다.

"죽은 신미연 씨가 그때 무슨 말을 하던가요?"

희진이 어깨를 웅크리고 속삭였다.

"풀어달라고요. 풀어줘… 풀어줘…."

"……."

한동안 멍한 표정을 지었던 희진이 이형사와 눈이 마주치자 의미 모를 미소를 지었다.

"아마도 제 죄책감이 만들어낸 착각이었겠죠."

"죄책감이요?"

"제가 학생들에게 미연이의 글을 돌렸거든요. 문예부 부장의 글이 교지에 실리지 못하니 독립투사라도 된 양 미연이 글을 복사해 학교에 뿌렸어요. 선생님을 향한 반항심이었죠. 어리석었어요. 제가 그러지 않았다면 선영이라는 아이는 죽지 않았을 거예요. 죄를 지은 사람에게는 허깨비가 보여요. 과학자에게도."

◇◇◇

서울에 가까워질수록 교통 체증이 심해졌다. 러시아워에 갇힌 이 형사가 내비게이션을 확인했다. 성북경찰서 도착 예정 시각 10시 12분. 지각은 피할 수 없었다. 변명할 생각도 없었다. 장희진과 미팅을 했다고 보고할 수도 없는 노릇이었다. 합리적인 수사라면 그녀를 만날 이유가 없었다. "장희진에게 저주의 일기장에 관해 물었고, 죽은 신미연의 목소리를 들었다는 증언을 받아냈음"이라고 보고서를 올린다면 지각과는 비교할 수 없는 심각한 평가를 받게 될 것이다.

희진은 주차장에서 했던 말은 못 들은 걸로 해달라고 부탁했다. 미연이의 목소리는 죄책감이 불러온 환청일 뿐이라고. 덧붙여 누구에게도 말하지 못한 이야기를 꺼내 시원하다고.

형사가 해야 할 역할은 너무 많다. 질문자인 동시에 상담자이고, 시민의 화풀이 대상이다. 느닷없이 나타난 누군가에게 멱살을 잡히고, 욕을 먹고, 신도 해결할 수 없는 기구한 인생의 하소연을 듣고, 경찰 업무와 관련 없는 민원을 처리하고, 피해자와 목격자와 용의자와 직속상관도 모자라 이제는 중학생 탐정들의 과대망상까지 들어줘야 한다. 아무리 허무맹랑한 이야기라도 듣고 또 들어야 한다. 왜 이 직업을 선택했을까? 이형사는 '그것'을 보는 자신의 능력에 어떤 의미가 있다고 생각했다. 하찮은 돌멩이도 쓰임이 있듯, 그것을 보는 눈도 세상을 위해 필요할 때가 있을 것이다. 그런 생각을 하지 않고서는 자신이 괴물처럼 느껴져 견딜 수가 없었다. 형사라는 직업은 그가 스스로 씌운 손오공의 긴고아(緊箍兒)와도 같았다. 그의 세계에선 인간만 말을 하지 않았다. 그것들은 아무리 그만하라고 소리쳐도 시도 때도 없이 나타나 말하고 속삭였다.

빵빵! 어디선가 클랙슨이 울렸다. 상념에 빠졌던 이형사가 차창을 내리고 봄바람에 이마를 식혔다. 아침부터 잡생각에 정신이 너덜너덜해진 기분이었다. 애써 정신을 차린 이형사가 밀랍반장에게 늦는다고 보고하기 위해 핸드폰을 들었다. 그때였다. 터치를 하기도 전에 벨이 울렸다.

"아침부터 송구합니다, 형사님. 학교 일로 알려드릴 사항이 있는데 전화로는…"

보안관의 목소리가 들렸다.

"알겠습니다. 1시간 안에 찾아뵙겠습니다."

이형사가 내비게이션 목적지를 종문중학교로 변경했다. 어차피 지각이었고, 또 어차피 그곳에서 만나야 할 사람이 있었다.

◈◈◈

종문중학교 화단 앞에 두 남자가 서 있었다. 보안관이 붉은 꽃을 가리킬 때마다 이형사가 핸드폰으로 사진을 찍었다. 붉은 꽃은 개화까지 한 달이나 남았지만 성급한 봉우리는 꽃잎을 터뜨렸다. 가장 화려한 꽃이 먼저 꺾였다.

"신고해주셔서 감사합니다. 양귀비가 맞습니다."

증거수집용 비닐 백에 양귀비를 집어넣으며 이형사가 말했다.

"형사님, 마약수사대에 연락하시기 전에 잠시 교장선생님과 만나주시면 안 될까요? 이 사실을 알면 학생들이 동요할 것 같아서 그렇습니다. 학교 측이 어떻게 대처해야 할지 교장선생님께 조언해주시면 감사하겠습니다."

정중하게 고개를 숙이며 보안관이 부탁했다.

"설마 제게 가장 먼저 연락하셨습니까?"

보안관이 고개를 끄덕였다. 강직한 얼굴이었다. 사건을 목격하고 즉시 경찰에 신고하는 건 올바른 시민의 자세였다. 그러나 조직에 소속된 직장인으로서는 내리기 힘든 결정이다. 경찰에서조차 내부

266

에서 문제가 터지면 공식 수사에 앞서 어떻게 사건을 '보기 좋게' 만들지 간부 회의부터 시작한다. 이러고도 내년에 학교와 계약 연장을 할 수 있을까? 오지랖 부리지 말자고 늘 다짐했지만, 왠지 모르게 그의 처지가 걱정되었다.

이형사는 보안관의 안내를 받으며 본관으로 들어갔다. 똑똑똑. 보안관이 노크한 뒤 교장실 문을 열었다.

정장을 입은 두 여성이 보였다. 넓은 책상 앞에 앉아 양선생과 무언가 심각한 대화를 나누던 교장이 이형사와 눈이 마주치자 온화한 표정을 지었다.

이형사는 무표정하게 다가가 교장 맞은편에 앉았다. 등 뒤에서 문을 닫고 나가는 보안관의 발소리가 들렸다.

"수고가 많으세요. 또 이렇게 짐을 떠넘겼네요."

부드럽게 인사말을 건넨 교장이 본차이나 잔을 들고 커피를 마셨다. 교장은 50대 중반의 나이가 무색하게 피부가 깨끗했고 고혹적인 아름다움을 뽐냈다. 표정에는 여장부다운 자신감이 넘쳤다.

"어머, 귀한 손님을 모셔놓고 우리만 마시고 있었네요. 커피를 좋아하시니요. 차를 좋아하시나요?"

"괜찮습니다. 마시고 왔습니다."

교장은 우아하게 미소를 짓고, 우아하게 고개를 끄덕였다.

"어떻게 이런 일이 생겼을까요. 꼭 밝혀주세요. 우리는 이형사님만 믿고 있답니다."

입바른 소리일 가능성이 컸지만, 어쨌든 확실히 엽기적인 사건이었다. 학교 화단에 양귀비가 피어 있다니. 경찰인 그조차 양귀비를 실물로 본 것은 처음이었다.

"화단 담당자가 누구입니까?"

이형사가 물었다.

"보안관 아저씨요."

책상 옆에 서 있던 양선생이 무뚝뚝하게 대답했다.

이형사는 고개를 돌려 문 쪽을 바라보았다. 문밖에 보안관이 서 있을까? 엿듣고 있을까? 보안관은 양귀비 사건과 실험실 살인사건의 유력한 용의자였다. 의심하지 않으려야 않을 수가 없었다. 양귀비를 그가 심었다면? 아니다. 그렇다면 경찰에게 알릴 이유가 없다.

문을 바라보던 이형사가 다시 고개를 돌렸다. 창밖으로 운동장을 걷고 있는 보안관의 모습이 보였다.

"경비원 채용 과정은 어땠습니까?"

이형사가 교장에게 물었다.

"그 부분은 저도 몰라요. 그때는 아버지께서 학교를 관리하시고 계셨으니까요."

"저분에 대해 제가 수사에 참고할 만한 사항이 있을까요?"

아침에 만난 장희진이 그랬던 것처럼 교장도 단호하게 고개를 저었다.

"비록 보안관님이 학교에서 지위는 저보다 낮아도 제가 존경하는 분이에요. 대체 어떤 부분을 의심하시는 건가요?"

"그저 통상적인 절차일 뿐입니다. 아울러 앞으로 있을 교직원 인터뷰 또한 어쩔 수 없는 통상적 절차라는 점을 미리 양해해주셨으면 합니다."

그 순간 교장이 눈이 날카로워졌다.

"교권이 땅에 떨어졌다는 말이 나온 지 20년도 넘었죠. 기어코 땅속까지 파묻으려 하는군요. 물론 협조해드려야죠. 누구부터 심문하시겠어요?"

손가락으로 의자 팔걸이를 톡톡 치던 이형사가 양선생을 올려다보았다. 그러자 교장의 눈도 그녀에게 향했다. 두 사람의 시선을 받은 양선생의 볼이 달아올랐다.

"여기까지 와주셨는데 장소를 옮겨달라고 하면 예의가 아니죠. 그렇지 않아도 양귀비가 피었다는 화단을 살펴볼 참이었어요. 두 분 편히 말씀 나누세요. 양선생님도 괜찮죠?"

교장이 미소를 지으며 그녀의 손등 위에 손을 얹었다. 교장은 그녀에게 안심하라는 듯 윙크한 뒤 또각또각 구두 소리를 내며 교장실을 나갔다.

이형사가 의자를 가리키며 앉으라고 권했다. 양선생은 여전히 교장 책상 옆에 미동 없이 서서 이형사를 내려다보았다.

"선생님은 화학 담당이시죠?"

"네."

"실험실에서 사건이 일어나 마음이 무거우셨겠습니다."

"용건만 말하시죠."

양선생이 말했다. 학생들이 '겨울왕국'이라고 부를 만한 차갑고 싸늘한 음성이었다.

"송채영 학생이 화학부였더군요. 아무래도 다른 선생님들보다는 화학부 담당인 양선생님이 송채영 학생에 대해 잘 아실 것 같습니다."

"친밀한 관계는 아니었어요."

"송채영 학생과 사적인 만남은 없었습니까?"

"네."

단호한 대답이었다.

이형사는 핸드폰을 꺼내 저장해둔 사진을 화면에 띄웠다.

"누군가 송채영 학생을 폴라로이드 카메라로 찍은 사진입니다. 전공이 화학이니 잘 아실 테지만, 알아보니 폴라로이드 필름 표면에는 히드로퀴논(hydroquinone)이 묻어 있더군요. 제가 그쪽으로 문외한이라 그 성분이 어떤 화학작용을 일으키는지 모르지만, 한 가지만은 확실합니다. 폴라로이드 필름은 종이보다 지문이 선명하게 찍히죠."

이형사가 폴라로이드 필름을 엄지와 검지로 잡아 흔드는 시늉을 했다.

교장실에 침묵이 흘렀다. 이형사는 내친김에 하나회까지 추궁하려다가 아직 그 단계는 아니기에 그만두었다.

이형사가 양선생을 향해 스마트폰 속 사진을 두 손가락으로 확대했다. 송채영의 오른쪽 눈동자가 화면을 가득 채웠다.

"눈동자는 많은 것을 담고 있다는 말이 있습니다. 눈동자 움직임을 통한 심리 분석법도 있고요. 기술이 발전해 눈동자는 더 많은 것을 담게 되었습니다. 눈동자는 마음의 거울만이 아닙니다. 과학수사대의 기술은 저해상도 사진도 빈 도트를 채워 넣어 이미지를 재현하는 수준에 이르렀습니다. 이제 사진 속 눈동자가 물리적 거울 역할을 합니다. 맞은편을 비추는."

이형사의 스마트폰 화면이 다음 사진으로 넘어갔다.

"누가 이 사진을 찍었을까요? 과학수사대가 재현한 이미지는 보라색 티셔츠를 입은 갈색 숏컷 헤어스타일의…"

이형사가 양선생의 갈색 머릿결을 바라보았다.

한동안 눈치를 살피던 양선생은 결국 꼬리를 내렸다.

"채영이가 몇 번 찾아와서 시험 문제에 대해 물어본 적이 있어요. 혹시라도 제가 편애한다는 소문이 학교에 돌면 채영이가 힘들어질까 봐 일부러 덤덤하게 대했어요."

"이 사진을 찍은 날은 일요일이었습니다. 수업이 없는 주말에도 선생님을 찾아갈 걸 보면 송채영 학생이 양선생님을 많이 따르고 존경한 것 같군요."

"글쎄요. 중학생 마음을 어떻게 알겠어요."

물끄러미 양선생을 올려다보던 이형사가 수첩을 펼쳤다.

"이번 달 전기요금 얼마 나왔습니까?"

양선생이 무슨 말을 하는지 모르겠다는 멍한 표정을 지었다.

"마약단속반은 양귀비가 개화하는 5월이 다가오면 헬기와 드론을 이용해 전국의 산과 들을 샅샅이 뒤집니다. 마약제조범들이 단속을 피하기 위해 실내재배라는 선택지로 도망치면, 단속반은 전국의 전기 사용량을 조사해 범위를 좁혀 그들을 쫓습니다. 오해하실 필요는 없습니다. 단지 먼저 여쭌 것뿐입니다. 오늘부터 교직원 대상 전수조사가 실시될 겁니다."

겨울왕국 양선생이 금방이라도 튀어나올 것 같은 독설을 꾹 참고 어금니를 깨물었다.

"수사와 관련 없는 질문을 하나만 하겠습니다. 선생님께서도 이 학교를 나오신 걸로 알고 있습니다. 일기장 저주에 대해 어떻게 생각하십니까?"

양선생이 냉소 섞인 웃음을 지었다.

"21세기가 시작된 지 20년이 지났는데 아직도 유사과학이 판을 치죠. 하루라도 그런 헛소리를 듣지 않을 수 있다면 얼마나 좋을까요. 저주요? 차라리 게르마늄 팔찌가 암을 치유할 수 있느냐 물으시면 대꾸라도 해드릴 텐데."

"물론 저도 믿지 않습니다. 다만 학생들이 일기장 저주를 진지하게 믿고 있는 것 같아서요."

"매력적이잖아요. 자기 손에 피를 묻히지 않고 사람을 죽일 수 있다고 하니까. 죽도록 미운 애가 사라졌으면 좋겠다. 상상만으로도 죽이고 싶다. 윤리적으로는 몰라도 법적으로는 죄를 물을 수 없고. 만약 정말 저주로 살인이 가능하다면, 이 학교는 물론 이 세상에 아무도 살아남지 못할걸요."

"혹시 선생님께서도 누군가 사라지면 좋겠다고 바라신 적 있습니까?"

양선생의 웃음소리가 교장실 전체에 울려 퍼졌다.

"유도심문인가요? 너무 1차원적 질문이라고 생각하지 않으세요? 실험실 살인사건보다 형사님이 경찰시험에 합격한 게 더 미스터리네요."

노골적으로 이형사를 비웃으며 양선생이 말했다.

"네, 좋아요. 원하신다면 대답해드리죠. 누군들 안 그러겠어요?"

3교시를 알리는 수업 종이 울렸다.

이형사가 묵례하며 일어섰다. 양선생은 인사도 받지 않고 교장 책상을 정리하기 위해 쟁반에 커피잔을 올려놓았다. 커피잔에 두 개에 시이좋게 립스틱 자국이 묻어 있었다.

◇◇◇◇

학교 뒤편 주차장까지 걸어온 이형사가 QM3 앞에서 멈춰 섰다.

와이퍼 밑에 광고 전단이 깔려 있었다. 학교 안까지 전단을 돌리다니 요즘 알바들은 참 열심이구나. 이형사는 처음엔 그렇게 생각했다. 하지만 무언가 상황이 자연스럽지 않았다. 고개를 돌려 이형사가 주변을 살폈다. 주차된 자동차 가운데 전단이 있던 차는 자신의 QM3뿐이었다.

재빨리 와이퍼를 올려 전단을 빼낸 이형사가 종이를 뒤집었다. 전단 뒷면에 노란 포스트잇이 붙어 있었다.

이형사는 전단에서 포스트잇을 떼어내고 전단은 구겨서 코트 주머니 속에 넣었다. 차에 올라 포스트잇을 지갑에 집어넣은 뒤 시동을 걸고 급히 출발했다.

제가 아우를 지키는 자입니까?

요즘 선비는 정신이 없었다. 입원 중인 옥탑방 천재를 대신해 혼자 살림하고 선우를 챙기느라 하루가 모자랐다. 조금이라도 공부할 시간을 벌기 위해 쉬는 시간마다 문제집을 펼쳤지만, 심란한 마음 때문인지 수학도 영어도 눈에 들어오지 않았다. 낮이나 밤이나 도통 집중이 되지 않았다. 이러다간 봉사 점수는 둘째치고 내신 성적마저 떨어질 것 같았다.

5교시가 시작됐지만, 여전히 선비는 수업에 집중하지 못했다. 자꾸 그때 기억이 떠올랐다.

며칠 전이었다. 병원에 들르고 나서 혼자 집으로 걸어가던 선비는 대문 앞에서 서성거리는 중년 여성을 보았다. 혹시 엄마가 아닐까 부푼 기대를 안고 달려갔지만, 난생처음 보는 얼굴이었다.

"네가 선비니?"

끄덕.

"선우 형이지?"

_끄덕._

"혹시 미령이 아니?"

선우를 통해 수천 번도 더 들은 이름이었다. 미령은 선우의 초등학교 친구였다. 사실 대등한 친구라기보다는 수호천사랄까, 장애가 있는 선우를 솔선수범해 도와주고 말벗을 해주던 착한 아이였다. 지금은 학교가 다르지만 가끔 연락을 주고받는 사이로 알고 있었다. 중년 여성은 미령의 어머니였다.

"사실 가끔이 아니야."

미령 어머니가 조심스럽게 말했다.

"요즘 미령이가 선우 때문에 많이 힘들어해. 성격이 모질지 못해서 계속 선우 전화를 받아줬지만⋯ 나는 우리 딸이 자유롭게 살았으면 좋겠다. 그렇지만 미령이가 너무 착해서 선우와 불편한 관계를 끊지 못하고 있단다. 장애인한테 상처를 줄 수 없으니까. 미안하구나. 우리가 선우를 품어줄 수 있을 만큼 마음이 넓지 못해서. 악행에 벌이 따라오듯, 선행에도 책임이 따른다는 걸 몰랐어."

현실은 늘 이랬다. 선비는 동생이 연락 못 하게 하겠다고 약속했다. 미령 어머니는 죄지은 사람처럼 중학생인 선비에게 연신 고개를 조아렸다. 미령과 마찬가지로 그 어머니 역시 선한 사람이었다. 그래서 더 선비를 미치게 했다. 차라리 동생 간수 똑바로 하라며 욕하고 손찌검했다면 덜 비참했을 텐데⋯.

선비는 옥탑방에 올라오자마자 선우의 핸드폰을 빼앗았다. 통화 기록을 확인하니 미령의 이름의 쉴 새 없이 이어져 있었다. 선비는 침착하게 미령이한테 전화하면 안 되는 이유를 열 가지로 설명했다. 선우는 이해하지 못했다. 결국 선비는 선우가 보는 앞에서 미령의 연락처를 지웠다. 순간 선우가 악을 쓰며 달려들었다.

"미령이 버노오 살려내! 내친구 저놔버노오!"

쫙! 선비가 있는 힘껏 선우의 뺨을 때렸다.

"친구? 그건 우정이 아니라 동정이야. 정신 차려! 누가 너 같은 병신을 좋아하겠어."

서럽게 우는 동생의 울음소리가 교실에 있는 선비의 귓가에 계속 맴돌았다. 선비는 머리를 흔들고 칠판을 바라봤다. 시곗바늘이 어떻게 돌아갔는지 어느새 쉬는 시간이었다. 선비는 애써 마음을 다잡고 문제집을 펼쳤다. 그때 교실 뒷문으로 한 남학생이 허겁지겁 들어왔다.

"선비야! 큰일 났어!"

선비의 얼굴이 창백해졌다. 혹시 병원에서 나쁜 소식이라도 온 거면… 짧은 순간 별의별 불길한 상상이 이어졌다. 목구멍이 조여 오며 맥박이 빠르게 뛰기 시작했다. 선비가 떨리는 음성으로 물었다.

"왜 그래? 무슨 일이야?"

"네 동생이…"

선비가 멍한 표정을 지으며 일어섰다.

"선우가 왜?"

"그게… 선우가 음악실에서…."

"어…?"

"똥을 쌌대."

남자 화장실에서 선비가 똥 묻은 교복 바지를 빨고 있었다. 옥탑방 천재가 없어서 선우가 요즘 많이 불안해하긴 했었다.

'그렇다고 학교에서 똥을 지리면 어떡해!'

아무리 빨아도 고약한 냄새가 지워지지 않았다. 불쾌한 정도가 아니었다. 동생의 똥 냄새가 희망 없는 미래를 암시하는 것 같았고, 사방을 에워싼 유리 벽처럼 갑갑하게 자신을 옥죄었다.

빨래거품을 만든 선비가 수도꼭지를 끝까지 돌려 선우의 교복 바지를 헹궜다. 그때 화장실에 들어온 동급생 한 명이 선비와 눈이 마주치고는 더 들어오지 못하고 머뭇거렸다.

"난 그냥 2층 화장실로 갈게. 얘기 들었어. 힘내."

"그래, 고마워."

썩 친하진 않지만 다정한 아이였다. 혹시라도 선비가 마음의 상처를 받을까 봐 자리를 피해준 것이었다.

선비는 다시 빨랫비누를 들어 아직도 똥 냄새가 가시지 않은 바지를 박박 비볐다. 비누 거품에 눈물방울이 툭 떨어졌다.

"씨발!"

타일 벽에 바지가 내던져졌다. 처억 하는 소리가 습한 화장실에 난폭하게 울렸다. 선비가 고개를 들자 거울 속에 분노로 가득 찬 일그러진 얼굴이 보였다. 거울 속 눈시울이 빨갰다.

'왜 너희만 행복해야 해? 난 지금 죽고 싶은데! 왜 나는 항상 동정받아야 해? 내가 뭘 잘못했어? 나도 행복하면 안 돼? 나도 쫌! 숨 좀 쉬고 살자고!'

학교에서 늘 반듯한 우등생으로 불렸던 선비의 입에서 급기야 괴성이 터져 나왔다. 사람 입에서 나오는 소리라 할 수 없는 짐승 같은 울부짖음이었다.

눈물을 닦으며 선비는 다짐했다. 이 지긋지긋한 가족한테서 떨어지겠다고. 반드시 조만간 멀리 떠나고 말겠다고.

용의자

성북경찰서 네모난 창문에 불빛이 하나둘 꺼지기 시작한 늦은 밤이었다. 혼자 남은 이형사가 모니터를 바라보고 있었다. 모니터엔 보안관의 이동 경로가 점과 선으로 표시되어 있었다. 실험실 살인 사건 이후 유력한 용의자로 지목된 보안관의 일거수일투족은 철저히 감시되고 있었다. 보안관의 핸드폰 위치는 GPS를 통해 경찰서 서버로 실시간 전송되었다.

보안관은 기계가 아닐까 생각될 정도로 이동 범위가 일정했다. 집—학교, 집—학교, 집—학교. 그나마 1주일에 한 번씩 종로에 있는 서점에 들른다는 것이 특이하다면 특이했다.

이형사는 마우스를 움직여 보안관의 이력서를 화면에 띄웠다. 그런 뒤 지갑에 넣어둔 포스트잇을 꺼내 글씨체를 대조했다. 이형사는 과학수사대 소속이 아니었지만, 포스트잇에 쓰인 글씨체는 한눈에 봐도 보안관의 것이 분명했다.

ㄱ. 개우리 소년

ㄷ. 9.11

ㅌ. 가습기 살균제

ㅍ. 애틀랜타 스파

ㅎ. 베이징 동계 올림픽

어떤 메시지일까? 포스트잇에 적혀 있는 사건들의 연관성을 찾던 이형사는 추리의 방향을 틀었다. 사건의 내용이 중요한 것이 아니라면? 무언가 떠오른 이형사가 메모지를 꺼냈다.

1. 1991

2. 2001

3. 2011

4. 2021

5. 2022

1991년, 2001년, 2011년, 2021년. 사건이 발생한 연도다. 그리고 그 해마다 종문여중 졸업생이 한 명씩 사망했다. 10년 주기 졸업생 사망. 4번까지는 그것을 뜻하는 게 분명했다. 하지만 올해를 가리키는 5번의 2022는 패턴에 맞지 않았다.

'무슨 말을 하고 싶으신 겁니까? 이민철 씨.'

모니터에 띄워진 보안관의 이력서에 이민철이란 이름이 보였다.

실마리가 잡힐 듯하면서도 안개 속에서 길을 잃은 느낌이었다. 이형사는 지끈거리는 관자놀이를 매만지며 아스피린을 물컵에 떨어뜨렸다. 수용성 알약이 작은 소리를 내며 부글부글 끓고 있는 그때 사무실 문이 열렸다.

고개를 돌리자 문 앞에 밀랍반장이 야간 배달부가 놓고 간 밀랍 인형처럼 서 있었다.

"뭘 놓고 가서."

"뭘 놓고 가셨는데요?"

밀랍반장이 무표정한 얼굴로 다가와 의자를 끌어당겨 이형사 옆에 앉았다.

"그러게, 뭐였더라? 나이가 들어서 그런지 자꾸 깜박하네. 그런데 지금 뭐 해?"

밀랍반장이 모니터로 고개를 돌리자 이형사가 바탕화면을 띄웠다.

"정리되면 보고드리겠습니다. 다른 사람이라면 몰라도 반장님한테만큼은 비웃음당하고 싶지 않아서요."

"내가 그렇게 비호감인가?"

"아뇨, 반장님 웃는 모습을 한 번도 못 봐서요. 웃으시면 제가 많이 놀랄 것 같습니다. 아무리 비웃음이라도."

"그래, 알았어. 밤선생이 어련히 알아서 잘하겠지. 그나저나 근래에 면회는 다녀왔나?

"어머니 말씀이세요, 아버지 말씀이세요?"

이형사가 도전적으로 말하자 밀랍반장은 그저 말없이 고개를 끄덕였다. 이형사는 누구에게도 가족사를 말하고 싶지 않았다. 현재 자신의 어머니는 상습도박 현행범으로 체포되어 청주교도소에 수감 중이었고, 10년 넘게 술독에 빠져 있던 아버지는 알코올중독재활센터에 입원 중이었다.

이형사를 빤히 바라보던 밀랍반장이 화제를 돌렸다.

"이번 주에 이민철을 소환해서 탐지기 앞에 앉힐 거야."

"거짓말 탐지기 결과는 법정 효력이 없다는 걸 반장님도 잘 알고 계시지 않습니까?"

"그럼에도 불구하고 거짓말 탐지기를 수사 수단으로 사용하는 이유는 또 뭐겠나."

그 부분에 대해서는 인정하지 않을 수 없었다. 비록 법정 효력은 없지만, 국립과학수사연구소의 거짓말 탐지 기술은 빅데이터와 결합해 나날이 발전하고 있었다. 심장박동수에 의지하던 과거에 비하면 천지개벽한 수준이었다.

"앞으로는 현장에 갈 때마다 총기를 소지하도록 해."

이형사의 미간에 주름이 졌다.

"학생들이 있는 곳이에요. 만약 이민철이 폭주한다고 해도 충분히 제압할 수 있습니다."

무표정한 얼굴로 이형사를 바라보던 밀랍반장이 입고 있던 점퍼의 지퍼를 내렸다. 그가 와이셔츠 단추를 하나씩 풀면서 말했다.

"한일월드컵 때였어. 안정환이 이탈리아에 헤딩골을 넣은 날이었지. 물론 난 생방은 못 봤지만. 그날 주물공장 방화범을 잡았어. 사장이 임금을 차일피일 석 달째 미루자 홧김에 불을 질렀다더군. 세 식구가 모여 살던 반지하방에서 체포했지. 당시 방화범 아들이 초등학교 5학년생이었어. 아빠 팔목에 수갑이 채워지자 애가 순간 돌더라고. 과도를 들고 내 등 뒤로 달려들었어. 전혀 예측 못 했어. 열두 살짜리 어린애한테 칼빵을 맞을 줄 누가 알았겠어. 배가 뚫리고 나서야 교훈을 얻었지. 현장에선 상상하지 못한 일들이 벌어져. 그래서 규정이 있는 거고. 물론 우리 회사에 쓸데없는 규정이 많다는 건 나도 인정해. 그래도 규정은 선배들의 경험이 축적된 교훈이기도 해."

밀랍반장이 와이셔츠를 펼쳤다. 그의 옆구리에 또렷한 자상 흉터가 파여 있었다.

와이셔츠 단추를 잠그며 밀랍반장이 말했다.

"총기 출납기록부 확인할 테니까 꼭 챙겨."

"네."

밀랍반장이 이형사의 어깨를 두드리고 일어섰다.

"제가 사건을 해결하면 격려 차원에서 한번 웃어주실 수 있으세요?"

"뭐, 그러지."

밀랍반장이 무표정하게 대답했다. 무언가를 놓고 왔다던 밀랍반장은 자신의 책상을 지나 그대로 걸어 나갔다.

문이 닫히자 모니터에 다시 보안관의 이력서가 떴다. 확대 버튼을 클릭할 때마다 보안관의 얼굴이 점점 커져 어느새 실제 크기와 비슷해졌다. 문득 그와 가까워진 느낌이 들었다. 사실 이런 느낌은 그를 처음 만날 때부터 시작되었다. 도대체 이 동질감은 무엇일까? 혹시 그도? 그것들이 보이는 건가? 그래서 눈동자가 그토록 공허한 건가?

이형사가 머리를 매만지며 모니터 속의 보안관처럼 왼쪽으로 가르마를 만들었다. 이형사는 거울을 바라보듯 오랫동안 모니터를 응시했다.

"당신 정체가 뭐야?"

적막한 강력계 2팀 사무실에 혼잣말이 울렸다.

대면

사흘 뒤 종문중학교를 방문했을 때, 이형사는 달라진 교정의 모습에 적잖은 충격을 받았다. 주차장으로 향하던 커피색 QM3가 비상등을 켜고 운동장 옆에 멈춰 섰다. 이형사는 차창을 내리고 화단을 내다봤다. 조경수와 봄꽃이 만발했던 자리가 말끔하게 치워져 있었다. 본관을 에워싸고 있던 화단이 온통 회색빛 시멘트로 발라져 있었다. 수업이 끝난 평화로운 학교에 어울리지 않은 삭막한 풍경이었다.

본관을 돌아 주차장에 차를 세운 이형사는 심호흡을 했다. 무게를 재듯 손에 잡은 권총을 위아래로 움직이던 이형사가 눈을 감았다. 총기를 소지하라고 명령한 밀랍반장의 얼굴과 해맑은 아이들의 얼굴이 떠올랐다. 수업은 끝났지만 몇몇 동아리반 학생들이 학교에 남아 있는 시간이었다. 갈팡질팡하던 심리적 양팔 저울이 아이들 쪽으로 기울어졌다. 결국 권총은 글로브박스로 들어갔다.

차에서 내린 이형사는 곧장 교장실로 찾아갔다.

"화단은 어떻게 된 겁니까?"

"학교 책임자로서 당연한 조처를 했을 뿐이에요."

"증거를 확보하려면…"

"마약수사대의 현장 조사는 다 끝났어요. 씨앗이 날아와서 우연히 학교 화단에 꽃을 피웠을 뿐이에요. 제주도의 한 대학에서도 그런 일이 있었다고 하더군요. 문제 있나요?"

교장이 미소를 지으며 고개를 갸웃거렸다. 더는 할 말이 없었다.

◇◇◇◇

밖으로 나온 이형사는 화단이 있던 자리를 살폈다. 혹시라도 기대했던 일말의 흔적들이 말끔한 회색 표면 밑에 깔린 뒤였다. 이형사는 허리를 굽혀 손가락으로 바닥을 눌렀다. 시멘트가 완전히 굳어 있었다. 단단한 침묵처럼.

교정이 노을빛으로 물들기 시작했다. 고개를 들자 운동장 너머에 한 아이가 보였다. 교복이 아닌 청바지에 흰색 티셔츠를 입은 여자아이가 홀로 바람을 맞으며 서 있었다. 텃밭 쪽이었다.

"물 주려고 왔어요."

이형사가 다가가자 멍하니 바닥을 내려다보던 소희가 인사도 없이 말했다. 텃밭도 화단과 마찬가지로 무정한 회색 시멘트로 덮여 있었다.

"저 며칠 동안 학교를 못 나왔거든요. 원래 오늘까지 결석 처리라서 안 와도 되는데, 요즘 계속 화창했잖아요. 그래서 아이들 목마를까 봐 와봤는데… 전부 다 이렇게…."

공사 폐자재를 쌓아놓은 담 구석에 외다리가 부러진 허수아비가 흉측한 몰골로 내팽개쳐져 있었다.

"수사 의뢰는 허수아비 주머니에 넣으라고 명함에 써놓았거든요. 의뢰서를 받은 적은 한 번도 없었지만…. 하늘의 계시인가 봐요. 탐정 놀이 그만하라는…."

소희의 혼잣말이 이어졌다. 이형사는 평소 같지 않은 아이의 침울한 목소리에 적응이 되지 않았다. 시도 때도 없이 전화를 걸어와 에너지 넘치는 톤으로 이런저런 수다를 떨며 수사 진행 상황을 캐묻던 그 아이가 맞나 싶었다.

"《빨강 머리 앤》 읽어보신 적 있으세요?"

이형사는 고개를 저었다.

"그럼 빨강 머리 앤이 한국 학교에 전학 오면 뭐가 되는지 모르시겠네요. 뭐가 되냐 하면요. 찐따가 돼요. 분위기 싸하게 만드는 나대는 년이 돼요. 관종, 아싸, 정병…."

무슨 말을 하려는 걸까? 이형사는 비밀을 감춘 범인을 실토하게 하는 것보다 중학생 마음을 알기가 더 불가능한 미션처럼 느껴졌다.

"학교는 이번 주까지만 다닐 거예요. 당분간 부산 사는 외할머니

댁에서 지내기로 했어요."

"무슨 일 있었니?"

여전히 멍한 표정의 소희를 바라보며 이형사가 물었다.

"의사선생님이 환경을 바꾸는 것도 방법일 수 있다고 하셔서요. 사실 제가 청소년 정신과 다녔거든요. 엄마는 저더러 감수성 풍부하다고 앤을 닮았다고 했어요. 장난을 칠 때면 검정 머리 앤이라고 부르셨죠. 전 강아지처럼 사람이 좋았어요. 그래서 반 아이들 막 따라다니고 그랬거든요. 아이들도 절 좋아하는 줄 알았어요. 제 생일파티 때 열일곱 명이나 온다고 했어요. 엄마가 집에 출장 뷔페까지 불렀는데, 한 명도 안 왔어요. 엄마는 아무 말도 못 하시고 초등학생인 저는 순진하게 밤늦게까지 기다렸어요. 선물은 필요 없으니까 제발 한 명이라도 와달라고 기도했죠. 엄마는 제가 지금도 왕따라고 생각하세요. 탐정단 하면서 왕따 끝난 줄 알았는데…. 모르겠어요, 예하하고는 멀어지고 싶지 않지만… 요즘… 자꾸 이상한 게 보여요. 정신병이겠죠? 제가 생각해도 그래요…."

소녀의 눈가에 형사가 닦아줄 수 없는 눈물이 맺혔다.

"아무래도 그때 계란이 깨져서 이렇게 된 것 같아요."

"계란?"

"범인 꼭 잡아주세요. 안녕히 계세요."

소희는 꾸벅 인사를 하고는 도망치듯 교문을 향해 뛰어갔다. 멀어져가는 소녀의 뒷모습이 넘어질 듯 위태로웠다. 저 아이를 잡아야 할까? 아이가 하지 못한 말을 끝까지 들어줘야 할까? 어떤 이상한 것이 보이는지. 혹시 나와 같은 것이 보이는지. 만약 둘이 같은 것을 본다면, 그런 사람은 너뿐만이 아니라고 말해줘야 할까? 깃발처럼 나부끼던 하얀색 티셔츠가 점점 작아지더니 신비한 꿈처럼 사라져버렸다.

이형사는 주머니에 손을 집어넣고 힘없이 등을 구부렸다. 그 어느 때보다 자신이 마음에 들지 않았다.

◈◈◈

텅 빈 운동장에 그의 발자국이 찍혔다. 짙은 노을빛이 터벅터벅 고개를 숙인 채 걷는 이형사를 주황색으로 물들였다. 구부정한 그림자가 긴 물음표를 그리며 그를 따라다녔다.

텅! 텅! 텅!

어디선가 규칙적인 쇳소리가 들렸다. 이형사는 귀를 기울여 소리가 나는 방향으로 걸어갔다. 본관 뒤편인가. 이형사가 발걸음을 돌렸다. 학교 식당을 지나 담벼락을 따라 걸어가자 못을 박는 소리가 청명하게 울렸다.

등을 보이고 앉아 망치질하던 보안관이 인기척을 느꼈는지 뒤를 돌아봤다. 눈이 마주치자 그가 빙그레 웃었다.

"형사님, 오셨군요."

보안관이 모자를 벗어 인사했다. 모자에 가려졌던 상처 난 이마에 건강한 땀이 송골송골 맺혀 있었다. 모자를 벗은 모습은 처음이었다. 마치 당신은 제게 특별한 사람이니까요, 하며 무언의 인사말을 건네는 것 같았다.

이형사는 모자를 벗은 보안관의 얼굴을 응시했다. 그의 왼쪽 이마에는 별 모양 같은 화상 자국이 드러나 있었다.

'저것 때문에 늘 모자를 썼던 걸까. 숨기는 게 있어서가 아니라?'

보안관의 흉터를 바라보던 이형사는 자신이 실례했다는 사실을 깨닫고 화제를 돌렸다.

"뭘 하고 계신가요?"

"허수아비를 만들고 있습니다."

망치를 내려놓은 보안관이 숫기 없는 소년처럼 웃었다.

"방금 그곳에 갔다 왔습니다. 텃밭은 없어졌잖습니까."

보안관이 다 안다는 표정으로 고개를 끄덕였다.

"예, 화단도 텃밭도 공구리가 쳐져 있죠. 양생도 끝났고요. 운동장도 곧 인조 잔디로 덮을 예정입니다."

"종문재단에서 아예 꽃이 필 자리를 없애려고 하는군요. 양귀비가 핀 이유를 알아내기보다는 못 피우게 하는 편이 쉬우니까."

"높으신 분들은 나름의 무거운 책임을 지고 결정을 하시는 거고, 저는 그저 제가 할 수 있는 최선을 다할 뿐이죠."

보안관이 다시 활기차게 망치질하며 외다리를 허수아비 몸에 붙였다.

"텃밭에 있던 것도 제가 만들었습니다. 교장선생님께서 학교에 조형물을 세울 예정이라고 말씀하시더군요. 아직 승낙은 받지 못했지만, 텃밭 자리에 이놈이 잠시라도 서 있으면 좋을 것 같아서요. 아무리 식물이라도 키워놓은 작물들이 하루아침에 그렇게 파헤쳐지면 서운하지 않을까요. 그래서 서툰 실력이지만 이렇게 만들고 있습니다. 아이들이 조금이라도 위로를 받지 않을까 싶어서."

보안관이 헝겊에 솜을 잔뜩 집어넣은 뒤 허수아비 목에 묶었다. 허수아비의 얼굴을 여러 방향으로 두드려 동그랗게 만든 보안관은 매직을 꺼냈다. 하얀 헝겊 위에 눈코입이 그려졌다.

얼굴이 완성된 허수아비가 이형사를 향해 웃었다. 표정이 묘했다. 분명히 입은 크게 웃고 있는데 전체적으로 어딘지 슬픈 피에로처럼 보였다.

보안관이 허수아비에 옷을 입히고 단추를 채웠다. 그는 이번 주 내로 소환될 것이다. 경찰서에서 베테랑 선배들이 그를 심문할 것이고, 영장을 발부받아 그의 집을 압수 수색할 것이다. 어떻게 설명해야 할까?

"형사님, 실례가 안 된다면 오늘 저희 집에 초대해도 되겠습니까?"

"네?"

이형사는 자신의 귀를 의심했다.

"대접할 건 변변치 않지만, 꼭 한번 함께 식사하고 싶습니다."

이형사는 보안관의 예상치 못한 요청에 할 말을 잃었다. 예상치 못한 일들만 줄줄이 이어지는 날이었다.

◇◇◇◇

모래 놀이터가 있는 오래된 연립주택 단지에 해가 졌다. 독신자의 집은 단정했다. 방 두 개와 작은 거실로 이뤄진 내부는 휑할 정도로 말끔해서 좀처럼 생활감이 느껴지지 않았다. 거실엔 TV도 소파도 장식장도 없었다 미니멀리스트인가? 식탁 의자가 두 개인 것이 의외일 정도였다.

"잠시 집 구경 좀 해도 괜찮을까요?"

"물론입니다."

싱크대 앞에서 보안관이 등을 보인 채 채소를 썰었다. 칼날이 닿을 때마다 단단한 감자가 쩍쩍 쪼개졌다.

규칙적인 도마질 소리를 듣던 이형사가 옆구리에 손을 댔다. 허전했다. 권총은 QM3 글로브박스 속에 들어 있었다 무기도 없이 살인사건 용의자의 초대에 응하다니, 위험을 자초하는 일이었다. 하지만 지금은 밤이다. 억울하게 죽은 영혼들은 종종 피의자를 따라다니곤 한다. 오늘 여기서 송채영을 발견할지도 몰랐다. 절호의 기회였다.

이형사는 화장실과 침실을 차례대로 살폈다. 구석구석 봐도 특별한 점은 없었다. 오히려 바닥에 머리카락 하나 떨어져 있지 않은 완벽한 청결이 눈에 띄었다. 언제나 이렇게 증거를 인멸하듯 철저히 청소하는 걸까? 전등 스위치에 지문 하나 묻어 있을 것 같지 않은 집이었다.

침실에서 나온 이형사가 큰방 문을 열었다. 벽면을 둘러싼 책장에 책이 가득했다. 3,000권은 될 듯 보였다. 미니멀리스트 독신자에게도 버리지 못하는 물건이 있다니, 이제야 인간미가 느껴졌다. 이형사는 아늑한 책 냄새를 맡으며 책장을 둘러보았다. 옛 시집과 소설책이 먼저 눈에 들어왔고, 역사와 철학 관련 도서, 그리고 책장 하단에 두꺼운 식물도감이 보였다. 그 커다란 책은 보란 듯이 책장 밖으로 삐죽 튀어나와 있었다. 이형사는 자세를 낮췄다. 책장 하단에는 폭이 넓은 백과사전이 줄줄이 이어져 있었는데, 유독 식물도감 위에만 먼지가 쌓여 있지 않았다. 완벽하게 청결한 집에서 책에만 먼지가 쌓여 있는 것도 이상했고, 식물도감만 깨끗한 것도 이상했다. 이형사는 식물도감을 꺼냈다.

벽돌보다 묵직한 식물도감 밑 부분에는 책의 꼬리 같은 가름끈이 매달려 있었다. 조심스럽게 가름끈이 있던 페이지를 펼쳤다. 화려하고 붉은 양귀비꽃 사진이 경고하듯 시야에 들어왔다. 사진 밑에는 양귀비에 대한 긴 설명이 이어져 있었다. 이형사는 잠시 눈을 감았다.

'보안관이 양귀비를 연구하고 화단에 양귀비를 심었을까?'

하지만 그가 심었다면 경찰에 신고한 이유가 설명되지 않았다.

'화단에서 우연히 붉은 꽃을 발견하고, 그 꽃이 무엇인지 확인하기 위해 식물도감을 펼쳐 찾았다고 하는 편이 더 합리적이지 않을까?'

이형사는 가름끈을 대충 책 중간쯤의 페이지에 끼워 넣고 식물도감을 제자리에 집어넣었다. 그러고는 식물도감 옆에 꽂혀 있던 백과사전 책등의 먼지를 닦아냈다.

자리에서 일어선 그는 서재 이곳저곳을 관찰했다. 송채영은 보이지 않았다. 이형사는 거실로 돌아갔다.

식탁 위로 음식이 하나둘 차려지기 시작했다. 밥, 된장국, 생선구이, 감자볶음, 김치가 어우러진 정갈한 가정식이었다. 이형사는 싱크대 나무 칼집에 부엌칼이 꽂힌 것을 확인한 뒤 수저를 들었다.

두 사람은 식사를 하면서 가볍게 담소를 나눴다.

"차린 게 약소해서 면목 없습니다."

"아닙니다. 이렇게 정성스러운 집밥을 언제 먹었는지 모르겠습니다. 맛있습니다. 정말로요."

보안관이 인자하고 흐뭇한 얼굴로 고개를 끄덕였다.

"집밥이 오랜만이라면. 음, 아직 결혼은 안 하신 것 같고, 부모님과도 떨어져 지내시나 봅니다."

"네, 지방에 계십니다."

"그럼 아무래도 자주 못 찾아뵙겠군요. 가족과 떨어져 지내 아쉬우시겠습니다."

"글쎄요. 모든 가정이 화목한 건 아니니까요."

젓가락으로 감자볶음을 집으면서 이형사가 대수롭지 않다는 듯 말했다.

"예, 가정마다 나름의 사정이 있는 법이겠죠. 그래도 형사님은 양친 모두 살아계시니 혼자인 저로서는 부러울 따름입니다. 누군가 가족이란 창밖으로 던져버리고 싶은 존재라고도 했지만, 그래도 말입니다. 일단 살아있어야 언젠가 화해할 기회가 생기지 않을까요. 아, 주제넘은 말을 해서 죄송합니다."

식사를 마치자 보안관이 그릇을 치웠다. 이형사가 도우려 했지만, 보안관은 앉아 있어 달라며 극구 말렸다. 설거지를 마친 뒤 보안관이 양주병을 들고 식탁으로 왔다.

"술은 토요일에만 마십니다. 학교에서 일할 때 아이들한테 혹시라도 술 냄새가 풍기면 곤란하니까요. 하지만 오늘은 마시고 싶군요."

보안관은 이런 날을 위해 아껴둔 술이라고 설명했다. 라벨을 보니 꽤 고가의 양주였다. 보안관이 고블릿잔에 술을 따랐다. 잔을 받은 이형사가 머뭇거리자 보안관이 묘한 웃음을 지었다.

"걱정 안 하셔도 됩니다. 청산가리는 들어 있지 않으니까요."

증명이라도 하듯 보안관이 술을 한 모금 마셨다. 음주는 계획에 없는 일이었다. 술은 판단력을 흐리게 만든다. 그러나 반대로 상대의 판단력 역시 흐려지게 할 수 있다. 관건은 주량인가. 이형사도 고블릿잔을 들었다.

한동안 두 사람은 말없이 술을 마셨다. 인정하기 싫었지만 이형사는 시간이 지날수록 보안관이라는 이 남자에게 호감이 갔다. 그는 나이 들었고 고독했지만, 행동거지에 품위가 있었다. 상대가 누구든 예의를 갖췄다. 이형사는 지금 아무런 대화가 오가지 않는데도 전혀 불편한 마음이 들지 않았다. 용의선상에만 오르지 않았더라면, 어쩌면 그를 큰형님처럼 따르지 않았을까 하는 생각도 들었다.

'마음이 통하는 사람을 왜 하필 이런 상황에서 만났을까?'

그를 의심하면서도 한편으로 그가 범인이 아니기를 바라는 자신의 이중적인 모습에 이형사는 당황스러웠다.

"사실 형사님께 궁금한 게 있었습니다."

빈 잔에 술을 채우며 보안관이 물었다.

"주로 밤에 학교를 조사하시던데, 특별한 이유라도 있으신지요?"

누구에게도 대답할 수 없는 따끔한 질문이었다. 이형사는 근무 일정상 문제라며 적당히 핑계를 댔다.

"그러시군요. 그래도 꼭 무언가를 찾으시려는 것처럼 보였습니다. 일반적인 사람은 볼 수 없는…"

"무엇 말씀하시는 건가요?"

이형사가 그를 빤히 쳐다보았다. 당신도 그것이 보이느냐고 소리 내어 묻고 싶었다.

"아무것도 아닙니다."

돌아온 대답은 김빠지는 소리였다. 어쨌든 화제는 자연스럽게 실험실 살인사건으로 이어졌다.

"형사님, 실험실 사고 현장을 보셨을 때 말입니다."

"네."

이형사가 술을 마시며 건성으로 대답했다.

"뭐랄까… 무언가 외치는 것 같지 않았습니까?"

귀가 번쩍 뜨인 이형사가 술잔을 내려놓고 황급히 물었다.

"혹시 다잉메시지를 보셨습니까?"

"경비원 주제에 그런 게 있다 한들 어떻게 알겠습니까. 다만… 때로는 사람이 아니라 공간이 외치기도 하지요."

이 무슨 선문답인가? 공간이 외친다고? 시적인 표현인가?

이형사는 자세히 설명해달라고 재차 물었지만, 똑 부러진 대답은 돌아오지 않았다. 추궁하면 할수록 능숙하게 달아나는 상대였다. 고블릿잔을 흔들며 보안관을 응시하던 이형사는 지갑에서 포스트 잇을 꺼내 내밀었다.

"익명의 제보자에게 이 쪽지를 받았습니다. 학교에 오래 계셨으니 혹시 짐작 가는 데가 있으신지요?"

수사 정보 유출은 아니었다. 이형사는 보안관이 쪽지를 보낸 장

본인임을 알았지만, 그가 어떤 반응을 보일지 한번 떠보기로 했다. 그러자 보안관도 이형사를 떠보려는 속셈인지, 제보자가 아닌 척하며 어른들의 연극에 동참했다.

"아마도 사건이 발생한 연도를 말하는 것 같군요. 개구리 소년 실종은 1991년이고, 9.11 테러는 2001년, 가습기 살균제 사건이 드러난 해가 2011년, 애틀랜타 스파는 총기 난사 사건을 말하는 것일 테니 2021년이겠고…. 예, 그리고 맞습니다. 안타깝게도 우리 학교 졸업생들이 죽은 해죠."

"10년 주기로 종문 졸업생 중에서 한 명씩 사망했다는 사실을 알고 계셨군요."

"예. 2001년, 2011년, 2021년 장례식에 저도 참석해서 잘 기억하고 있습니다."

의외의 대답이었다. 학교 경비가 재학생은 몰라도 졸업생 장례식에 참석하는 경우가 얼마나 있을까? 그것도 10년 걸쳐 세 번을? 누가 봐도 이해하기 어려운 행동이었다.

"이해하기 힘드네요. 졸업생의 부고 소식은 어떻게 들으셨고, 굳이 장례식까지 참석하실 이유가…."

"그렇지 않습니다. 이들은 졸업 후에도 모교에서 관련된 일을 하고 있었습니다. 오지영 양은 교생, 신미연 양은 연극부 특활 강사, 한사랑 양은 만화부 특활 강사였습니다. 1991년 사망한 졸업생 역시 서무 업무를 맡았었다더군요."

새롭게 드러난 사실에 이형사는 머리가 멍해졌다. 이형사가 상부에 이 '10년 주기'를 보고하지 않은 까닭은 사인이 명확했기 때문이다. 자살, 자살, 자살, 자살. 네 건 모두 음독자살이었다. 처음엔 10년마다 벌어지는 음독자살 사건이 의심스러웠지만, 결국 우연이라고 결론 내릴 수밖에 없었다. 조사 결과 그녀들이 직접 독극물을 구매한 경로가 파악되었고, 무엇보다 모두 자필 유서가 발견되었기 때문이다. '하지만 이들이 졸업 후에도 학교 일에 관여했다는 공통점이 있다면? 이것마저 우연이라고 치부할 수 있을까?' 이형사는 다시 포스트잇을 내려다보았다. 마지막 5번 '베이징 동계 올림픽'이 계속해서 마음에 걸렸다.

"1번부터 4번까지 연도는 10년 간격인데 5번이 뭔지 모르겠습니다. 2022년은 이 패턴에 맞지 않는데. 제보자가 2022년을 5번에 쓴 이유는 뭐라고 생각하십니까? 실험실 살인사건을 가리키는 걸까요?"

보안관이 천천히 고개를 저었다.

"제 생각에는 이전 사건들과 실험실 살인사건은 양상이 다른 것 같습니다. 우선 송채영 양은 졸업생이 아니라 재학생이었던 데다, 그리고 무엇보다 다른 점은… 맑았으니까요."

"네?"

이형사의 놀라는 표정을 확인한 보안관이 조심스럽게 말했다.

"형사님은 아직 그것까지는 조사하지 않으셨군요."

"그것이라니요?"

뒤에 이어진 보안관의 대답에 이형사는 술기운이 확 사라졌다.

"날씨 말입니다. 10년마다… 그 사건이 벌어질 때마다… 비가 오지 않았습니까."

파국의 장(章)

방과 후 하늘은 회색이었다. 구름이 무거워질수록 옥상에서 빨래를 거는 선비의 손이 바빠졌다. 평소 집안일을 돕긴 했으나 옥탑방 천재가 입원한 뒤로 모든 일이 선비의 몫이었다.

학생의 눈으로 볼 때 집안일은 불합리의 극치였다. 공부를 열심히 하면 아무리 공부 머리가 없더라도 성적이 1점이라도 오른다. 그러나 집안일은 열심히 하고 또 열심히 해도 아무런 보상이 없었다. 100점 만점에 50점을 넘을 수 없는 시험이자, 조금만 소홀히 하면 마이너스 1,000점까지 떨어뜨려 낙제생들을 양산하는 시험이었다. 요컨대 못할 때만 티가 나는 일이었다.

집안일로 눈코 뜰 새 없는 선비는 아직 교복도 못 벗고 있었다. 그런 사정을 알 리 없는 선우는 옆에서 싱글벙글 비눗방울을 날리며 놀았다. 선비가 가뜩이나 짜증 나 있는데 비눗방울이 바람을 타고 날아와 자꾸 빨래에 닿았다.

"그만해. 빨래 다 젖잖아!"

선비가 성큼성큼 선우에게 다가가더니 비눗방울 장난감을 빼앗아 바닥에 내팽개쳤다.

"형아미워!"

망가진 장난감을 보고 울상이 된 선우가 쪼르르 옥탑방 안으로 들어갔다.

선비가 크게 한숨을 내쉬고 다시 빨랫줄 앞에 섰다. 그때 톡 손등에 빗방울이 떨어졌다. 하늘을 올려다보자 뇌우 속 번개가 실핏줄 모양으로 번쩍거렸다. 곧이어 하늘이 무너질 듯한 소리를 내며 천둥이 쳤다. 마음이 급해진 선비가 빨랫줄에 걸린 빨래를 대충 바구니에 던져 넣은 뒤 재빨리 들고 뛰어가 옥탑방 문고리를 잡았다. 그런데 아무리 손잡이를 돌려도 문이 꿈쩍도 하지 않았다.

"야! 문 안 열어! 죽을래?"

"미령이 저봐버노 알료주며느 여려쥐지롱 히히."

문 안쪽에서 장난스러운 목소리가 새어 나왔다. 기운이 빠진 선비가 빨래 바구니를 내려놓고 문에 이마를 가져다 댔다.

"지금 번호 불러주면 전화할 수 있어? 너 숫자 못 외우잖아?"

문을 사이에 두고 대화하던 형제 사이에 잠시 차가운 침묵이 흘렀다.

"넌 왜 가장 착한 사람을 괴롭혀? 미령이가 왜 너 때문에 죄책감을 가져야 해? 아무리 멍청해도 불공평한 것 같다는 생각 안 들어? 네가 미령이를 얼마나 힘들게 하는 줄 알아? 마지막까지 버틴 가장 착한 사람이 왜 가장 힘들어야 하냐고! 너는 그런 존재야. 이해 못 하지? 반푼이니까!"

"형아랑 안노라!"

악을 쓰는 목소리를 들으면서도 선비는 냉담했다.

"너 살아서 뭐 할 거야, 응? 그런 인생 살아봤자 무슨 의미가 있냐고! 평생 병신 소리 듣고 놀림감이나 되면서 계속 살고 싶어? 내가 너라면 진즉에… 씨발 문 열라고!"

정수리에 빗방울이 떨어지자 선비가 고함을 질렀다. 동시에 천둥이 치더니 솨아 본격적으로 비가 내리기 시작했다. 머리에 쏟아진 빗물이 삽시간에 목덜미를 적셨다.

"아니아니아니야 거짓말!"

문밖으로 선우의 울부짖음이 넘어왔다. 선비는 계속 문을 흔들며 열라고 소리쳤고, 그렇게 실랑이하는 중에 핸드폰 문자 메시지 도착 알림음이 울렸다.

선비가 인상을 쓴 채 메시지를 확인했다.

"오늘 오후 6시. 학교로 오도록."

또 봄이 보낸 문자다. 핸드폰 사용법을 제대로 모르는지 봄은 오늘 똑같은 문자 메시지를 벌써 50개나 보냈다. 두 사람이 양쪽에서 선비를 가만히 내버려 두질 않았다. 마치 낡은 샌드백이 된 느낌이었다. 선비가 핸드폰을 움켜쥐었다.

'그래, 간다.'

가서, 다시는 아는 척하지 말라고 김봄에게 경고할 것이다. 잠긴 문을 걷어차며 선비가 소리쳤다.

"그래, 안 들어갈게. 너 혼자 굶어 죽어!"

옥탑 마당에 빗물 튀는 소리가 요란했다. 우산을 찾으려 두리번거리던 선비가 옥탑방 안에 우산이 있다는 사실을 깨달았다. 정말 되는 일이 하나도 없는 날이었다. 난간 너머로 보이는 고가도로에서 헤드라이트 불빛이 질주했다. 선비는 비에 젖은 무거운 교복을 입은 채 계단을 내려갔다.

◇◇◇◇

추적추적 내리던 비가 어느새 시끄러운 폭우로 바뀌었다. 굵은 빗방울이 쉴 새 없이 교실 창문을 때렸다. 어둑한 학교 복도를 걷던 소희와 예하가 번쩍 번개가 치자 누가 먼저랄 것 없이 서로 팔짱을 꼈다.

오늘 봄은 탐정단을 긴급 소집했다. 혹시 실험실 살인사건의 단서를 찾아낸 걸까? 잠시 그런 기대도 해봤지만 소희는 고개를 저었다. 봄은 한 번도 사건 해결에 집중한 적이 없었다. 그렇다고 방과 후 학교 교실에서 화투나 치자고 부른 건 아닐 테고. 예측 불가능한 또라이의 마음을 누가 알까?

사실 소희가 학교에 남은 이유는 아직 예하에게 학교를 떠난다는 말을 하지 못해서였다. 쉬는 시간마다 이야기를 꺼낼 타이밍을 잡으려 했지만, 떠난다는 말이 쉽사리 나오지 않았다.

지금이 작별 인사를 할 타이밍인가 하고 고민하던 중 어느새 3학년 4반 교실 앞에 다다랐다. 문을 열자 기묘한 광경이 펼쳐졌다. 교실에 수십 개의 촛불이 으스스하게 켜져 있었다. 교단엔 교탁 대신 커다란 나무 상이 서 있었고, 그 위에 고기, 나물, 약과, 떡, 과일 등이 상다리 휘어지게 차려져 있었다. 봄은 한복을 차려입고 다소곳하게 상 앞에 앉아 있었다. 얼굴엔 화장까지 했다. 귀신처럼 하얗게. 먼저 교실에 발을 내디딘 예하가 물었다.

"선녀님, 혹시 교실에서 굿을 할 생각이십니까?"

"고백."

맙소사. 소희는 말문이 막혔다. 이야기를 들어보니 봄은 여기서 선비한테 고백을 하겠단다. 아무리 상식이 없어도 정도가 있지⋯.

"누가 한복을 입고 고백을 해? 이 제사상은 뭐고, 으스스한 촛불은 다 뭐야?"

"결혼식 전에 약혼식이 있고, 약혼식 전엔 고백식이 있지 않겠느냐. 중요한 날엔 격식을 차려야 예의지."

"살다 살다 고백식이란 말은 첨 듣는다."

"됐고, 너희들은 선비가 오면⋯."

분위기 좀 띄우란다. 이것 때문에 긴급 소집을 한 거였어? 소희가 이마를 짚었다. 우리가 무슨 이벤트 도우미냐? 부채춤이라도 춰 줘야 하냐? 넌 내가 요즘 얼마나 힘든지 모르지.

"선녀님은 선비가 정말로 그렇게나 좋으십니까?"

예하의 물음에 봄은 대답하지 않았지만, 얼굴에 다 쓰여 있었다. 좋아 죽겠다고.

이런 막무가내식 외사랑을 본 적 없는 소희는 의문이 들었다.

"너 혹시 초등학교 이후로 또래 남자애를 처음 봐서 착각하는 거 아냐? 왜《미운 오리 새끼》에서도 알에서 깨어난 백조가 눈을 뜨 자마자 오리를 보고 엄마라고 생각하잖아. 그런 걸 각인 효과라고 하거든? 미운 오리 새끼처럼 너도 8년 만에 처음 이야기해본 남자 애를 운명이라고 착각하는 걸 수도 있잖아. 세상의 반은 남자야. 선 비가 아니더라도 앞으로 얼마든지 더 괜찮은 사람을 만날 수 있다 고."

봄이 단호하게 고개를 저었다.

"쯧쯧. 짧은 인생 이것저것 따지다 언제 제 짝을 찾겠느냐. 척 보 고 요놈이 내 놈이구나, 딱 짚어야지. 우리 선비가 얼마나 귀여운지 보기만 하면 깨물어주고 싶구나. 대견하게도 생명선은 또 어찌나 긴지."

"아무리 무당이라도 손금 보고 연애 상대를 정하냐?"

하도 어이가 없어서 소희가 따져 물었다.

"모르는 소리 말거라. 내 할아버지도 아버지도 스물다섯을 넘기지 못하셨다. 우리 가문 여자들이 워낙 기가 세서 돌도 씹어 먹을 그 원기 왕성한 나이에 할아버지도 아버지도 피골이 상접해 요절을…."

"혹시, 선녀님 무녀 일족은…."

예하가 목소리를 낮추고 조심스럽게 물었다.

"서방 잡아먹는 팔자…?"

봄은 부정하지 않았다.

"아, 그리운 나의 님이여! 매일 주머니 속에 넣고 다니면서 보고 싶을 때마다 꺼내 보고 싶구나!"

보통 아이가 저렇게 말했다면 귀엽다고 느낄 수도 있겠지만, 봄이 저러니 엽기적으로만 들렸다. 이번엔 한술 더 떠, 봄이 분연하게 일어나 연극 대사 같은 말을 늘어놓았다.

"너희는 모른다. 그리운 님을 떠올리기만 해도 심장이 벌렁거리고, 호흡이 가빠지고, 눈가엔 행복의 눈물이 맺히고, 하늘은 연분홍으로 휘황찬란해지는 이 사랑의 기적을. 그런데 요즘 날 외면하는 선비를 볼 때마다 마음이 아파 견딜 수가 없구나. 아프다, 싸늘하다, 무섭다. 오, 너는 달콤하게 들어와 독을 뿌리고 사라진 뱀이로구나, 독한 뱀 새끼여. 창자가 비틀리고, 허파가 찢어지고, 심장이 터질 것 같아 미치겠구나!"

한복을 입고 혼자 셰익스피어 연극이라도 하듯 독백하던 봄이 탐정단 쪽으로 고개를 돌렸다. 후다닥. 귀신처럼 허연 얼굴이 눈 깜짝할 사이에 두 사람의 코앞까지 다가왔다. 봄이 양손으로 덥석 탐정단의 손을 잡았다.

"나 좀 살려다오."

늘 오만하기만 했던 봄의 눈빛이 간절했다. 이것이 말로만 듣던 상사병인가. 소희는 골치가 아팠다. 지금 내가 남 걱정할 때가 아닌데… 소희는 일렁이는 촛불에 비치는 상을 내려다봤다. 에휴.

"그런데 이 제사상은 어떻게 한 거야?"

"교장실로 찾아가 학교의 발전을 위해 비밀리에 천신굿을 하겠다고 단판을 지었다. 내 명성을 아는 교장이 요즘 학교가 얼마나 싱숭생숭한지 돈 봉투를 주면서 흔쾌히 허하더구나."

"뭐? 돈까지 받았다고? 너 고백이 목적이라고 하지 않았어? 교장선생님한테 사기 친 거야?"

일말의 양심의 가책을 느꼈는지 봄이 소희의 시선을 피하며 나지막이 말했다.

"사랑에 빠진 여자는 무죄다."

"너 유리한 대로 이상한 말 좀 만들어내지 마."

만날 때마다 상식을 깨는, 아마 죽을 때까지 이해하지 못할 아이였지만 노력만은 가상했다. 이제 저 또라이를 볼 날도 얼마 남지 않았다고 생각하니, 소희는 후련하기도 하고 한편으로 섭섭하기도 했다. 자신과 마찬가지로 봄 또한 왕따였다. 선녀집을 나올 때 할머니는 봄이 집에 친구를 데려온 건 처음이라며 눈시울을 글썽이며 자주 놀러와달라고 하셨다. 예하에게 "다 자기 탓이지"라고 말했던 일도 내내 마음에 걸렸다.

'마지막 선물로 카드라도 써줄까?'

소희는 자기 반인 3학년 2반 교실로 향했다. 천둥이 울리자 복도 창문이 흔들렸다.

"이런 날엔 드라큘라도 고백 안 하겠다."

혼자 투덜대던 소희는 3반을 지나 2반 교실 문 앞에 도착했다. 한 손으로 문을 밀었는데 열리지 않았다. 또 이러네. 두 손으로 있는 힘껏 미니 그제야 문이 열렸다.

빗소리가 요란한 불 꺼진 교실 풍경이 삭막했다. 안으로 들어가자 습한 기운이 피부에 불쾌하게 엉겨 붙었다. 소희는 자신의 사물함으로 걸어가 자물쇠 번호를 눌렀다. 안에 들어 있는 스케치북과 싸인펜이면 작은 카드 정도는 만들 수 있을 것 같았다. 그런데 뭐라고 쓰지? 김봄♥선비? 생각만 해도 손이 오그라들었다.

소희는 오글거림에 몸서리를 치며 사물함을 열었다. 순간 무언가가 바닥에 뚝 떨어졌다. 뭐지? 소희는 고개를 숙였다. 그때였다.

히히.

위에서 나는 소리였다.

'착각이야, 착각. 약만 먹으면 돼.'

소희는 애써 진정하려고 했지만, 다리는 제멋대로 후들거렸다. 또 추워졌다. 느낌이 아니었다. 숨을 쉴 때마다 허연 입김이 새어 나왔다. 게다가 자신의 의지와 반대로 고개가 천천히 위로 올라가기 시작했다. 마치 낚싯줄로 물고기를 끌어 올리듯, 어떤 힘이 소희의 턱을 들어 올리고 있었다. 얼굴이 사색이 된 소희의 눈에 신발이 보였다. 허연 입김이 더 커졌다. 고개가 더 올라갔다. 두 다리가 보였고, 그 위에 하얀 치마를 입은 몸이 보였다. 소희의 고개가 획 목이 아플 정도로 끝까지 제쳐졌다. 눈을 감고 싶어도 소용없었다. 결국 보았다. 사물함 위에 한 소녀가 무릎 위로 양손을 모은 채 걸터앉아 있었다.

더 써줘······ 더 읽고 싶어······ 더 읽고 싶어··· 더 읽고 싶어, 더 읽고싶어, 읽고싶어읽고싶어읽고싶어읽고싶어읽고싶어읽고싶어 읽고싶어읽고싶어읽고싶어······.

쉴 새 없이 읽고 싶다 중얼거리던 사물함 위 소녀의 목에, 스윽 붉은 선이 그어졌다. 그 선을 따라 새빨간 피가 흘러내렸다. 소녀의 목이 붉은 선을 따라 미끄러졌다. 목에 붙어 있던 머리가 천천히 내려갔다. 목의 단면이 드러나면서, 아슬아슬하게 붙어 있던 소녀의 머리가 철퍼덕 무릎 위 양 손바닥으로 떨어졌다. 목의 단면에서 피가 뿜어져 나와 교실 천장을 새빨갛게 물들였다

히.

이제 소희의 고개는 점점 아래로 향했다. 소희는 교실 바닥에 뒹구는 잘린 머리를 보았다.

붙여줘······ 붙여줘······ 붙여줘··· 붙여줘, 붙여줘, 붙여줘붙여

줘붙여줘붙여줘붙여줘붙여줘……

소녀의 머리가 울면서 애원했다. 어어어어엉! 울음소리가 고막을 찢을 것 같았다. 어어어어어어엉! 소희는 춥고, 귀가 아프고, 눈앞이 어지러워 숨이 막히고 정신이 혼미해졌다. 비틀거리던 소희가 있는 힘을 다해 비명을 지르며 바닥에 주저앉았다.

비명을 들은 봄과 예하가 헐레벌떡 2반으로 달려왔다. 아이들이 오자 바닥에 주저앉은 소희가 힘없는 손가락으로 사물함을 가리켰다. 예하에게는 보이지 않았지만, 봄은 사물함 위에 걸터앉아 있는 소녀의 목 잘린 몸통과 그 밑에서 울고 있는 머리를 번갈아 바라보았다. 그리고 사물함에 다가가 바닥에 떨어진 노트를 들어 올렸다.

"저주의 일기장…"

공포에 질린 소희가 봄을 향해 말했다. 그 순간 왜 그렇게 단정했는지는 알 수 없었다. 마치 보이지 않는 화살이 날아와 머릿속에 박히듯 그것이 저주의 일기장이라는 확신이 들었다. 다른 차원의 감각이었다.

'내가 어떻게 알고 있는 거지? 왜 내 사물함에 있었던 거지?'

봄이 일기장을 빠르게 넘기며 훑어보더니 한숨을 내쉬었다.

"연애운이 승한 날이라 오늘을 택했더니, 사람의 길일(吉日)이 아니라 그것들 길일이었구나. 사달이 나는 날이었어."

복도에서 누군가 다급히 달려오는 발소리가 들렸다. 교실 뒷문이 활짝 열렸다.

"무슨 일이야?"

문 앞에 선비의 얼굴이 보였다. 비명을 듣고 급하게 뛰어온 모양인지 숨소리가 거칠었다.

주저앉아 있는 소희를 본 선비가 사물함 쪽으로 다가왔다.

"소희야, 괜찮아?"

파르르 떨리는 소희의 입에선 아무 말도 새어 나오지 않았다.

사물함 앞에 서 있던 봄이 다짜고짜 선비에게 다가가 일기장을 건넸다.

"너 왜 한복을 입고 있어? 그리고 이건 뭐야?"

"저주의 일기장."

비틀거리며 일어난 소희가 봄을 대신해 말했다.

선비가 두리번거리며 눈을 깜박거렸다.

"마, 말도 안 돼. 저주의 일기장이라니. 그냥 학교마다 하나씩 있는 괴담인 거잖아? 그리고 왜 이걸 나한테…"

순간 봄이 비에 젖은 선비의 옷깃을 쥐어짜듯 움켜쥐더니 힘껏 잡아끌었다.

"양기가 있는 자만이 밖으로 가지고 나갈 수 있다 이걸 들고 빨리 학교에서 벗어가거라. 한시라도 지체하면 모두가 위험해지니!"

얼떨결에 일기장을 받았던 선비의 품에서 일기장이 꿈틀대기 시작했다. 물고기처럼 펄떡거리는 일기장에 선비는 아연실색했다. 선비 또한 무언가 초현실적인 에너지를 느낀 것 같았다.

"어서!"

봄이 소리치자 선비가 일기장을 꼭 안은 채 교실 밖으로 뛰어나갔다. 봄은 사라지는 선비의 뒷모습을 애절한 눈길로 바라보았다.

겨우 정신을 차리고 사물함에 등을 기댄 소희가 봄에게 물었다.

"양기가 있는 자는 남자를 말하는 거 맞지? 왜 남자만 일기장을 옮길 수 있어? 음양의 조화와 관계가 있어?"

봄이 소희에게 고개를 돌리며 대답했다.

"남녀와는 상관없다만, 우리 선비가 위험해지면 어떡하느냐. 지금 피신시키지 않으면 죽을지도 모르는데."

"자, 잠깐. 주… 죽다니?"

소희의 등줄기에 식은땀이 흐르며 소름이 돋았다.

"안타깝지만 오늘이 그런 날이다. 이곳에서 누구 하나 죽어야 하늘이 풀리는 날. 이런 날엔 아무리 생명선이 길어도 안전하지 못해."

"결국 그 말은…"

소희가 봄을 뚫어지게 쳐다봤다.

"선비는 죽으면 안 되고, 우린 죽어도 괜찮다는 거야?"

"내가… 지켜주마."

말은 그랬지만 봄답지 않은 자신 없는 말투였다. 소희는 믿음이 가지 않았다. 애초가 지킬 자신이 있었다면 오매불망 기다리던 선비를 학교에서 탈출시킬 리 없었다.

소희가 봄에게 확답을 받으려고 말을 꺼내려는 순간이었다. 어떤 기척을 느꼈는지 봄이 무서운 눈으로 복도를 노려보았다.

"거기 서, 검정 교복!"

치맛자락을 날리며 봄이 복도로 뛰어갔다.

"야, 어디가? 우리 지켜준다며!"

봄까지 사라지자 다시 공포가 엄습했다. 옆에서 예하가 팔짱을 끼고 몸을 떨었다.

"하늘에 계신 우리 아버지. 아버지 이름이 거룩히 빛나시며…."

주기도문을 외우는 예하의 목소리가 빗소리에 섞여 습한 교실에 울렸다.

◇◆◇◆◇

비가 쏟아지는 운동장이 질척거렸다. 엄청난 폭우로 빗물이 온전히 배수구로 빠져나가지 못했다. 진흙탕이 된 운동장을 가로지르던 선비의 눈앞에 환한 빛이 쏟아졌다. 빠앙! 빠앙! 연신 클랙슨이 울렸지만, 정신없이 달리던 선비는 정지해 있던 자동차 보닛에 부딪히고 말았다. 그 충격에 품에 안고 있던 일기장이 떨어졌다. 차 문을 열고 커피색 QM3에서 내린 이형사가 선비를 일으켰다.

"학생, 괜찮아?"

선비가 멍한 얼굴로 고개를 끄덕였다.

"같이 병원에 가자."

"괜찮다니까요!"

선비가 부축해주던 이형사의 손을 뿌리치고 비에 젖은 일기장을 주웠다. 그러고는 뒤도 돌아보지 않고 허둥지둥 교문 밖으로 뛰어 나갔다.

소중한 보물처럼 일기장을 품에 안은 선비가 비를 맞으며 달렸다. 비바람이 얼굴을 때렸지만, 심장이 터져라 폭우가 몰아치는 거리를 첨벙첨벙 내달렸다.

옥탑방으로 올라온 선비가 바쁘게 문을 두드렸다. 선우가 이번에는 순순히 문을 열었다.

"형아 감기 거리게따."

머리부터 발끝까지 흠뻑 젖은 형을 본 선우가 걱정스럽게 말했다. 선비는 대답하지 않고 책상 앞에 앉았다. 엉덩이가 축축했고 온몸이 오들오들 떨렸다. 물에 젖은 일기장을 나비의 날개를 만지듯 조심스럽게 펼쳤다. 과연 소문대로 사랑의 문구로 가득했던 소녀의 일기장은 페이지를 넘길수록 증오와 저주의 낱말로 채워지기 시작했다.

'정말로 존재했다니…'

선비는 일기장의 마지막 페이지를 확인했다. 페이지가 찢긴 자국이 보였다. 그 또한 소문 그대로였다. 예전 종문여중 시절에 저주의 일기장을 발견한 한 선배가 저주가 쓰인 마지막 페이지를 찢었다는 애기를 들은 적이 있다. 하지만 저주의 주문은 구전되었고, 종문중학교 학생 대부분은 교가는 몰라도 죽도록 미운 사람을 죽일 수 있다는 그 주문을 외우고 있었다.

"아이고아이고~ 유고오유고~ 또또오오봇 또보~."

일기장을 덮은 선비가 고개를 돌렸다. TV 앞에서 선우가 또봇 장난감을 가지고 놀고 있었다. 근심 걱정 없는 동생의 뒷모습을 보자 선비의 눈이 점점 사나워졌다.

'너만 버린 거야. 엄마는 모자란 너만 버린 거야. 너만 없으면….'

기척을 느낀 선우가 고개를 돌렸다.

"형아 왜에?"

동생과 눈이 마주치자 선비가 두 손으로 얼굴을 닦았다. 마른세수를 마친 선비의 입술이 삐뚤어지며 기분 나쁜 미소를 만들어냈다.

"우리 촛불놀이 하지 않을래?"

◇◇◇◇

빗소리로 요란한 불 꺼진 복도에 한 줄기 빛이 위태롭게 앞을 밝히며 나아갔다. 겁에 질린 소희와 예하가 핸드폰 플래시를 비추며 조심스레 복도를 걸었다. 밤이라서 이런가? 소희는 복도가 아니라 물방울이 떨어지는 동굴 속을 야간탐험하는 기분이 들었다. 학교를 빠져나가기 위해 계단으로 걸어가던 두 사람이 멈칫했다. 계단

317

아래쪽에서 발소리가 들렸다. 규칙적인 구둣발 소리가 메아리처럼 울렸다.

"누, 누구세요?"

소희의 핸드폰 플래시가 계단을 비췄다. 대답 대신 계단을 올라오는 발소리만 선명하게 들렸다. 또각. 또각. 또각. 핏기가 가신 얼굴로 계단 아래를 바라보던 탐정단은 구둣발 소리의 주인공이 나타나자 동시에 입을 벌렸다.

"유진아!"

플래시 불빛이 유진의 얼굴을 비췄다. 유진이 불빛을 정면으로 응시했다.

"왜 내 전화 씹어요?"

무표정한 얼굴이 낯설고 섬뜩했다. 탐정단이 천천히 유진을 향해 걸어갔다. 그때였다.

뚜벅. 뚜벅. 뚜벅.

또 다른 발소리가 들렸다. 유진이 혼자가 아니었나?

유진의 등 뒤에 검은 실루엣이 나타났다. 그리고 무언가가 번쩍였다. 번개는 아니었다. 유진 뒤에 선 남자가 칼을 들어 올렸다. 그 순간 또 다른 사람의 목소리가 울려 퍼졌다.

"칼 버려!"

깜짝 놀란 소희가 뒤를 돌아봤다. 뒤편 계단으로 올라온 이형사가 총을 겨누고 있었다.

그제야 유진이 상황을 파악했는지 등 뒤를 확인했다. 칼을 본 유진이 비명을 질렀다. 유진이 탐정단을 지나 이형사에게 달려갔다. 칼을 든 남자는 총이 무섭지 않은지 기계적인 걸음으로 천천히 다가왔다. 겁에 질린 유진이 이형사 뒤에 숨었다.

소희는 예하의 손을 잡고 뒷걸음치며 플래시 불빛을 올렸다. 칼은 든 남자의 얼굴이 드러났다.

늘 선하기만 하던 보안관의 눈매가 풀려 있었다.

◈◈◈

빗물이 흘러내리는 옥탑방 창문에 아늑한 불빛이 일렁거렸다. 형광등이 꺼진 방 안에 두 개의 초가 불을 밝혔다. 흔들리는 촛불은 방안에 강한 음영을 만들어내며 공간을 고무줄처럼 넓혔다 줄였다. 일기장을 가운데 두고 선비와 선우가 마주 앉아 있었다. 선우는 재미난 놀이를 하는 줄 알고 싱글벙글 웃었다.

이름 없는 무명이여, 무명이여, 무명이여.

우리에게 물을 채워 주소서.

무명이여, 무명이여, 무명이여.

당신께 빈 그릇을 바치나이다.

선비가 주문을 외웠다. 바람을 따라 휘어지는 빗줄기가 유리를 깨부술 기세로 거세게 옥탑방 창문을 때렸다.

탕!

귀가 얼얼한 소리가 울렸다. 무의식은 의식보다 빨랐다. 머리가 총소리라고 인식하기 전 본능이 먼저 저것은 위험한 소리라고 경고했다.

메케한 화약 냄새가 뱀의 목구멍 같은 학교 복도를 따라 퍼져나갔다. 총구에서 뿜어져 나온 연기가 무의미한 문양을 그렸다.

그러나 복도에는 의식도 무의식도 느끼지 못하는 사람이 있었다. 연기가 흩어지자 칼을 들고 다가오는 보안관의 모습이 나타났다.

총을 든 이형사가 허망한 표정을 지었다. 이제 어쩔 수 없었다. 물리적 순서가 왔다. 약실에 끼워져 있던 공포탄은 폭음을 내뿜으며 제 할 일을 마쳤다. 지금부터는 실탄의 차례였다. 리볼버의 다섯 개 약실 중 첫 번째 빈 약실과 두 번째 공포탄 뒤로 세 개의 실탄이 남아 있었다. 이형사는 총기 사용 매뉴얼에 따라 두 손으로 손잡이를 감아쥐었다. 총구 너머로 탐정단이 보였다.

"권소희! 주예하! 빨리 내 뒤로 와!"

처음에 이형사는 보안관의 다리를 쏘아 저지할 생각이었지만, 두 아이의 교복 치마가 시야를 가렸다. 탐정단은 발등에 못이라도 박힌 듯 이형사와 보안관 사이에서 벌벌 떨고만 있었다.

"언니들! 조심하세요!"

이형사 뒤에서 그의 옷깃을 잡고 있던 유진이 말했다. 이형사 역시 급한 마음에 움직이라고 계속 소리쳤다.

소희의 고개가 천천히 움직였다.

"다, 다리가 안 움직여요."

얼굴이 눈물범벅이 된 소희가 울먹이며 말했다. 예하도 마찬가지였다. 극도로 긴장한 상태에서 몸이 경직될 수 있다지만, 두 아이가 저렇게 꼼짝하지 못하고 얼음처럼 서 있는 모습은 이해하기 어려웠다.

결국 총구는 보안관의 얼굴을 향했다. 초점이 없는 그는 눈은 술에 취한 듯 약에 취한 듯 몽롱했다. 영원히 이해할 수 없는 꿈에 취한 것도 같았다. 방아쇠에 닿은 이형사의 손가락이 떨렸지만, 아이들의 안전이 최우선이었다. 더이상의 경고 사격은 무의미했다. 이형사는 한쪽 눈을 감고 보안관을 겨냥했다.

그때 이형사의 옷깃을 잡고 있던 유진의 손이 풀렸다

'그런데 이 아이는 어떻게 이리도 침착하지?'

그런 의문이 뇌리를 스치는 순간이었다.

푹!

빗소리를 꿰뚫는 기분 나쁜 소리가 이형사의 귀에 또렷이 들렸다. 그 소리와 함께 몸이 한쪽으로 기울어졌다. 옆구리가 너무 뜨거웠다.

"왜…?"

푹!

두 번째 칼을 맞은 이형사가 비명도 지르지 못하고 쓰러졌다.

유진이 칼을 쥔 손으로 입가를 닦았다. 입 주위가 피에로처럼 빨갛게 칠해졌다.

유진이 바닥에 떨어진 권총을 발로 찼다. 복도 바닥에 미끄러지던 권총이 벽에 부딪혀 빙그르르 돌았다. 유진이 피식 웃으며 이형사를 내려다봤다.

"당신은 여중생을 강간하려던 파렴치한 경찰이야. 정의로운 보안관이 당신을 죽이고 정의를 구현한 거지. 그리고 증인은…."

유진이 부들부들 떨고 있는 소희를 손가락으로 가리켰다.

"권소희, 너야."

그러더니 키득키득 웃기 시작했다.

"아니 권소희, 나야."

아무래도 제정신이 아닌 것 같았다. 소희와 예하는 움직이려고 안간힘을 썼지만 보이지 않는 힘에 짓눌려 있었다. 어느새 보안관이 두 사람에게 다가왔다. 앞이 보이지 않을 정도로 숨이 막혔다.

뚜벅. 뚜벅. 뚜벅.

보안관의 발소리가 소희를 지나쳤다. 마치 너희들은 보이지 않는다는 듯. 마치 조종당하는 로봇처럼.

뚜벅. 뚜벅. 뚜벅.

자석의 음극과 양극처럼, 유진과 보안관이 서로 끌리듯 권총이 떨어진 자리를 중심으로 가까워지다가 마침내 만났다. 유진의 작은 손이 보안관의 큰 손에 묵직한 권총을 올려놓았다.

"뭐해, 민철아. 끝내."

보안관이 무표정하게 이형사를 향해 걷기 시작했다. 그 모습을 확인한 유진이 교복 상의 주머니에서 노란 부적을 꺼냈다. 유진이 부적을 벽에 붙이자 우우우우웅 하는 소리와 함께 커튼이 쳐지듯 신비스러운 붉은 빛을 내는 장막이 복도에 쳐졌다.

유진이 꼼짝하지 못하고 떨고 있는 탐정단을 스쳐 지나갔다. 스무 걸음 정도 걸어간 유진이 다시 부적을 꺼내 벽에 붙였다.

우우우우웅.

반대편 복도에도 붉은빛 장막이 쳐졌다. 귀가 먹먹한 소리를 내는 붉은빛 장막으로 양쪽이 막힌 복도는 컨테이너 내부처럼 완벽하게 고립되었다.

옴짝달싹 못 하는 탐정단 쪽으로. 유진이 다가왔다. 앞길을 막는 대문을 호쾌하게 열 듯 유진이 양손으로 탐정단을 밀었다.

손을 맞잡고 있던 소희와 예하가 균형 잃은 플라스틱 마네킹처럼 그대로 넘어졌다. 소희의 눈앞에 다가온 복도 바닥이 무지막지한 충격을 안겼다. 어깨뼈가 부서지는 것 같았다. 소희는 예하와 맞잡던 손이 풀어지자 현실과 이어지던 마지막 감각이 끊어지는 절망을 느꼈다. 일말의 희망으로 이형사가 쓰러져 있는 곳을 바라보았지만, 붉은빛 장막에 막힌 복도 너머는 보이지 않았다.

"힘이 느껴지니?"

유진이 탐정단을 내려다보며 말했다.

"왜 너희가 지금 움직이지 못할까? 힌트를 주자면 중력은 아냐."

"대, 대체 무슨 일이야… 숨이 막혀… 유진아 넌 왜…."

"수다쟁이들 아니랄까 봐 입은 살아있네?"

무엇이 재미있는지 유진이 크게 웃었다.

"아무리 둔해도 느껴질 거 아냐. 누르는 힘이. 그것들이 너희를 누르는 힘이. 수십 개의 그것들이."

유진이 쳐놓은 사악한 결계 안에서 맥박이 뛰는 존재는 귀(鬼)에 짓눌린 소희와 예하 그리고 자유자재로 귀를 부리고 있는 유진, 셋뿐이었다.

◇◇◇◇

이름 없는 무명이여, 무명이여, 무명이여.

우리에게 물을 채워 주소서.

무명이여, 무명이여, 무명이여.

당신께 빈 그릇을 바치나이다.

선비가 두 번째로 주문을 외우자 바닷물 쏟아지는 선실처럼 옥탑방 안의 물건들이 둥실둥실 떠올랐다. 곧이어 지진이 난 것처럼 엄청난 진동이 느껴졌다. 휘청거리는 몸을 가누기 위해 방바닥을 짚은 선비는 주술적 에너지를 온몸으로 체감했다. 평소 괴력난신 따위를 믿는 어른들을 경멸했지만, 물리법칙을 벗어난 초월적 힘에 이성이 잠식되는 기분이 들었다. 경이롭고 무서워서 감히 떠올릴 수도 없는 거대한 존재에게 빌고 또 빌고 싶어졌다.

"우와 초뿔노리 씬난다!"

선우는 눈앞에 둥둥 떠다니는 학용품과 장난감들을 황홀한 눈빛으로 바라보았다. 허공에 떠 있는 주전자 주둥이에서 보리차 물이 갈색 무늬를 만들며 흘러나왔다. 방안에서 펼쳐지는 초현실적인 현상에 선우는 놀이공원에 온 것마냥 즐거워했다.

"우와우와 너므재미따 형아 너므재미따!"

별것도 아닌 일에도 주체할 수 없이 기분이 좋아지는 선우가 흥분에 겨워 외쳤다. 선비는 차마 그런 동생의 얼굴을 볼 수 없었다. 질끈 눈을 감았다.

이제 한 번만 더 주문을 외우면 드디어 저주가 실현된다. 양치질할 때마다 열 번 퉤 하고, 깊은 잠에 빠지면 뜬금없이 만화 주제곡을 부르며 잠꼬대하고, 강아지 앞에서 야옹 하고, 고양이 앞에서 멍멍 하고, 자신을 볼 때마다 함박웃음을 지으며 무작정 달려오는 동생을 다시는 볼 수 없을 것이다.

둥둥둥둥둥둥.

소희의 심장에서 북소리가 났다. 어쩌면 하늘을 찢으며 쉴 새 없이 비명을 내지르는 천둥일지도 몰랐다. 복도 양쪽 기이한 소음을 내는 결계가 스스로 빛을 내며 복도를 붉게 물들였다. 소희는 무너진 터널에 갇힌 공포를 맛보았다. 처음 느끼는 공기였다. 점점 산소가 희박해지는 것 같았다. 숨이 헐떡거리기 시작했다.

"이러니… 정답을… 맞힐 수… 없었지…"

소희가 가쁜 숨을 내쉬며 말했다.

"오컬트는… 추리의 영역이 아니니… 반칙이야…"

힘겹게 호흡하면서도 소희가 말을 이어갔다.

"일, 일기장 저주… 속임수였어…"

몇 마리인지 모를 귀에 짓눌린 소희의 허리가 조금씩 아래로 내려갔다. 온몸의 근육이 풀리면서 축 처졌다. 복도 바닥에 누운 채 소희는 굴곡져 있어야 할 자신의 허리가 편평해지고 있음을 느꼈다. 이대로 시체가 되리라는 생각이 들었다.

"일기장의 저주는… 미워하는 사람을 죽이는 게 아니었어… 영… 영혼을 바꾸는 거였어. 그래서… 그래서…"

마지막 힘을 쥐어 짜내며 소희가 외쳤다.

"두 사람이 필요했던 거야!"

앞이 핑 돌았다. 먹색 천장이 만화경처럼 쉴 새 없이 대칭된 문양을 만들어냈다. 각막 위에 실안개가 떠다니는 것처럼 앞이 뿌옇게 흐려졌다. 어지럽고 몽롱했다. 몇 번의 구역질을 참으며 눈을 부릅뜬 소희의 눈앞에서 흔들리던 실루엣이 하나로 겹쳐졌다. 자신을 비웃는 얼굴이 소름 끼치도록 선명하게 보였다.

"탐정, 그걸 이제야 알았어?"

탕!

붉은빛 장막 바깥에서 총소리가 울렸다. 그 소리가 시원한지 유진이 깔깔대며 웃었다.

총소리의 잔음과 유진의 웃음소리가 사그라진 복도에 소희의 기진맥진한 목소리가 들려왔다.

"역시 수다쟁이라니까. 할 얘기가 그렇게도 많은 거야?"

유진이 무릎을 굽히고 소희의 입에 귀를 가까이 댔다. 어항에서 뜰채로 들어 올린 금붕어처럼 소희가 입을 뻐끔거렸다.

"음악실에서⋯ 동반자살 소동 벌였을 때⋯ 갈아탔지⋯?"

유진이 호기심 어린 눈빛을 짓더니 소희의 상체를 일으켜 세워 벽에 기댔다

"재밌네. 계속해봐."

소희는 크게 숨을 몰아쉰 다음 입술을 움직였다.

"음악실에서⋯ 넌⋯ 수면제를 먹지 않았어. 그 남학생과⋯ 수면제를 나눠 먹었지만⋯ 넌⋯ 약을 삼키지 않았어⋯."

"제법이네."

벽에 기대서인지 한결 숨쉬기가 편해졌다. 소희가 추리를 이어
갔다.

"음악실에서 남학생이 잠든 걸 확인한 넌… 학교 어딘가로 갔어.
아마 동아리실이나 교실이었겠지. 그곳에… 네가 불러낸 한 여학
생이 있었을 거야. 마음에 상처를 입은 아이를… 미리 현혹했겠지.
상처 준 사람을… 주술로 죽일 수 있다고 했겠지. 그 여학생은 음
악실 상황은… 몰랐고…."

"오, 흥미로운걸?"

"넌 여학생과 마주 앉아 의식을 진행했어. 세 번의 주문을 모두
외우고 나자 여학생과 너의 영혼이 바뀌었지. 네 몸으로 들어간 여
학생이 어리둥절한 사이… 넌 미리 준비해둔 베개 같은 걸 이용해
서 네 예전 몸인 최승희의 입을 틀어막아 죽였어. 그렇게 여학생을
죽인 거지."

초현실적인 현상을 믿는 순간 탐정은 더이상 탐정이 아니었다. 그
러나 역설적이게도 그토록 부인했던 것들을 인정한 순간 소희는 진
짜 탐정이 되었다. 소희가 온몸으로 겪고 있는 이 상황은 명백한 현
실이었다. 합리적 사유를 가로막던 벽이 사라지자 추리력이 팽창했
다. 초현실적 세계를 기꺼이 받아들이자 오히려 소희의 이성은 얼
어붙은 바다를 깨는 카프카의 도끼처럼 날카로워졌다.

"넌 질식해 죽은 여학생, 그러니까 네 예전 몸을 업고 음악실로

돌아갔어. 네가 빼앗은 여학생의 몸이 흔적을 남기면 안 되니까, 그건 신발을 바꿔 신든 알아서 했겠지. 음악실에 도착한 너는 너의 빈껍데기일 뿐인 최승희의 몸을 남학생 옆에 눕힌 뒤 붉은 실로 남학생의 손목과 최승희의 손목을 묶었어. 다음 날 사고 현장을 발견한 사람들은 붉은 실에 주목했지. 최승희가 무녀의 딸인 걸 알고 있는 사람들은 붉은 실에 여러 의미를 부여했어. 사랑의 연결이라든지 다음 생에서는 행복해지자는 바람이라든지. 결국 그 일은 로미오와 줄리엣 사건으로 포장되었어. 이루어질 수 없는 사랑의 비극. 애틋한 순애보. 대중이 좋아하는 소재지. 또 당시엔 과학수사가 발달하지 않았으니 자연스럽게 최승희의 사인을 약물 알레르기라고 결론 내렸어. 그렇지만 붉은 실은 그런 감성적인 장치가 아니었어. 무속적인 의미도 아니었고. 그냥 속임수일 뿐이었지. 네가 이동했다는 사실을 감추기 위한!"

짝. 짝. 짝. 복도에 박수 소리가 퍼졌다.

"오오, 훌륭해. 그동안 무시해서 미안해. 나만은 널 진짜 탐정으로 인정할게. 권소희 탐정, 방금 진짜 멋졌어."

탐정단을 시작한 이래 최초로 능력을 인정받은 날이었지만, 소희는 하나도 기쁘지 않았다.

"넌 주술이 없으면 아무것도 아냐. 네 연기는 허점투성이였어."

손뼉을 치던 유진의 손이 멈췄다.

"조금 띄워줬더니 탐정이 좀 건방지네. 요즘 애들은 이래서 탈이라니까."

"유진이는 채식주의자로 유명했어."

순간 유진의 눈썹이 올라갔다.

"그런 아이가 급식 시간에 소시지를 먹을 리 없잖아. 그것도 아이들이 다 보는 앞에서. 무엇보다 유진이는 절대로 연기를 포기할 애가 아니었어. 유진이는 인터뷰 때마다 카메라 앞에서 죽는 게 소원이라고 말했어. 그런데 뭐? 연예계에 양아치들이 많아서 은퇴한다고? 진짜 유진이는 겨우 그 정도로 꿈을 포기할 아이가 아니었어."

이야기를 듣던 유진이 입술을 질끈 깨물었다.

"네가 이전의 몸을 처리하는 속임수도 너무 간단했어. 단지 독만 먹으면 되니까."

"글쎄. 내가 독을 먹으면 내가 죽잖아?"

유진이 소희를 내려다보며 웃었다.

"이제 와서 왜 모르는 척해? 졸업생 네 명의 사인은 모두 음독자살이었어."

"그래서?

"독극물은 곧바로 반응하지 않아. 짧게는 20분에서 길게는 6시간이 지나야 사망하게 돼. 독극물에는 발현 시간이 있다고. 반면 네가 의식을 치르는 시간은 5분이면 충분했지. 넌 미리 유서를 작성하고, 몸을 바꾸는 의식 직전에 스스로 독극물을 마셨어. 영혼이 바뀐 피해자들의 육체엔 이미 독이 퍼져 있었고. 넌 그렇게 처치 곤란한 이전의 몸들을 처리했어. 주술이라는 반칙으로. 그게 아니었다면 넌 절대 성공할 수 없었어. 네가 대단하지 않은 이유를 알겠어?"

유진은 거친 숨을 내쉬었다. 무언가 분한 듯 어금니를 깨물었다.

하지만 소희에게는 여전히 풀리지 않은 의문들이 남아 있었다. 소희는 이형사와 전화 통화 때 10년 주기로 종문여중 졸업생 중 한 명이 죽었다는 사실을 알았다. 그녀들을 조사한 소희는 4명 모두 음독자살인 것을 알게 되었다. 죽은 선배들은 최승희에게 몸을 빼앗겼다. 음악실에서 벌인 로미오와 줄리엣 사건 이후 최승희는 10년마다 몸을 갈아탔고, 이전의 육체는 곧바로 죽임을 당했다. 그런 최승희가 지금은 유진의 몸을 지배하고 있다. 여기까지는 추론할 수 있었다. 그러나…

"왜 10년마다 몸을 갈아탄 거지?"

"유통기한."

"뭐?

부드러운 유진의 손이 소희이 빰을 쓰다듬었다.

"세상엔 읽는 책이 아니라 받아들여지는 책이 있어. 어머니 굿당에도 그런 책이 있었지."

과거를 회상하며 유진의 몸을 강탈한 최승희가 말을 이었다. 굿당에는 한자만 잔뜩 쓰여 있는 고서들이 있었다. 어머니는 책 내용은 알지 못했다. 한학 권위자를 찾아가 물어본 적도 있지만, 맥락 없는 글자의 나열일 뿐이라는 대답만 돌아왔다. 책이라고 볼 수 없다고 했다. 어린 최승희는 그를 비웃었다. 대학 교수라는 사람이 어린아이보다 까막눈이라니. 어려서부터 그녀는 알고 있었다. 책이 말을 해주었다.

"난 책에 담긴 원혼의 목소리를 들을 수 있었어."

책이 목소리로 들려준 이야기는 이랬다. 임진년(壬辰年)에 시작된 전쟁이 막바지에 다다랐을 무렵이었다. 권세 높은 양반가 도련님과 몰래 사랑을 나누던 무명씨(無名氏)에게 비극이 찾아온다. 무명씨는 무녀의 딸이었고, 도련님과의 관계가 발각되자 홀어머니와 함께 온갖 수모를 당한 뒤 고향에서 쫓겨난다. 하지만 고달픈 타향살이 와중에도 무명씨는 희망의 끈을 놓지 않았다. 언젠가는 완성될 것이었다.

어머니가 잠든 틈에 몰래 고향으로 돌아온 무명씨는 활기 넘치는 마을 분위기에 기이함을 느낀다. 그녀는 장터로 향하던 보부상에게 무슨 일인지 물었다.

"처자는 아직 소문 못 들었는가? 내일 이씨 집안 도련님이 혼인을 올리잖아. 소를 두 마리나 잡는다는군. 온마을 사람들이 모일 거야. 잔치가 크게 벌어질 거라고."

비가 내린 그날 밤, 황량한 언덕을 오른 무명씨는 전쟁 통에 새카맣게 타버린 은행나무에 줄을 걸고 목을 맸다. 다음 날 은행나무 주위로 마을 사람들이 몰려들었다. 그들 중 무명씨를 애도하는 사람은 단 한 명도 없었다. 마을 사람들은 나뭇가지를 차지하기 위해 아귀다툼을 벌였다. 처녀가 목맨 나뭇가지에는 병을 퇴치하는 신묘한 기운이 서린다는 미신을 그들은 믿고 있었다. 그들 중 병들지 않은 가족을 둔 이가 없었다. 나뭇가지를 서로 차지하려는 수많은 발에 무명씨의 시신이 짓밟혔다.

"무명씨는 죽기 직전 옛 굿당에 들려 책을 써 내려갔어. 도련님에게 한자를 배웠지만 아직 문장을 만들 수준은 아니었지. 자신이 아는 한자를 아무렇게나 적었지만, 여인의 한과 정념은 고스란히 책 속으로 들어갔어. 그 책이 같은 자리에 지어진 우리 집 굿당에서 모셔졌던 거야. 신기를 가진 사람은 머리가 아니라 몸으로 현상을 읽어. 그때 난 그냥 알았어. 자신이 도련님과 혼인하는 그 양반가의 딸이길 바랐던 무명씨의 원한을. 그리고 언젠가 내가 그 책의 힘을 사용하리라는 것도. 그 언젠가가 왔을 때 난 주저하지 않고 책 속 원혼을 내 일기장에 옮겼어. 그런데 원혼과 함께 제약도 딸려왔지. 날씨와 시공간의 제약이."

힘없이 벽에 기대 있던 소희는 허탈한 표정을 감추지 않았다. 수수께끼를 제대로 풀지 못한 탐정에게 범인이 직접 사건의 전말을 설명해준 꼴이었지만 자책하지는 않기로 했다. 귀신 들린 책, 유통기한, 육체강탈, 환령(換靈)… 어차피 탐정의 추리 영역이 아니었다.

소희는 눈을 감았다. 학원 화장실에서, 집에서, 오늘 교실에서 본

목 잘린 소녀는 헛것이 아니었다. 결국 자신이 정신병에 걸린 게 아니었다는 사실만이 유일한 위안이었다.

어어어어어엉.

눈을 감아서일까. 복도에서 수많은 그것들의 울음소리가 들리기 시작했다.

어어어어어엉… 읽고 싶어… 붙여줘…… 풀어줘…….

그런데 이상했다. 정신을 뒤흔들었던 그것들의 아비규환과 울부짖음이 이제는 끔찍하게 느껴지지 않았다. 시간이 지날수록 슬픈 노래를 들을 때처럼 말로 설명할 수 없는 애처로운 감정이 마음에 물들었다. 봄과의 대화가 기억났다.

"이상한 일이로구나. 이 오래된 학교에 그것들이 없을 리가 없는데. 도통 보이질 않는다니."

"귀신들이 숨어 있다는 뜻이야?"

"아니면 갇혀 있는지도."

소희는 눈을 떴다. 그동안 자신에게 찾아온 그것들은 악귀가 아니라 노예였다. 최승희의 명령을 따르는 병졸이자 죽어서도 최승희의 속박에서 벗어나지 못하는, 위로해주려고 해도 닿을 수 없는 불쌍한 영혼들이었다.

"왜 그랬어? 죽어서도 안식을 얻지 못하게 하는 건 너무 가혹하잖아."

자신들의 슬픔을 대변해주자 그것들이 귀가 아플 정도로 울부짖었다.

"신성한 학교에 잡귀들이 설치는 꼴은 볼 수 없지."

유진이 비열한 웃음을 지었다.

"선배가 모교를 이렇게나 생각하는데 고마워는 못할지언정 비난
은 말아야지. 비록 한 마리를 놓치긴 했지만…"

소희가 힘껏 고개를 가로저었다.

"궤변은 그만둬. 네 목적을 위해 영혼들을 가두고 이용하는 거잖
아."

"그게 뭐 어때서? 탐정, 기다려. 곧 너한테 들어갈 테니."

새파래진 소희의 입술이 파르르 떨렸다. 가지런한 치아가 다다닥
소리를 내며 위아래로 부딪쳤다. 소희도 사태를 어렴풋이 짐작하고
있었다. 자신의 사물함에서 저주의 일기장이 떨어졌을 때부터. 하
지만 풀리지 않는 의문이 확실히 풀리기 전까지는 버텨야 했다. 죽
더라도 진실은 알고 눈감고 싶었다.

"유진의 몸을 빼앗은 건 작년이잖아? 그럼 기한이 9년이나 남아
있는데 왜 다른 몸을 찾는 거야?"

창밖에서 번개가 번쩍이자 유진의 얼굴에 빗물의 그림자가 드리
워졌다.

"원래는 네 몸 따윈 안중에 없었거든. 그런데 일이 꼬이려니까….
새 몸 얻어서 좋았는데, 막상 들어와보니 유진 이년 췌장암 말기야.
아무리 예쁘면 뭐 해, 죽으면 아무 의미 없잖아."

유진이 교복 주머니에서 약봉지를 꺼내 갈기갈기 찢은 뒤 알약들을 바닥에 흩뿌렸다.

"이 지겨운 약을 하루에 몇 번씩 먹어야 하는지 알아?"

"그래서 송채영을 노렸던 거야?"

"그년 얘기는 꺼내지도 마. 생각만 해도 열 받으니까."

소희가 멍한 표정으로 유진을 올려다봤다.

"네가 죽인 게 아니라고?"

"내가 했다면 타살 흔적을 남겼을 것 같아? 내가 일을 그렇게 어설프게 처리하는 줄 알아?"

자존심 상했는지 유진은 화가 머리끝까지 난 표정으로 실험실 살인사건 범인을 반드시 찾아내 찢어 죽일 거라며 악담했다.

"감히 내 먹잇감에 손을 대다니…."

유진이 예쁜 얼굴을 기괴하게 일그러뜨리며 으드득 이를 갈았다.

"아니지, 그 전에 교장부터 처리해야겠어. 요즘 무슨 바람이 불었는지 민철이한테 추근대더라. 어리바리 주제에 누구한테 꼬리를 쳐. 예전에는 나랑 눈도 못 마주친 년이!"

"그 옛날 너와 교장선생님과의 관계는 알고 싶지 않아. 네가 송채영을 노린 건 맞지?"

분노에 몸을 떨던 유진이 눈을 가늘게 떴다. 그랬다. 유진은 송채영을 낚기 위해 섬세하게 공을 들였다고 했다. 자신이 연예인임을 이용해 송채영에게 접근했고, 은근슬쩍 친구 사이를 이간질해 고립시켰다. 그런 다음 노예로 부리는 그것들을 보내 정신을 쇠약하게 만들었다. 유진은 이 작업을 육체강탈 과정에서 가장 중요한 '혼 흔들기'라고 표현했다. 마치 녹으로 엉겨 붙어 하나가 된 볼트와 너트를 분리하려고 망치로 충격을 주는 것과 비슷하다고 했다.

혼 흔들기가 끝나자 유진은 채영과 디데이를 잡았다. 그러나 의식을 치르기로 약속한 전날 느닷없이 실험실 살인사건으로 송채영이 죽은 것이다.

"탐정단이라면서 아직 범인도 못 잡고 뭐 하고 있었어?"

적반하장격으로 힐난하는 반응에 어이가 없었지만, 어쨌든 정체를 밝힌 마당에 유진이 거짓말할 이유는 없었다.

'그렇다면 송채영은 누가 죽인 걸까?'

또다시 정신이 혼미해지고 호흡이 불안해졌다. 소희는 지친 표정으로 유진을 바라봤다. 마지막 질문이 남아 있었다.

"마지막으로… 한 가지만 물어볼게. 작년에 너는 유진의 몸으로 들어갔어. 그런데 유진이 췌장암인 사실을… 알게 되자 송채영을 노렸지. 유진은 미인이었고 송채영은… 부자였어. 누… 누구나 부러워할 만한 애들이었어. 그런데… 나는 뭐야. 왜 나로 정했어? 난 예쁘지도 않고… 부잣집 딸도 아니잖아."

유진은 잠시 고개를 돌려 창밖에 내리는 비를 감상했다.

"그냥. 생각해보니 평범한 게 제일 나은 거 같아. 이제 나도 남들처럼 소소한 행복을 누리면서 살고 싶어. 민철이 옆에서 영원히."

"너… 진짜… 싸이코야…"

스스르. 벽에 기댄 소희의 몸이 기울어졌다. 숨이 매우 가빴다. 소희의 육체엔 잠시라도 편해지고 싶다는 욕망밖에 남지 않은 것 같았다. 그렇지만 유진은 짧은 안식도 허락하지 않았다. 유진의 구두굽이 소희의 손등을 짓눌렀다. 소희는 손등이 으깨질 듯한 고통에 허우적대며 괴로워했다.

"아파? 그래도 췌장암 걸린 몸보단 덜 아플걸? 걱정하지 마. 너한테 해코지할 생각 없으니까. 내 신상품을 더럽혀서는 안 되잖아. 대신…"

유진이 소희 옆에 쓰러져 있던 예하에게 다가갔다.

"일기장 어디 있어?"

땀으로 범벅이 된 예하는 결의의 찬 표정으로 세차게 고개를 흔들었다. 유진이 온갖 악담을 퍼부으며 협박했지만, 예하는 일기장의 행방을 끝까지 말하지 않았다.

"말로는 안 통하네."

와장창. 유진이 맨손으로 복도 창문을 깨뜨렸다. 가혹한 현실을 알리듯 창밖에서 비바람이 쏟아져 들어왔다. 유진의 얼굴에 투명한 빗방울이 흩날렸다. 깨진 창으로 거친 바람 소리가 매섭게 귀청을 때렸다. 유진은 창틀에 남아 덜렁거리는 유리 조각을 빼냈다.

"내 일기장 어디 있냐고!"

유진이 손에 쥔 유리 조각을 예하의 안구에 들이댔다.

"앞이 안 보이면 어떤 기분일까?"

예리한 유리 조각이 예하의 눈을 찌를 듯 말 듯 가까워졌다.

"일기장을 찾으면…."

예하가 숨을 헐떡이며 말했다.

"소… 소희 몸을 뺏을 거잖아?"

"그게 너랑 뭔 상관인데?"

유진이 헛웃음을 터뜨렸다.

"제1조… 진실을 밝히고…."

들릴 듯 말 듯 예하가 읊조렸다. 소희가 힘겹게 고개를 들어 예하를 바라보았다.

"제2조… 약자의 편에 서고…. 제3조… 정의를 구현한다…. 종문중학교 탐정단 회칙에 의거… 오늘부로 널 탐정단에서… 제명한다."

예하가 유진을 똑바로 응시하며 말했다.

"웃겨. 탐정단이 아니라 또라이단이잖아."

눈을 노리던 유리 조각이 내려와 예하의 볼에 닿았다. 악에 받친 유진이 이를 갈며 협박했다.

"얼굴을 먼저 찢어줄까? 성형수술로도 지울 수 없게 갈기갈기 찢어줘? 사람들이 네 흉측한 얼굴을 힐끔힐끔 쳐다보겠지? 괴물 보듯이."

유진이 힘을 주자 예하의 볼에서 핏물이 흘러내렸다. 그 고통이 소희에게 열 배로 전달되는 것 같았다. 얼마나 아플까. 얼마나 무서울까. 그런데도 예하는 굳게 입을 다물었다. 친구를 지키기 위해서. 바보같이… 내가 뭐라고…. 눈시울이 붉어진 소희가 예하에게 다가가려 했지만 아무리 애써도 팔다리가 말을 듣지 않았다. 있는 힘을 다해 바닥을 긁어 나아가려 해도 깨진 손톱 사이로 흘러내린 피가 허무하게 복도에 잔금을 그을 뿐이었다. 소희는 기지도 못하는 무력한 자신이 미웠다. 볼을 타고 내려간 예하의 피가 바닥에 떨어질 때 소희의 목에서 뜨거운 것이 울컥 올라왔다.

"예하한테 그러지 마!"

제자리에서 벗어나지 못하는 소희가 발버둥 치며 오열했다.

"내 몸 가져! 내 몸 준다고!"

참았던 눈물이 하염없이 흘러내렸다.

"예하는 살려줘… 아프게 하지 마…. 내게 다정했던 유일한 친구야. 내가 일기장 가져올게… 그래서 내 몸 줄게. 다 가져가…. 그러니 제발 예하한테 그러지 마…."

꺼이꺼이 흐느끼는 울음을 비바람도 잠재우지 못했다. 유진은 이제 됐다는 만족스러운 표정을 지으며 유리 조각을 바닥에 던졌다. 바닥에 떨어진 유리 조각이 네 조각으로 깨졌다. 눈물 젖은 소희의 눈망울에 또각 또각 다가오는 죽음의 그림자가 비쳤다. 소희는 울고 있는 예하를 향해 애써 미소를 지어 보이며 마지막 작별 인사를 남겼다. 그때였다.

우우우우웅 소리 내던 결계에서 갑자기 부욱 하고 북 찢어지는 소리가 났다. 견고했던 장막이 균열을 일으키며 표면에 세로로 선이 그어지자, 찢어진 커튼처럼 흐물흐물 바람에 흔들리며 붉은빛을 깜박였다. 펄럭이는 장막 사이로 익숙한 얼굴이 나타났다.

"유일한 친구라니? 그럼 난 유이한 친구인 게냐?"

부드드득. 결계를 마저 찢고 안으로 들어온 봄이 위풍당당하게 서서 말했다. 갑작스러운 봄의 출현에 모두가 입을 다물지 못했다. 그것들마저도.

◇◇◇◇

이름 없는 무명이여, 무명이여, 무명이여.

우리에게 물을 채워 주소서.

무명이여, 무명이여…

암흑 속. 눈을 감고 마지막 주문의 외우던 선비의 손이 움찔거렸다. 마치 천사의 손을 맞잡은 것처럼 손바닥이 포근하고 따뜻했다.

형의 손에 계란을 올려놓은 아우가 말했다.

"헤헤. 배고프지? 내가 삶았다. 형아 주려고."

선비가 눈을 떴다.

천사의 얼굴이 보였다.

고장 난 네온사인처럼 결계가 깜박이며 제멋대로 붉은빛을 내다 말았다 하며 복도에 어지러운 빛을 드리웠다. 번개가 치자 한복을 입은 봄의 그림자가 여러 방향으로 갈라졌다. 천둥소리가 귀청을 때렸다.

"네가 왜 여기에…?"

당황해하던 유진이 이형사를 찔렀던 칼을 꺼내 들고 곧장 봄을 향해 달려들었다.

촥!

무시무시한 채찍 소리가 복도에 울려 퍼졌다.

칼을 들고 멈춰선 유진이 믿기지 않는다는 듯 자기 얼굴을 만졌다. 채찍을 맞은 뺨에서 피가 흘러내리고 있었다.

"말도 안 돼. 이런 일은 있을 수 없어… 이런 일은…."

충격에 빠져 혼잣말을 중얼거리는 유진을 무시한 채, 채찍을 든 봄이 탐정단에게 말했다.

"너희 정말 못됐다."

이제 겨우 안도의 한숨을 내쉬던 소희가 눈을 끔벅거렸다.

"무, 무슨 소리야? 우리가 무슨 잘못을…."

말이 끝나기도 전에 봄이 아이처럼 발을 굴렀다.

"그날 너희들끼리만 노래방 가지 않았느냐! 나는 노래 못 부르는 줄 아느냐? 아니면 내가 마이크 들고 달 타령이라도 부를 줄 알았더냐? 나도 방탄소년단, 이달의 소녀, 애수파, 다 아는 신여성이란 말이다!"

봄의 난데없는 말에 소희가 생각을 정리했다. 가만, 봄이 선녀집에서 화투 치자고 한 날, 우리가 유진이와 노래방 간 거 알고 있었어? 어쩐지 그날 노래 부르던 중간에 문이 살짝 열려 있어서 좀 이상하다 싶었다. 문틈 사이로 탐정단을 노려보는 핏발 선 봄의 눈을 상상하자 소름이 끼쳤다. 저 미저리가 선비도 모자라 우리까지 스토킹한 거야?

"애수파가 아니라 에스파겠지. 그런데 너 지금 이 상황에서 노래방 얘기나 꺼내야겠어?"

그러자 봄이 작심이라도 듯 울분을 토했다.

"나한텐 제일로 중하다. 왜 나만 빼고 너희끼리만 놀았느냐? 그날 서러워서 밤새 얼마나 울었는지 아느냐? 베개가 온통 눈물로 젖어 물베개가 됐다. 여린 소녀의 마음을 갈기갈기 찢어 걸레짝으로 만들어놓으니 속이 시원하더냐? 사랑과 흥이 넘치는 내 마음을 왜 몰라줘? 왜 날 따돌려? 내가 풍류를 얼마나 좋아하는데!"

봄이 막무가내로 떼를 썼다. 분위기 파악 좀 하라고 쏘아붙이고 싶었지만 소희는 꾹 참고 아이 달래듯 봄을 진정시켰다.

"알았어. 너랑 같이 노래방 갈 테니까…."

"쩨쩨하게 한 시간으론 부족해."

"알았다고. 세 시간 하면 되잖아."

"흥! 세 시간을 누구 코에 붙여? 무제한이다. 머리 아플 때까지 불러줘야 속이 좀 풀리지. 어서 약속해!"

실랑이가 계속되자 혈압이 오르면서 소희의 뒷덜미가 뻣뻣하게 당겨졌다.

"그래그래, 약속할 테니 제발 저 유진, 아니 저 최승희 좀 어떻게 해보라고!"

인내심에 한계를 느낀 소희가 아픈 것도 잊은 채 소리쳤다.

독기가 바짝 오른 유진이 칼을 손에 쥐고 봄에게 걸어갔다.

촥! 촥! 촥!

봄이 휘두르는 채찍이 습기로 가득 찬 복도 허공에 어지러운 곡선을 그릴 때마다 유진 몸에서 피 안개가 퍼졌다. 매서운 채찍이 교복을 찢어내며 생채기를 냈지만, 유진은 아랑곳하지 않고 전진했다.

봄은 이번에는 유진의 얼굴을 향해 풋 비웃음을 날리고는 채찍을 내던졌다. 그리고 한복 옆에 매달아둔 복주머니에서 청동방울을 꺼냈다.

따랑따랑. 따라라라랑.

봄이 쉴새 없이 청동방울을 흔들었다.

그 순간 인간이 지를 수 없는 기괴한 비명이 유진의 입에서 터져 나왔다. 복도 창문이 양쪽으로 술렁이며 왜곡된 사물을 비추더니, 수십 개의 유리창에 쩍 갈라졌다. 거미줄처럼 사방으로 뻗어나간

금이 천장과 벽으로 퍼져나갔다.

여기저기 갈라진 천장에서 스르르 먼지가 흘러내렸다. 괴성을 지르며 괴로워하던 유진이 무릎을 꿇었다.

"어디서 끝도 안 되는 잡귀가 뉘한테 덤비느냐. 그동안 네년이 용케도 운이 좋았구나. 날 만나기 전까지는. 세상엔 이런 사람이 있다는 걸 알았어야지. 갑을병정무기경신임계 중 갑 중의 갑이 있다는 것을!"

완성된 음식에 마지막 향신료를 뿌리듯, 봄이 호호호 얄미운 웃음으로 제압을 마무리했다. 유진은 귀를 막은 채 비명을 질러댔다. 잔인하다 싶을 정도의 완벽한 능욕이었다.

정신은 사나웠지만 따라라라랑 따라라라랑 봄의 방울이 흔들릴수록 소희는 몸이 가벼워지는 걸 느꼈다. 점차 근육에 힘이 붙고 팔다리가 자유로웠다. 예하를 향해 기어가던 소희는 어느새 일어서서 손을 맞잡고 친구를 일으켜 세웠다. 전교 왕따였던 두 소녀가 서로 어깨동무를 했다. 두 사람의 그림자가 커다란 붓으로 쓴 사람 인(人)자 모양이 되어 복도에 드리워졌다.

소희는 얼굴에 달라붙은 머리카락을 뒤로 넘기고 방울을 쳐다봤다. 선녀집에 방문했을 때 방울을 보았지만, 그땐 분명히 쇠방울이었는데 지금은 청동방울이었다. 이상한 나침반을 들고 봄이 쉬는 시간마다 찾아 헤매던 천부인 중 하나가 틀림없었다.

"드디어 찾은 거야? 어디서 찾았어?"

"교장실 비밀 금고."

대담한 대답에 소희는 말문이 막혔다.

"굿한다고 사기 친 것도 모자라 교장선생님 금고까지 털었다고?"

대답을 기다렸지만 요란한 방울 소리만 돌아왔다. 예상대로 불리할 때는 입을 닫는 아이다. 그나저나 청동방울이 왜 교장실 금고에 있었을까?

위태롭게 금이 갔던 유리창들이 하나둘 조각나며 복도에 떨어져 내렸다. 소희는 창밖의 콘크리트 구조물을 바라보았다. 겨울방학부터 공사가 시작된 종문문화관은 벌써 5층 높이로 우뚝 솟아 있었다. 가정통신문에 적혀 있던 공사 일정대로라면 여름방학 즈음 완공될 예정이었다.

지난 2월 어느 날 봄은 천부인 중 하나가 종문중학교에 있다는 계시를 받았다고 했는데, 종문문화관 지하 주차장을 만들기 위해 한참 땅을 파내던 시기와 일치했다. 그때 땅에 묻혔던 청동방울이 나오지 않았을까? 역사 시간에 선생님은 이 조그만 한반도 역사가 반만년이나 돼서 아무 곳이나 땅을 파도 유물이 나올 거라고 말씀한 적 있다. 그러면서 공사를 할 때 그런 역사적 유물이 나오면 문화재청에 신고하지 않고 그냥 공사를 강행하는 경우가 비일비재하다고 개탄하셨다.

만약 종문문화관 공사 부지에서 청동방울 같은 유물이 나왔다면 교장선생님은 어떤 선택을 했을까? 일단 그것들을 어딘가에 감추고 예정대로 공사 진행을 지시하지 않았을까?

그렇게 나름의 합리적 해답을 찾아가던 소희는 곧 벽에 막혔다. 그런데 봄은 청동방울이 교장실에 있다는 걸 어떻게 알았지? 또 교장실 비밀금고는 어떻게 열었지?

"금고 비밀번호는 어떻게 알아낸 거야?"

소희의 질문에 청동방울을 흔들던 봄은 별것 아니라는 듯 어깨를 으쓱했다.

"친절하게도 종문여중 대선배님이 알려주시더구나."

기발한 수수께끼 풀이를 기대하며 회색 뇌세포를 활성화하던 소희는 허탈한 표정을 지었다. 대선배님이라 하면? 아, 또 반칙이다.

"검은색 교복…."

수십 년 동안 유진도 잡지 못했다던 숨바꼭질의 달인 검정 교복이 제대로 임자를 만나고 만 것이었다. 독하디독한 봄은 검정 교복을 잡아 협박, 고문, 회유를 섞어가며 천부인의 행방을 물었을 테고, 학교를 떠돌아다니며 이런저런 교내 사정을 아는 검정 교복이 금고 비밀번호를 실토하면서 본의 아니게 금고털이 범죄에 가담하게 됐을 것이다.

'그런데 불법 취득한 물건을 불법 취득한 행위는 일반절도와는 다를까? 이형사님이 정말로 탐정이 되고 싶다면 형사법부터 공부하라고 하셨는데.'

소희는 결계가 쳐진 뒤쪽을 돌아봤다. 복도 너머가 잘 보이진 않았지만, 소희는 이형사를 믿고 있었다. 비록 칼에 찔렸더라도 보안관을 제압했을 거라고. 절대로 총에 맞을 리 없다고. 소희는 조심스럽게 결계 쪽으로 걸어갔다. 벽에는 유진의 부적이 붙어 있었다. 이걸 떼어내면 결계가 사라질까? 소희는 부적을 향해 손을 뻗었지만, 떼어내야 할지 말지 판단이 서지 않았다.

부욱!

결계에서 또다시 북 찢어지는 소리가 났다. 예하와 봄의 시선이 소희에게 쏠렸다.

"나 아무것도 안 만졌어."

소희가 바쁘게 두 손을 흔들며 자신의 결백을 강조했다. 주술이 풀린 듯 결계가 바람에 너풀거렸다.

양손으로 귀를 막고 괴로워하던 유진이 결계 너머로 보안관이 보이자 있는 힘껏 소리쳤다.

"저년 죽여! 민철아! 빨리 저 무당년 쏴버려!"

보안관이 자신의 손에 든 리볼버 권총을 우두커니 내려다봤다.

"하야쿠고치니키테(早くこっちに来て, 빨리 이리로 와)!"

유진이 일본어로 명령하자, 보안관이 고개를 들었다. 무표정한 얼굴이 다가왔다. 규칙적인 구둣발 소리가 봄 뒤에서 멈춰 섰다. 보안관의 오른손이 올라갔다. 총구가 봄의 머리를 겨누었다. 소희와 예하가 피하라고 외쳤지만, 봄은 아랑곳하지 않고 청동방울만 흔들어댔다.

"멈춰!"

결계 너머 쓰러져 있던 이형사가 옆구리를 부여잡고 힘겹게 일어섰다.

"이민철 씨, 당신은 쏠 수 없는 사람이에요. 저는 알아요."

이형사가 벽을 짚으며 한 걸음씩 절뚝절뚝 다가왔다. 오른쪽이 피로 흠뻑 젖은 탓에 발을 내디딜 때마다 오른발 신발 밑창이 도장처럼 바닥에 찍혔다.

"밤마다 그것들이 보입니다. 그것들이 속삭여요. 약 없이는 잠들지 못하죠. 전 왜 그런 형벌을 받았을까요. 제겐 실재하는데 현실은 그걸 인정하지 않아요. 당신도 현실의 법으로 처벌할 수 없습니다. 하지만 당신은 오랜 시간 죄책감에 시달려 왔겠죠. 갚을 수 없는 죄라니요? 이민철 씨 당신은 최승희도 아니고 당신 잘못도 아닌, 그저 죄책감이란 주박에 걸렸던 겁니다."

고통에 찬 표정으로 이형사가 벽에 기대 한숨을 내쉬었다.

"갚을 수 없는 죄를 갚기 위해 당신은 최승희를 도왔습니다. 하지만 그건 죄를 지우는 게 아니었어요. 오히려 다른 업들이 쌓여갔죠. 거지 같은 인생, 처음엔 내 탓이 아니었는데 결국 내 탓이 되고 말아요. 그렇게 살고 싶지 않았지만 그렇게 됐죠? 다들 그렇습니다. 그러니 제발…."

"내가 불을 질렀소. 내가… 내가…."

봄을 겨누고 있던 총구가 소리 날 정도로 흔들렸다. 눈물이 흐르는 소리가 들리는 것 같았다.

"그때는… 없었습니다… 아이들은…. 순찰을 돌 때는 보이지 않았어요…. 분명히 확인했는데…."

"네?"

혼잣말하던 보안관은 흐르는 눈물을 닦고 유진에게 달려들었다.

"무슨 짓이야! 놔줘! 빨리 쏴!"

보안관의 품 안에서 유진이 발버둥 쳤다. 그럴수록 유진을 감싼 보안관의 팔이 단단히 조여졌다. 보안관은 유진을 안은 채 계단으로 올라갔다. 너무 갑작스레 벌어진 일이라 누구도 제지할 수 없었다.

"너희 괜찮니?"

절뚝이며 다가온 이형사가 아이들에게 물었다.

"저희는 괜찮아요. 그보다 형사님 피가 너무…."

소희가 걱정스럽게 말했다.

"전화 좀 부탁할게."

그 말을 먼저 알아들은 예하가 핸드폰을 꺼내 119를 눌렀다.

이형사가 절뚝이는 걸음으로 계단을 올랐다. 그 모습을 본 소희가 따라 올라갔다. 소희는 한 손으로 이형사의 아픈 허리를 감싸고, 다른 손으로 자신의 어깨에 이형사의 손을 올렸다. 두 사람의 눈빛이 마주쳤다. 작은 사람이 큰 사람을 부축하는 생경한 상황이었지만, 서로 아무 말도 하지 않았다. 그렇게 소녀와 형사가 계단을 올라갔다.

꼭대기에 다다랐을 때쯤 봄의 방울 소리가 멈췄다.

옥상 철문이 비바람에 흔들리며 텅텅 벽에 부딪혔다. 옥상으로 나오자 다리가 휘청일 정도로 강풍이 몰아쳤다. 굵은 빗방울 세례로 삽시간에 옷이 다 젖었다.

유진을 강압적으로 끌어안고 있는 보안관이 위태롭게 서 있었다. 그는 옥상 난간 쪽으로 계속해서 뒷걸음질 쳤다.

"이거 놔! 빨리 쏘란 말야!"

유진은 보안관의 팔을 끌어당겨 총을 뺏으려고 안간힘을 쓰다가 급기야 총을 쥔 그의 손등을 깨물었다. 보안관은 입을 일자로 악다물고 고통을 받아들였다. 피 흘리는 손등이 점점 안쪽으로 당겨져 유진의 입을 막았다.

비는 네 사람 모두에게 공평하게 내렸다. 휘몰아치는 빗방울이 연신 시야를 가렸고, 비에 젖은 옷은 무겁게 몸에 달라붙었다. 하늘은 처절한 곡소리를 내며 옥상을 밝힌 뒤 곧바로 어둠 속으로 숨었다. 한기로 몸이 떨렸다. 비로 흠뻑 젖은 팔등에는 닭살이 돋고, 손끝마디 쭈글쭈글 굵은 주름이 졌다.

솨아아아아아.

아프게 얼굴을 때리는 빗방울 때문에 눈이 제대로 떠지지 않았다. 귀가 먹먹했다. 하늘에서 수천 개의 새알이 떨어져 터지는 듯한 소음이 쉼 없이 이어졌다. 비가 무릎 높이까지 튀며 물안개를 만들었다.

소희의 부축을 받던 이형사가 소희를 등 뒤로 물리고 절뚝절뚝 앞으로 나아갔다.

"세상은 몰라도 저는 당신의 고통을 압니다. 당신을 이해하는 단 한 사람이면 족하잖아요? 제가 그렇듯이."

이형사가 얼굴에 흘러내리는 빗물을 닦으며 소리쳤다.

"끌려다니는 건 오늘 끝내요! 생명만으로 기적입니다! 하늘이 속 죄의 시간을 준 거라고요!"

빗속에서 보안관이 회한의 미소를 지었다.

"마지막 술을 함께한 친구가 형사님이라 다행입니다."

보안관의 눈물이 얼굴에 흘러내리는 빗물에 녹아 하나가 되었다. 그는 결심한 표정이었다. 그것을 알아챈 이형사가 빗속을 뚫고 달려 나갔다.

"헛되고, 헛되고, 헛되구나…."

이 말을 마지막으로 보안관은 유진을 껴안은 채 무게 중심을 뒤로 옮겼다.

"안 돼!"

비가 모든 것을 삼켰다. 비극을 막아보려 팔을 뻗은 이형사의 손에 투명한 빗물만 떨어져 내렸다. 기억나지 않는 꿈처럼 난간에 있던 두 사람의 모습이 지워졌다. 잠시 후 결과를 상상하기 싫은 소리가 아래에서 들려왔다.

무자비한 빗줄기가 빗자루처럼 죽음의 소리를 쓸어 담았다. 소희가 질끈 감고 있던 눈을 조심스럽게 떴다. 비바람을 맞으며 이형사가 우두커니 서 있었다. 아무도 위로해줄 수 없을 것 같은 쓸쓸한 뒷모습이었다. 소희는 말을 거는 대신 그와 함께 비를 맞았다.

◈◈◈

시멘트로 뒤덮인 화단에 추락한 두 남녀가 누워 있었다. 눈을 감기 직전, 소녀는 마지막 사력을 다해 보안관 곁으로 기어와 그의 손을 잡았다.

"우리 영원히…."

보안관이 소녀의 손을 뿌리쳤다.

소녀는 마지막 말을 남기고 숨을 거뒀다. 아마도 사랑이라고 한 것 같다.

하늘에 별은 보이지 않았지만, 하늘로 향한 민철의 눈은 편안해 보였다. 핏물이 비에 쓸려 내려갔다. 서서히 눈이 감겼다.

첫사랑과 재회한 기쁨은 잠시뿐이었다 성인이 된 소녀가 찾아와 환생했다고 했을 때, 민철은 그 말을 믿고 말았다. 죽은 지 9년인데 성인이 되어 있을 수는 없었다. 그러나 의심하는 순간 기적도 사라질 것만 같아 불안했다. 다시 찾은 행복을 놓치고 싶지 않았다. 그들은 어엿한 20대 청년이었고 어떤 역경도 헤쳐나갈 힘이 있었다.

일본에서 두 사람은 인생에서 가장 행복한 1년을 보냈다. 어느 날 승희는 한국에서 해결할 일이 있다면서 반년 안에 돌아오겠다고 약속했다. 그녀가 떠나 있는 동안 민철은 지도 교수의 추천으로 어느 글로벌 금융 기업의 경제연구소 연구원으로 내정되었다. 이 기쁜 소식을 승희에게 빨리 알리고 싶었다. 자신 때문에 모욕당하고 자신 때문에 목숨을 잃었던 그녀를 위해 평생 헌신하겠다고 다짐했다. 고난의 길을 지나 나를 찾아온 그녀의 발을 매일 다정하게 씻겨주리라. 그녀의 행복을 위해서라면 목숨도 불사하리라. 다시는 눈물 흘리게 만들지 않으리라.

그렇게 두 계절이 지났다. 그러던 어느 날, 집으로 돌아오는 밤길이 여느 때와 달랐다. 자신의 방에 불이 켜져 있었다. 이날만을 기다려왔던 그는 가방에서 반지 케이스를 꺼냈다. 가쁜 숨을 몰아쉬며 계단을 뛰어올라 행복의 문을 활짝 열었다. 하지만 기다리던 그녀는 보이지 않았다. 방안에는 처음 보는 여중생이 앉아 있었다.

"후루사토데이쇼니쿠라소, 봇짱(故郷で一緒に暮らそう, 坊っちゃん, 고향에서 함께 살자, 도련님)."

끝내고 싶었다. 모든 일이 시작된 곳. 종문중학교가 사라지면 저주의 굴레도 끝나리라 생각했다. 크리스마스이브였다. 방학 중이었지만 혹시 몰라 모든 교실을 돌아봤다. 불 꺼진 학교엔 아무도 없었다. 분명 그렇게 보였다. 민철이 불을 질렀다. 1층에서 시작된 화염은 벽을 타고 2층으로 올라갔다. 하지만 그때 있을 수 없는 일이 벌어졌다. 불길 속에서 아이의 목소리가 들려왔다. 민철은 불길 속으로 뛰어들었다. 다행히 소리를 지르던 아이를 구했지만, 학교에는 두 명이 있었다. 임선영. 그가 죽인 소녀의 이름이었다. 그후로 그 이름을 하루도 잊어본 적이 없다. 아버지 유언대로 한국에 돌아오지 말았어야 했다. 일본에서 끝냈어야 했다. 하루라도 더 빨리.

밤하늘이 하얗게 웃었다.

마지막 번개가 치자 쏟아지는 빗방울이 별빛처럼 반짝였다. 수천수만의 영롱한 빛의 잔치를 끝으로 비극의 막이 내렸다. 한 번도 자신의 인생을 살지 못한 이민철이 그토록 고대하던… 죽음이었다.

고립된 자들의 화해

토요일 아침. 아늑한 카페에 햇살이 내리쬐었다. 이국적인 오두막 건물 앞마당에 푸른 잔디가 펼쳐져 있고, 민들레 홀씨들이 투명한 그림자를 남기며 선선히 떠다녔다. 한적한 야외 테이블에 아침부터 손님이 와 있었다. 두 남녀는 알 리 없었지만, 그들은 이 오두막 무인 카페가 개장된 이래 최초의 아침 손님들이었다. 이곳을 찾는 대부분은 밤의 으슥함을 즐기는 커플들이었다. 그런데 이 아침의 두 남녀 사이에는 일말의 친밀함도 보이지 않았다. 여자의 눈빛엔 날이 서 있었고, 남자의 눈은 허무함에 젖어 있었다.

"송채영을 이용한 건 사실이에요. 하지만 채영이가 그렇게 갈 줄은…"

실토하는 양선생의 얼굴은 야구모자에 가려 보이지 않았다.

이형사의 의자 손잡이엔 목발이 기대어 있었다. 의사는 옆구리 상처가 아물 때까지 안정을 취하라며, 한 달 동안 목발을 짚고 다니라고 처방했다. 그러나 풀어야 할 과제가 남은 사람에게 휴식은 사치였다.

"저와 교장선생님과의 관계는 어떻게 아셨나요?"

"귀신이 알려주더군요."

모자 그늘에 가려진 양선생의 입술이 일그러졌다. 평소 같으면 쓸데없는 농담 집어치우라고 쏘아붙였겠지만, 지금 자신의 처지는 막다른 골목에 몰려 있었다. 양선생은 떨리는 손으로 커피를 마셨다. 주위엔 아무도 보이지 않았다. 반전의 기회는 늘 있는 법.

처음에 양선생은 실험실에 송채영과 함께 있었다는 사실을 강하게 부인했다. 그날 자신은 오후 7시에 집에서 서류를 작성하고 있었다 했다. 하지만 이형사는 그런 반응이 나올 줄 알았다는 듯 하나씩 증거를 내밀었다. 그 시간 양선생이 거주하는 오피스텔 중앙 출입구 카드 기록에 그녀의 출입 내역이 없다는 점, 그 시간의 알리바이를 증명할 수 없다는 점, 그날 밤 돈암동에서 그녀가 탑승한 택시 기사의 증언, 그녀가 야간 순찰하는 보안관의 동선을 알고 있는 학교 관계자란 점.

'어떻게 알았을까?'

그날 오후 양선생은 위치추적을 피하기 위해 핸드폰 액정을 일부러 깨뜨려 수리센터에 맡겼다. 또 학교에서 빠져나갈 때도 담을 넘어 CCTV가 없는 골목을 지나 택시를 탔고, 카드 내역을 남기지 않으려고 현금을 사용했다.

'실수였어. 젊은 여자가 택시비를 현금으로 계산하고 잔돈도 받지 않았다면, 택시 기사에게 어떤 인상이 남았을 거야.'

그날 두둑이 팁을 받은 백발의 택시 기사는 그녀가 차에서 내릴 때 이렇게 립서비스했다.

"손님, 단발이 참 잘 어울리십니다. 오드리 헵번 같습니다."

망할 노인네. 그나저나 저 괴물은 서울에 있는 택시회사를 다 조사한 건가? 모자에 가려진 양선생의 눈이 가늘어졌다. 변명할 수 없는 증거 앞에서 더 반박해봤자 의심만 늘어날 뿐이었다. 도대체 어디까지 조사했을까? 진실을 어디까지 말해야 용의선상에서 벗어날 수 있을까? 한참을 고민하던 양선생은 고해성사를 하는 신자처럼 입을 열었다.

"형사님은 소수자의 삶을 모르실 거예요. 눈치채셨을 테지만 저는…"

양선생은 교장과 연인 관계였다. 그녀는 오직 여성만을 사랑하도록 태어난 반면, 교장은 양성애자였다. 양선생은 그날그날 기분에 따라 남녀를 오가며 성관계를 맺는 교장이 때로는 역겹고, 밉고, 한편으로는 부러웠다. 하지만 사랑에 빠진 양선생은 교장에게 벗어날 수 없었다. 사랑받고 싶었다. 고고하게 빛나는 교장의 사랑을 자신만이 독차지하고 싶었다. 그러기 위해 매일 얼마나 고군분투해야 했던가. 그녀는 시험 문제를 유출하는 하나회 활동이 불법인데도 교장을 위해 헌신했다.

"역시 나한텐 자기밖에 없다니까."

그렇게 속삭이며 교장이 입을 맞춰준 날에는 세상에서 가장 행복한 여자가 되었다. 그렇지만 교장은 그 주 토요일 종로에 있는 서점을 찾았다. 남자도 사랑하는 교장은 이미 알고 있었다. 보안관이 주말마다 종로의 그 서점에서 책을 산다는 것을. 그날 교장은 우연히 만난 척 시치미를 떼고 인사동의 고풍스러운 한옥 식당에서 민철과 함께 저녁을 먹었다. 그후로도 교장은 토요일마다 그와 데이트를 즐겼다.

둘 사이를 의심한 양선생은 보안관을 추궁했다.

"우린 그저 책 친구일 뿐입니다."

그렇게 담담하게 말하는 보안관을 보자 더 화가 나서 견딜 수가 없었다. 결국 그녀는 교장실로 찾아가 어떻게 자신한테 이럴 수가 있느냐고 따졌다.

"사실 민철 오빠네와 우리 집안은 대대로 교류하는 사이였어. 우리는 소꿉친구였지. 일본 유학에서 돌아온 민철 오빠가 어쩌다 보니 내 학교에서 일하게 됐지만, 네가 함부로 대할 사람이 아냐. 혹시라도 오빠를 곤란하게 만들면 아웃시켜버릴 테니 명심해. 그리고 가만, 너 내 뒷조사까지 한 거니? 정말 소름 끼친다."

양선생은 사형선고를 받은 기분이었다. 그녀는 교장 앞에서 무릎을 꿇고 다시는 그러지 않겠다고 애원했지만, 교장은 구질구질한 건 질색이라며 당장 나가라고 소리쳤다. 교장은 사람을 미치게 만드는 팜므파탈이자, 이미 종문재단을 장악했음에도 더 높은 곳을 바라보는 야망가였다. 교장은 교육부 장관이 될 것이라는 목표를 세우고 있었고, 그 전 단계로 교육감 출마를 준비했다. 본격적으로 정치인들과 교류하던 교장은 자신의 성 정체성이 탄로 날 위험 요소를 제거하고자 결국 양선생에게 이별을 통보했다.

그깟 사회적 감투 때문에 날 버리다니. 용서할 수 없었다. 어떻게 하면 교장의 마음을 돌릴 수 있을까? 그때 송채영의 얼굴이 떠올랐다. 양선생은 평소 자신을 흠모하던 송채영을 하나회에 끌어들였다. 잘 보라고. 당신이 아니어도 얼마든지 애인을 사귈 수 있다고. 날 봐! 질투해! 날 보란 말이야!

유치한 작전이었지만, 모든 걸 다 가져야 직성이 풀리는 교장에 겐 효과가 있었다. 서서히 둘의 관계가 회복되었다. 그렇게 목적은 달성했지만, 골칫거리가 남아 있었다. 송채영은 집착이 강한 아이였다. 앞으로는 사제 간의 선을 지키자며 양선생이 거리를 두자, 채영은 자신에게 돌아오지 않으면 하나회 활동을 폭로하겠다고 협박했다. 그러던 어느 날 채영이 실험실로 그녀를 불렀다. 양선생은 송채영을 설득할 생각으로 한밤중에 실험실로 들어갔다. 문을 열자 채영이 달려와 그녀를 힘껏 끌어안으며 말했다. 교장을 저주로 죽이자고. 그러면서 실험실 테이블에 이상한 일기장을 펼쳐놓았다. 순간 정나미가 딱 떨어졌다. 내가 이런 괴담이나 믿는 애송이를 잠시나마 사귀었다니.

"저주니 뭐니 어처구니없는 말을 해대서 곧바로 실험실에서 나왔어요. 전 당연히 채영이가 집에 돌아갈 줄 았었어요. 그날 이후로 매일 후회해요. 제가 다정했어야 했어요. 채영이가 그렇게 갈 줄은…."

양선생이 울음 섞인 목소리로 말했다. 하지만 이형사는 이야기를 듣는 둥 마는 둥 핸드폰만 내려다보고 있었다. 양선생은 그 모습이 거슬렸다.

"저는 용기 내서 진실을 모두 말했는데, 형사님은 정신이 딴 데가 있으시네요."

"죄송합니다. 같이 보시겠습니까?"

이형사가 핸드폰을 내밀었다. 화면에는 지도와 붉은 이동선이 표시되어 있었다.

"이게 뭐죠?"

"선생님 자동차의 이동 경로입니다. 지금 부산이네요."

양선생의 입술이 파르르 떨렸다.

"이것도 함께 보시죠. 지금 부산에서 선생님 카드로 결제된 내역입니다. 흰 시간 시이에 편의점 두 곳, 다이소, 카페, 맥도날드에서 돈을 썼군요. 마치 카드로 행적을 남기려는 듯이."

"그게 무, 무슨 말씀이신지… 저는 지금 여기 있잖아요."

이형사가 커피잔을 들어 향을 음미했다.

"네, 아무래도 선생님 차량과 신용카드가 도난당한 모양이군요.

경찰인 제가 대신 신고를 접수해도 괜찮겠습니까?"

양선생은 이형사의 표정을 확인하기 위해 고개를 들었다. 속을 알 수 없는 담담한 얼굴만 앞에 있었다.

"지금 선생님이 도난당한 건 차량과 신용카드만이 아닙니다. 선생님의 핸드폰과 옷과 구두, 모자와 보라색 마스크도 도난 목록에 넣어야죠. 그런데 신고를 하면 지금 부산에서 부지런히 선생님 명의의 신용카드를 긁는 여동생이 곤란해지겠죠."

"도대체 무슨 말씀을…"

커피잔을 입가에 댄 이형사가 테이블 밑으로 시선을 옮겼다.

"평소엔 230 사이즈 구두를 신으시더니 왜 오늘은 270 사이즈 운동화를 신으셨습니까? 디올 구두만 신으시는 선생님과 허름한 운동화는 어울리지 않아요. 지금 입으신 옷도 어울리지 않고요. 멀리서 보면 남자인 줄 알겠습니다."

이형사가 커피잔을 입에 기울였다. 그의 목울대가 움직였다.

양선생이 나무 테이블을 내려치며 일어섰다.

"소설 쓰고 싶으면 당신 혼자나 써!"

"누가 당신을 흔적을 지웠는지 아십니까?"

놀란 양선생이 그대로 얼어붙었다.

"제가 쓴 소설은 이렇습니다. 그날 송채영과 함께 차를 마신 선생님은 당연히 자신의 컵을 치웠겠죠. 실험실에 두 사람이 있었다는 증거를 남길 필요가 없으니까. 마찬가지로 실험실 문을 잠글 까닭도 없고요. 그래야 송채영 혼자 실험실에 들어와 음독자살을 했다는 이야기가 만들어질 테니까요. 그래서 선생님은 자물쇠를 채우지 않고 나갔지만, 실험실 문은 자물쇠로 잠겼어요. 선생님 입장에서는 귀신이 곡할 노릇이었겠죠. 잠긴 자물쇠 덕분에 우리도 타살로 추정하게 됐고. 또 그 때문에 수사는 혼란에 빠졌습니다. 결론부터 말씀드리면 실험실 살인사건의 밀실 트릭은 너무 싱거웠어요. 송채영이 죽고 나서 실험실은 밀실로 꾸며졌던 거죠. 하지만 저는 그 가능성을 1퍼센트도 염두에 두지 못했습니다. 왜냐하면 비상식적이니까. 범인이라면 피해자를 독살하고 자살로 꾸미는 게 당연하겠죠? 자기가 마신 커피잔만 치우고 나가면 되는 쉬운 일이었어요. 현장을 밀실로 만들어 타살 흔적을 남길 이유가 없었죠. 그날 제3의 인물이 존재했던 겁니다. 송채영의 시신을 발견한 제3의 인물은 컵을 구해 테이블에 올려놓았습니다. 두 개에서 하나가 되었던 컵은, 다시 두 개가 됐어요. 제3의 인물은 복도로 나가 문을 자물쇠 잠가서 실험실을 밀실로 만들었죠. 제3의 인물의 행적은 정말 기이했어요. 청산가리가 든 커피잔 맞은편에 커피잔을 놓아서 두 명이 있었다는 증거를 남겨 경찰에게 힌트를 줬고, 그와 동시에 커피잔에 송채영의 입술을 찍어 수사를 혼란에 빠뜨렸어요. 저는 두 커피잔에 피해자의 입술이 찍혀 있는 걸 어떻게 해석해야 할지 난감했습니다. 물론 지금 와서 그 이유를 안다고 해도 보고서를 작성할 수 없는 일이 되어버렸지만."

이형사가 쓸쓸한 눈으로 숲을 바라보았다. 그는 상처를 확인하듯 의자에 기대어 있는 목발을 쓰다듬고, 커피잔을 들어 향을 음미했다.

"아무래도 선생님 호의는 받지 못하겠습니다. 선생님께서 손수 아메리카노를 가져다주셨는데, 아몬드 향 때문에 한 모금도 넘길 수가 없네요. 화학 담당이시니 잘 아시죠? 청산가리의 공식 화학명인 사이안화칼륨은 아몬드 냄새가 난다는 사실을."

이형사가 양선생을 올려다보았다. 모자 그늘에 가려진 두 눈동자가 초점을 잃은 것처럼 흔들렸다.

"선생님은 지금 부산에서 여행을 하고 계십니다. 선생님은 왜 이곳에서의 흔적을 남기고 싶지 않을까요? 그 이유는 당연히 저를…"

순간 양선생이 이형사의 커피잔에 손을 뻗었다. 이형사는 기다렸다는 듯이 재빨리 그녀의 손목을 낚아챘다.

"선생님, 증거인멸은 형법 제155조에 위배됩니다. 사이안화칼륨이 녹아 있는 커피를 자기 위장에 숨긴다고 해도 말입니다."

이형사가 자작나무 숲을 향해 신호를 보내자 잠복 중이던 강력계 2팀 형사들이 하나둘 잔디밭으로 걸어 나왔다. 당황한 양선생이 얼굴을 일그러뜨리며 소리를 내질렀다.

"반칙이야! 함정수사는 불법이야!"

"이곳으로 몰래 절 부른 건 당신입니다. 저는 아직 회복 중이라 중학생도 제압하지 못하는 상태입니다. 혹시 모를 사태를 대비해

경호 요청을 했을 뿐입니다."

어느새 테이블로 다가온 2팀 형사들이 빠르게 현장을 정리해나 갔다. 막내는 카메라로 테이블 주변을 찍었고, 윤형사는 커피잔을 랩으로 단단히 밀봉해 아이스박스에 넣었다. 배우 김혜수와 이름 이 같아 '시그널'로 불리는 김형사가 미란다 원칙을 고지하며 양선 생의 손목에 수갑을 채웠다.

"오늘 저를 부른 건 당신의 실수였어요. 사실 저는 아무것도 증명 할 수 없었습니다. 방금까지 청산가리의 소재조차 파악하지 못했 죠. 그날 당신이 송채영 학생과 함께 있었다는 사실이 밝혀지더라 도 당신은 안전했을 겁니다. 자살을 방관하든 방조하든, 도덕적 비 난은 받을지라도 큰 죄가 성립되지는 않으니까요. 물론 사용 허가 를 받아야 하는 청산가리를 송채영에게 줬다는 사실은 피할 수 없 으니 약물관리법 위반으로 구형을 받긴 하겠지만, 초범인 데다 이 런저런 변명을 둘러대면 충분히 집행유예를 받을 수 있었습니다. 그런데 오늘 당신은 내 커피에 청산가리를 넣었죠. 그렇다면 송채 영 학생 역시 같은 방식으로 당하지 않았을까? 누가 보더라도 이것 이 합리적 추론이겠죠."

양선생의 입술이 파르르 떨렸다.

"아냐… 당신 말대로 난 약품 관리를 소홀히 했을 뿐이야. 그, 그 러니까… 채영이가 그걸 사용해서 자살할 줄은 몰랐다고."

"글쎄요, 판사가 알아서 판단하겠죠. 어쨌든 오늘 당신에게 살인

미수가 추가됐다는 점에는 변함이 없습니다."

이형사가 선배 형사들에게 귀에 못이 박이도록 자주 들은 말이 있다. 범죄에는 경중이 있지만 작은 사건을 결코 소홀히 해선 안 된다고. 작은 범죄를 잡지 못하면 돌이킬 수 없는 큰 범죄가 돌아온다고. 요행이란 그런 것이었다. 요행으로 성공을 맛본 자는 무의식적으로 세상이 자기 편이라 여긴다. 여중생을 살해한 양선생은 수사가 지지부진해지자 완전범죄에 성공했다고 믿었고, 급기야 경찰을 살해하려는 대담한 계획을 꾸몄다.

"고생했다."

등 뒤로 들리는 소리에 이형사가 고개를 돌렸다. 평소 사이가 좋지 않던 박형사였다.

"오늘 내가 회식 추진했어. 밀랍이 법카로 쏜다더라."

"네."

"그, 그러니까…"

가죽 재킷을 입은 터프가이답지 않게 박형사가 더듬거렸다.

"잘난 놈이 말귀를 못 알아먹네. 이, 이번에도 회식 빠지면 너 아주…"

"꼭 참석하겠습니다."

순순히 동의하는 반응이 오자 미간에 잔뜩 힘을 줬던 박형사가 멋쩍게 머리를 긁적거렸다.

슬슬 현장 조사가 마무리되는 중이었다. 그때 작은 소란이 일어났다. 수갑을 차고 끌려가던 양선생이 이형사와 마주치자 갑자기 발버둥을 쳤다.

"놔, 놔! 내 몸에 손대지 말라고 버러지 새끼들아! 난 알아야 해!"

고래고래 소리치던 양선생이 이형사에게 상체를 내밀었다.

"실험실을 조작한 사람은 누구야?"

이형사가 허공을 바라보며 혼잣말을 하듯 낮게 말했다.

"갚을 수 없는 죄를 갚기 위해 죄를 지어야 했던 슬픈 사람…"

양선생이 어리둥절한 표정을 지었다. 근처에 있던 박형사가 그녀의 뒤통수를 눌러 고개를 수그리게 만들고 기동차량 쪽으로 이동했다. 다른 형사들도 하나둘씩 현장을 떠났다.

목발을 짚고 일어선 이형사가 잔디밭 쪽으로 걸음을 옮겼다. 아침 햇살이 내리쬐는 잔디 중앙에 밀랍반장이 미동도 없이 서 있었다. 이형사가 속도를 유지한 채 그에게 다가갔다.

"하실 말씀이라도?"

"금일 오후 7시, 태릉갈비."

썰렁한 대답에 이형사가 작게 한숨을 쉬었다.

"사건 해결하면 웃어주신다고 약속하지 않으셨습니까?"

"지금 웃고 있잖아."

밀랍반장이 무표정한 얼굴로 대답했다.

이형사는 절레절레 흔들고 밀랍반장을 스쳐 지나갔다. 등 뒤에서 고생 많았다고 격려하는 밀랍반장의 목소리가 들렸다. 타인을 믿을 수 있을까? 동료들에게 무방비상태인 내 등을 맡길 수 있을까? 오랫동안 고립된 삶을 살던 이형사에게 그것은 세상에서 가장 어려운 질문이자 영원히 풀릴 것 같지 않은 과제였다. 이형사는 도전하기로 결심했다. 설령 실패할지라도.

목발의 고무 패킹이 잔디에 쑥쑥 들어갔다. 발을 대디딜 때마다 겨드랑이가 아팠다. 하지만 따스한 햇볕으로 가득한 잔디밭은 평온하기 그지없어 사람을 계속 걷게 만들었다. 꽃들이 활짝 폈고 나비들이 춤을 췄다. 꿈같은 풍경을 감상하던 이형사의 머릿속에 그리운 사람의 음성이 재생되었다.

"때로는 사람이 아니라 공간이 외치기도 하지요."

이형사가 마지막 퍼즐을 끼워 넣자 '사건의 내막'이란 그림이 완성되었다.

사건 직후 새벽 순찰을 돌던 민철은 실험실에서 싸늘하게 식은 송채영의 사체를 발견한다. 실험실에는 양선생의 흔적이 남아 있었다. 그러나 민철은 그 흔적들을 지우고 실험실을 밀실 상태로 만든다. 결국 이민철 스스로 조작한 공간이 그를 대신해 외쳤던 것이다. 제발 나를 막아 달라고…

토요일 정오. 웃음을 잃어버린 두 여자의 집에 초인종이 울렸다.

조이란이 문을 열자 세련된 투피스 정장을 입은 중년 여자가 정중하게 인사했다. 누가 봐도 빈틈없는 커리어우먼 스타일이었다. 중학생에게도 깍듯하게 존대하는 태도가 조금 무섭기까지 했다. 그녀는 지갑에서 명함을 꺼내 이란에게 건넸다.

얼떨결에 명함을 받아 든 이란은 돌아가신 아버지의 말을 떠올렸다.

"나중에 사회생활을 하게 되면 명함은 꼭 두 손으로 받아야 해. 그리고 곧바로 지갑에 넣지 말고 3초 동안 눈으로 명함을 읽는 게 에티켓이야."

이란은 3초 동안 명함을 읽었다.

"보험조사관이 뭔가요?"

"보험과 관련된 이런저런 일을 하죠. 물론 주 업무는 보험사기 조사예요."

순간 이란의 심장이 벌렁거렸다. 드디어 올 것이 왔구나.

"역시 아빠는 자살하신 게 맞죠? 그래서 보험금을 반환하라고…"

보험조사관이 손사래를 쳤다.

"학생, 오해하지 말아요. 오히려 그 반대예요."

보험조사관이 집에 방문한 자초지종을 설명했다. 이란의 아버지와 동생의 목숨을 앗아간 43번 국도 사고 이후에도 같은 곳에 두 차례나 차량 사고가 발생했다. 잇따라 벌어진 사고를 의심한 보험사는 조사관을 파견해 사고지점을 조사했다. 현장 검증 결과 조사관들은 43번 도로 설계에 치명적 결함이 있다는 사실을 발견했다. 보험사는 도로공사의 실수로 사망보험금이 지출됐기에 도로공사가 보험사의 손해를 메워야 한다고 소송을 제기했고 며칠 전 합의를 봤다. 결국 이란의 집에서 받은 보험금은 완벽하게 합당할뿐더러, 추가로 도로공사에서 유족 위로금을 지급할 것이다. 만약 위로금 금액 조정 협상이 버거우면 언제라도 보험사에 연락을 달라. 회사 법무팀을 동원해 마지막까지 고객님을 위해 최선을 다하겠다. 참고로 때마침 고객님 가정에 딱 알맞은 보험상품이 출시됐다.

"쉽게 설명해드리면 학생 집은 보험금을 두 군데서 받는다는 거예요. 대박이죠? 그리고 세 번째 선물은…"

보험조사관은 곧 자신이 실언했다는 걸 깨닫고, 사망 보험금을 대박이니 선물이니 표현한 점을 고개 숙여 사과했다.

"그래도 세 번째는 역시 선물이라고밖에 표현할 수 없을 거예요."

예상치 못한 이야기가 줄줄이 이어진 탓에 이란은 머릿속을 정리할 틈이 없었다. 또 무슨 일이 일어날지 그저 앞을 멍하니 바라볼 뿐이었다.

보험조사관이 핸드백에서 작은 선물상자를 꺼냈다. 그리고 따뜻하게 웃으며 상자를 내밀었다.

"현장 조사 중에 이걸 발견했어요. 사고 때 회수하지 못한 물건이에요. 아무래도 학생 것 같아서…"

갑자기 두 손에 든 상자가 열 배로 무거워진 것 같았다. 이란은 심호흡을 하고 상자를 열었다. 안에 하모니카가 들어 있었다. 은색 표면에 이니셜이 새겨져 있었다.

J. I. R.

"제 하모니카… 맞아요…."

뜨거운 감정에 북받쳐 이란의 목소리가 갈라졌다.

오랫동안 조이란을 괴롭혔던 의문이 풀렸다. 아버지는 스스로 목숨을 끊지 않았다. 단지 설계가 잘못된 도로를 지나쳤을 뿐이었다. 그후로 같은 곳에서 계속된 교통사고가 그것을 증명했고, 무엇보다 딸의 생일 선물을 준비한 아빠가 스스로 목숨을 끊을 리 없었다. 이란은 하모니카를 두 손에 꼭 쥐었다. 얽매임이 풀리자 어깨가 가벼워졌다. 어딘가에서 "잘 있어" 하는 환청이 들리는 것 같았다. 오늘에서야 아버지와 남동생과 마지막 작별 인사를 한 기분이 들었다. 이를 악물고 참으려 해도 눈물이 흘러내렸다. 뜨거운 눈시울을 식히려는지 눈물이 쉴 새 없이 뚝뚝 떨어졌다.

"학생 괜찮아요? 오늘 어머니 연락 안 받으시던데 어디 계세요?"

"일하고 계세요, 미용실에서… 지금… 제가 전화할게요… 우리… 엄마한테."

흘러내리는 눈물을 훔친 이란이 하늘을 올려다보았다. 맑게 갠 하늘에서 톡톡 여우비가 내리기 시작했다.

토요일 오후. 병상에 누워 있는 옥탑방 천재가 문병 온 아들 앞에서 쉴 새 없이 수다를 떨고 있었다.

"하하하! 찐짠이 덕에 팔자에도 없는 1인실을 다 써보는구나. 그 녀석 맨날 출판 힘들다고 죽는 소리 하더니만, 어디서 돈을 꼬불쳐 뒀대. 그런 돈 있었으면 술이나 더 사주지. 뭐, 매주 얻어먹긴 하지만, 하하하!"

"아저씨가 그동안 많이 애써주셨어. 부러워, 그런 의리 있는 친구를 둬서. 난 친구 없는데."

옥탑방 천재가 아들의 얼굴을 가만히 들여다보았다.

"너 오늘 발음이…."

"뭐가 이상해? 아빠 마음에 들지 않아?"

선우가 차분한 눈빛으로 옥탑방 천재를 내려다보았다.

"아, 아냐. 그동안 언어치료 제대로 받았구나 싶어서."

1인실 병실에 침묵이 흘렀다. 평소 손동작이 서툴던 선우가 능숙하게 음료수병을 열고 옥탑방 천재의 손에 병을 쥐여주었다.

"예전부터 꼭 물어보고 싶은 게 있었어. 나한테 중요한 일이니까 솔직하게 얘기해줘, 아빠."

흐트러짐 없이 또박또박 말하는 선우의 모습이 낯설었다.

"엄마는 나 때문에 떠난 거야? 내가 모자라니까? 내가 가족들 미래를 발목 잡으니까? 내가 부끄러우니까?"

자각몽 꾸는 사람 같은 표정을 짓던 옥탑방 천재가 고개를 저었다.

"이런 말 들어본 적 있어? 대한민국은 종교 백화점이라는 말. 우리나라엔 수많은 종교가 있어. 그중에서 사이비라고 불리는 종교도 많고. 이런 말을 꺼낸 이유는 네 엄마가 그런 종교에 심취했기 때문이야. 모든 종교 교리에는 논리적으로 풀리지 않는 난제들이 있어. 일테면 구국의 영웅인 이순신 장군은 하느님을 몰랐으니까 지옥에 떨어졌을까? 신은 왜 죄짓지 않은 아이들의 죽음을 방치할까? 평생 그런 난제에 각자 해석을 내리는 일 또한 신이 신자들에게 내린 숙제겠지. 하지만 사이비종교는 신도들을 쉬운 길로 유도해. 난제를 제멋대로 시원하게 해석해서 사람들을 유혹하지. 네 엄마가 빠진 사이비종교 신자들은 자신을 신의 전사라고 불렀어. 전사인 엄마는 결국 종교를 선택했지. 다 부족한 내 탓이겠지만, 분명한 점은 우리가 헤어진 이유가 선우 너나 선비와는 상관없다는 거야"

충격을 받은 듯 눈빛이 흔들리던 선우가 고개를 흔들며 부정했다.

"상식에 맞지 않아. 엄마도 아빠처럼 명문대를 나왔는데, 사이비종교 따위에 속을 리가 없잖아."

"옴진리교에도 도쿄대나 와세다대 출신들이 있었어. 광신도인 그들은 결국 도쿄 지하철에 사린가스를 뿌렸지."

옥탑방 천재가 담담하게 대답했다.

"살아보면 알겠지만, 지식과 지혜 사이에는 꽤 차이가 있어."

옥탑방 천재가 창밖으로 고개를 돌렸다. 여우비가 내린 창에 깨끗한 물방울들이 매달려 있었다.

"네가 장애가 없었다면 어땠을까? 사실 그런 상상을 꽤 많이 했어. 반항하는 너, 우르르 친구들을 몰고 와 집 냉장고를 싹 비우는 너, 대학을 간 너, 입영 전날 큰절을 하고, 군복을 입고 휴가를 나와 술에 떡이 되고, 함께 진지한 인생 얘기를 하다 갑자기 날 꼰대라고 몰아세우는 너. 자식한테 논리로 밀렸지만 내심 기분 좋은 나. 미안해, 아빠라면 자식을 있는 그대로 받아들여야 하는데 말이지. 아빠도 아빠가 처음이라 실수가 많아. 그런데 막상 누가 봐도 정상이 된 널 보니까, 음… 생각보다 별로다. 왜 웃지 않아?"

음료수를 마신 옥탑방 천재가 입가를 닦았다.

"내가 만난 사람들 중에서 가장 웃음이 많은 게 너였어. 그래서 볼 때마다 행복했다."

선우가 고개를 들었다.

"네가 웃음이 많은 이유는 매일 세상을 새롭게 보기 때문이야. 그게 너의 타고난 재능이야."

수면제가 든 음료수를 마신 옥탑방 천재의 눈이 점점 감겼다.

"이거 당연히 꿈이지?"

선우가 담담하게 고개를 끄덕였다.

"그래, 그래도 기억나면 좋겠다. 묘하네. 꿈이 꿈을 꾸는 기분이야. 다음 주에 퇴원하자마자 소주 한잔 마셔야겠다. 진로가 쓸까, 인생이 쓸까? 써야지 깊은 맛이 나는 걸까? 뭐든 어때? 내 새끼가 따라주면 따봉이지."

무거운 눈꺼풀을 힘겹게 올린 옥탑방 천재가 선우의 손을 잡았다.

"우리 선우랑 선비… 못난 아빠한테 와줘서 너무 고맙다."

평온한 얼굴로 옥탑방 천재가 잠들었다. 선우는 침대 각도를 내리고 이불을 덮어주었다. 새근새근 잠든 아버지의 얼굴을 어루만지고 병실을 나왔다.

돈암동 거리를 걷는 선우, 아니 선우와 몸을 바꾼 선비가 선우의 눈으로 세상을 바라보았다. 거리는 활기찬 행인과 들썩이는 에너지로 가득 차 있었다. 너무 익숙해서 지루했던 이 거리가 마치 처음 와보는 세계처럼 신비로웠다.

KFC 샌더스 할아버지가 "안녕" 하고 인자하게 인사를 건네는 것 같았다. 골목에서 담배를 피우는 아저씨도 입에서 연기를 내뿜는 차력사 같았다. 거리의 단조로운 건물들은 놀이공원의 아기자기한 성처럼 느껴졌다. 주위를 두리번거리며 걷던 선우, 아니 선비는 핸드폰 매장 앞에서 멈춰 섰다. 선우가 막춤을 추던 가게였다. 오늘도 이벤트 행사 중인 매장 앞은 여전히 시끌벅적했다. 내레이터 모델들의 춤은 화려한 뮤지컬 군무 같았고, 흐느적거리는 바람 인형은 불을 내뿜은 개구쟁이 용처럼 보였다. 키다리 목발을 타고 행인들에게 풍선을 나눠주는 피에로는 소원을 들어주는 동화 속 마법사처럼 보였다.

'이렇게 신나서 춤을 췄던 거구나.'

마법사에게 풍선을 받은 선우, 아니 선비가 환의에 찬 표정을 지었다.

토요일 밤. 풍선을 들고 개천으로 내려온 선우, 아니 선비가 선비를, 아니 선우를 바라보았다. 자신의 모습을 한 동생이 탐정단 그리고 봄과 함께 놀고 있었다. 몸이 뒤바뀐 줄 모르는 동생은 천진난만했다. 환령을 한 지 세 시간이 넘었는데도 소희와 예하 그리고 봄은 짜증 내지 않고 동생과 함께해주고 있었다. 고마웠다.

"그건 뭐냐?"

"어? 음… 가질래?"

손에 들고 있던 풍선을 확인한 선우, 아니 선비가 봄에게 풍선을 건넸다.

"평생 가보로 간직하마."

봄이 얼굴을 붉히며 풍선을 받았다.

"지금 비 안 오는데 환령할 수 있어?"

"호호호. 갑을병정무기경신임계 중 갑 중의 갑인 이 몸에 불가능이 있겠느냐."

봄은 낮에 놋쇠 그릇에 받아 놓은 빗물이면 충분하다고 설명했다.

개천에서 환령 의식을 마치자, 원래의 몸으로 돌아온 선우가 까불댔다.

"형아 아까 무우지개 뜬거 바써? 히히 와저니 머쩌 아자빠샤!"

검은 개천에 달이 비쳤다.

아이들이 개천가에 동그랗게 모였다.

탁. 봄이 라이터를 켰다. 라이터 불이 일기장에 옮겨붙었다. 밤바람이 불붙는 속도를 더 빠르게 했다. 봄이 불타는 일기장을 양철통 안에 넣었다. 아이들은 말없이 불길을 바라보았다. 다들 무슨 생각을 하고 있을까?

"불장나안 치이면 오주움싼대~ 오주움싼대~얼레꼬레~"

기우제를 지내는 인디언처럼 춤을 추면서 선우가 불 주위를 뱅뱅 돌았다.

아이들의 눈동자마다 불길이 이글거렸다.

타올랐다, 훨훨, 재들이 하늘 위로 솟아올랐다, 나비처럼, 훨훨,

소희의
수사일지

영화관에서 핸드폰으로 작성. 요일: 일요일. 날씨: 맑음. 사건: 없음.

오늘은 친구들에게 제대로 한턱 쐈다. 구사일생한 기념이랄까? 봄과 예하를 데리고 이태원까지 원정을 와서 떡볶이를 5인분이나 먹고, 고양이 카페에 들어가서 야옹이들을 실컷 쓰다듬었다. 쇼핑은? 두말하는 잔소리! 돗자리를 펼치고 액세서리를 파는 우크라이나 오빠에게 팔찌를 사서 예하 손목에 채워주었다. 구한말 처녀 같은 봄에게는 통 크게 청바지를 사줬다. "이런 건 상것들이나 입는 거 아니더냐"라고 반항하던 봄이 탈의실에서 청바지를 입고 나오자 예하와 나는 우와 입을 벌렸다. 미개인 주제에 의외로 잘 어울리잖아? 무릎 찢어진 건 패션 포인트니까 집에 가서 실로 꿰매면 절대로 안 돼!

옷가게를 나와 거리를 구경하는데 타로점을 치는 천막이 보였다.

다짜고짜 봄을 이끌고 천막 안으로 들어갔다. 카드점과 화투점의 만남, 하하하. 이것이야말로 동서양의 화합이 아니겠는가? 무엇보다 천막에 내걸린 '청소년 50% 할인' 문구가 마음에 들어서 들어왔지만.

"우리 학생이 고민이 많네."

타로 마스터 언니가 말하자 봄이 봄답지 않게 수긍했다. 봄은 순순히 고민을 털어놓았는데, 이야기는 이랬다. 요즘 매일 국회의원이 찾아와서 귀찮아 죽겠다는 것이었다. 그 국회의원의 이름은 말하자 타로 마스터 언니가 눈을 동그랗게 떴다.

"홍정국 의원? 그 사람 작년에 심장마비로 죽었잖아? 뉴스에서 봤어."

봄이 고개를 끄덕였다.

"그러게 말입니다. 자기가 죽은 줄 모르니 귀찮다는 거 아닙니까."

타로 마스터 언니가 황당하다는 표정을 지었다.

"날 귀찮게 하는 사람이 또 있지요. 최주무관이란 양반인데 우리 집 땅을 차지하려고 자꾸 괴롭히지 뭡니까 나를 막대기처럼 휘두르려고 하는데, 강아지 등에 달라붙은 솜털이 강아지를 흔들려는 꼴이지요. 땅에 환장하다 땅에 일찍 묻히는 수가 있거늘. 쯧쯧쯧."

봄의 허무맹랑한 말에 화가 난 타로 마스터 언니가 장난칠 거면 당장 나가라고 노발대발했다. 욕이 진짜 찰졌다. 봄이 팔짱을 끼고 타로 마스터 언니를 빤히 쳐다보더니 이렇게 말했다.

"초복 때마다 열병으로 앓아눕는 건 민들레 차를 마시면 괜찮아지실 겝니다. 그래도 연례 행사인 열병이 낫지 않는다면…."

봄이 점상 위에 명함을 내려놓으며 말을 이었다.

"1년마다 찾아오는 잡귀를 쫓아드리죠. 원래는 2,000도 모자라지만, 이것도 인연이라면 인연이니 200만 받겠습니다."

그러고는 천막에서 나갔다. 점쟁이한테 영업을 뛰는 점쟁이라니. 하여튼 여중생 주제에 장사 수완은 기가 막혔다.

봄의 명함을 내려다본 타로 마스터 언니가 내게 물었다.

"쟤 정체가 뭐야?"

예하가 공손하게 대답했다.

"저 아이의 정체가 무엇이든 우리의 친구랍니다. 저희한테는 그게 제일 중요하답니다."

예수님 '예'자에 하느님 '하'자를 쓰는 주예하. 오, 너 오늘 좀 멋졌다.

예하와 함께 천막에서 나온 나는 앞서가는 봄에게 다가가 말했다.

"너도 이번 사건으로 많이 배웠지? 집착은 비극으로 끝난다는 걸."

어쩐 일인지 자기합리화의 화신인 봄이 퉁명스레 입만 내밀고 아무런 대꾸도 하지 않았다. 그래, 많은 건 안 바란다.

중2병 환자를 둘씩이나 데리고 번화가를 걸으니 꼭 엄마가 된 기분이었다. 나는 물가에 내어놓은 자식처럼 불안 불안한 둘의 안전을 위해 사주 경계를 철저히 하며 인솔해나갔다. 이런 책임감 역시 탐정의 숙명이리.

이왕 쏘는 김에 영화까지 쐈다. 친구들아, 우리도 인싸 흉내 한 번 내보자고! 푹신한 극장 의자에 앉아서 팝콘을 먹었다. 양옆에 친구들이 있으니 마음이 꽉 찬 느낌이다. 하지만 봄은 만족을 몰랐다. 교장실 금고에서 봄은 천부인인 청동방울을 찾아냈다. 아니, 찾아냈다기보다 절도한 유물을 절도했다. 어쨌든 봄은 천부인이 완성되려면 청동거울과 청동검을 찾아야 한다고 했다.

어떤 완성을 말하는 걸까? 어른이 된다는 뜻일까? 봄을 만나고 나서 엄청난 일들을 겪었다. 봄은 청동거울과 청동검을 찾기 위해 계속해서 탐정단을 이용할 태세다. 우리가 인디아나 존스냐? 감당 안 되는 아이. 하지만 같이 보물찾기를 하는 것도… 뭐, 재밌을 것 같긴 하다. 솔직히 은근히 기대된다. 앞으로 어떤 모험이 기다리고 있을까? 영화관 불이 꺼졌다. 오프닝 음악이 나오면서 스크린이 밝아졌다.

이제 새로운 이야기가 시작된다. 부디 오컬트 호러는 아니기를….

소녀무녀 봄

청동방울편

초판 1쇄 인쇄 2022년 8월 4일
초판 1쇄 발행 2022년 8월 11일

지은이 레이먼드 조
그린이 김준호
펴낸이 조민호

펴낸곳 안타레스 유한회사
출판등록 2020년 1월 3일 제2020-000005호
주소 서울시 마포구 신촌로2길 19 마포출판문화진흥센터 314호
전화 070-8064-4675 **팩스** 02-6499-9629
이메일 antares@antaresbook.com
블로그 blog.naver.com/antaresbook **포스트** post.naver.com/antaresbook
페이스북 facebook.com/antaresbooks **인스타그램** instagram.com/antares_book

ⓒ 레이먼드 조, 2022(저작권자와 맺은 특약에 따라 검인을 생략합니다.)
ISBN 979-11-91742-11-4 03810

*책값은 뒤표지에 있습니다. 잘못 만들어진 책은 구입하신 곳에서 바꿔드립니다.